BASTEI
LÜBBE

Foto:© Jo Michael

Kjell Ola
Dahl

Kjel Ola Dahl, 1956 in Norwegen geboren, hat im Jahr 2000 seinen bürgerlichen Beruf endgültig aufgegeben und widmet sich seither ganz dem Schreiben. Zum Nachdenken zieht er sich am liebsten auf einen großen Bauernhof zurück, was ihm gleichzeitig Gelegenheit gibt, seiner zweitgrößten Leidenschaft zu frönen: der Pflege von Traktor und Feldern. 2001 wurde Kjell Ola Dahl in Norwegen mit dem angesehenen *Riverton-Krimi-Preis* ausgezeichnet. Bei der Verlagsgruppe Lübbe erschien bisher von Kjell Ola Dahl: SOMMERNACHTSTOD (03425).

Kjell Ola Dahl

Ein letzter Schatten von Zweifel

ROMAN

Aus dem Norwegischen von
Thorsten Alms

BASTEI LÜBBE

BASTEI LÜBBE TASCHENBUCH
Band 14 903

1. Auflage: Mai 2003
2. Auflage: Juli 2003

Vollständige Taschenbuchausgabe

Bastei Lübbe Taschenbücher ist ein Imprint der Verlagsgruppe Lübbe

Deutsche Erstveröffentlichung
Titel der norwegischen Originalausgabe: *Siste skygge av tvil*

Lektorat: Claudia Müller
Umschlaggestaltung: Christina Krutz und Harald Braun, Riedelhütte
Titelabbildung: Photonica
Satz: hanseatenSatz-bremen, Bremen
Druck und Verarbeitung: Nørhaven Paperback A/S – Viborg
Printed in Denmark
ISBN 3-404-14903-3

TEIL 1

Ein Kreis, dachte er plötzlich. Ereignisse haben die Tendenz, dort aufzuhören, wo sie angefangen haben – zu einem Kreis zu werden.

1

Grethe Lindeman wohnte in einem älteren Haus am Westufer der Halbinsel Nesodden, auf einem Grundstück, das steil zum Wasser hin abfiel. Die niedrige Abendsonne stach ihm in die Augen, als der Weg noch eine letzte Kurve machte und er endlich angekommen war. Die See lag glatt und regungslos da. Eine gewaltige, rot glühende Eisenstange schien in den Tiefen des Fjords zu leuchten. Er stellte seinen Wagen vor dem breiten Garagentor ab und blieb noch ein paar Augenblicke stehen, um die Aussicht zu betrachten, die Wildnis des Gartens, die alten Apfelbäume mit ihrem Wirrwarr aus Ästen und Zweigen und großen Mengen klein gewachsener Früchte, und das gelbe, dürre Wiesengras, das die ganze Böschung bewuchs und sich selbst überlassen geblieben war. Die Türglocke klang wie ein altmodisches Telefon, und die Holzpfosten, die den Eingangsbereich aufrecht hielten, hatten tiefe, breite Risse.

Sie schien sich nicht verändert zu haben. Ihr Alter – das schon immer schwierig zu schätzen war – lag irgendwo zwischen dreißig und vierzig, und sie war ein bisschen kleiner als er. Das schulterlange blonde Haar saß wie ein mächtiger Helm auf ihrem Kopf. Sie reichte ihm ihre Hand, die er mit einem kräftigen Griff erfasste. Eine schmale Hand, sonnengebräunt, mit schlanken Fingern und langen Nägeln, wie die Hand einer Schaufensterpuppe.

»Zufrieden?«, fragte sie und sah ihm direkt in die Augen.

Es konnte durchaus eine Portion Spott darin liegen, denn er hatte einfach dagestanden und ihre Hand festgehalten, wie ein Italiener. Ihr Blick war auf jeden Fall noch derselbe, er spürte ihn bis tief in seinen Bauch hinein.

»Fürs Erste«, antwortete er und ging an ihr vorbei ins Haus. Ein Bild, an das man sich erinnerte: sie und Abel, oft in Schale geworfen, zum Essen in der Stadt, manchmal auch im *Bliss.* Im Hintergrund: er selbst – das Bild, das sie wahrscheinlich in diesem Augenblick vor sich sah, die verstohlenen Blicke, die er ihr zuwarf – und wie sie ihren Blick jedes Mal vorübergleiten ließ, ohne sich etwas anmerken zu lassen. Jetzt: von Angesicht zu Angesicht. Sie allein, möglicherweise ein bisschen unsicher, aber eine gutmütige und gleichzeitig erwartungsvolle Unsicherheit, mit feinen Parenthesen auf ihren Wangen, Lachfältchen, als stünde sie dort und würde alte Bekannte in Empfang nehmen. Und dennoch, ihr sensibles Gesicht wirkte auch ein wenig wachsam, ein zerzauster, gerade geschnittener Pony ließ sie jung und verletzlich erscheinen.

»Lange her, dass wir uns gesehen haben«, sagte sie.

»Wann war das?«

»Ach, das habe ich vergessen«, antwortete sie, ohne eine Miene zu verziehen.

Die tief stehende Sonne schien durchs Fenster und präsentierte ihm wie auf einem Röntgenbild die Umrisse der etwas kräftigen Oberschenkel unter ihrer Kleidung, einem eng anliegenden Rock, der teilweise von einer weiten seidenen Bluse überdeckt wurde. Ein farbenfroher Schal bildete ein lässig hingeworfenes, aber wichtiges Detail ihrer Fassade.

»Du bist spät dran«, fuhr sie fort und betonte ihre leichte Irritation durch einen Blick auf die Armbanduhr.

»Tut mit Leid, ich habe mich verfahren.«

»Ich hätte dir den Weg beschreiben können«, sagte sie. »Aber du warst so kurz angebunden, als wir telefonierten.«

»Am Ende hab ich's ja gefunden«, sagte er und schaute sich um. Die Wände waren mit Kiefernholz verkleidet. Das sorgte für eine angenehme Atmosphäre. »Ich konnte es gar nicht erwarten, hierher zu kommen.«

»Du warst wirklich der Letzte, von dem ich Besuch erwartet hätte«, sagte sie und fuhr fort:

»Aber ich habe dich etwas ... anders in Erinnerung.«

»Ich hatte einen Bart.«

»Genau!«

Der magische Spalt in ihrer Unterlippe ließ ihre Züge weicher erscheinen, in der Kombination eines schiefen Lächelns mit den halb zusammengekniffenen Augen lag eine versteckte Einladung.

Sie setzte sich, ohne ihm gleichzeitig einen Platz anzubieten. Der Stuhl knirschte, als sie ein Bein anhob und über das andere legte: Frau zwischen Korbstuhl, Korbtisch mit wackeliger Glasplatte, langen pastellfarbenen Gardinen mit verwirrenden Mustern. Sie passte zum Zimmer, das Zimmer passte zu ihr.

John Hammersten lehnte sich an den robusten Esstisch. Er nahm sich zusammen und sagte:

»Ich suche Abel.«

»Das war mir schon klar.«

»Wann habt ihr euch das letzte Mal gesehen?«

»Das ist bestimmt zwei Jahre her. Vielleicht drei.«

»Kein genaues Datum?«

Sie schüttelte den Kopf. »Er ist einfach verschwunden.«

»Das klingt ja aufregend.«

»War es aber nicht. Jedenfalls nicht aufregend.«

»Hört sich so an, als wäre er zu der Zeit verschwunden, als ich verhaftet wurde.«

Sie lächelte wieder ihr halb einladendes Lächeln. »Wie fühlt man sich so ... wenn man draußen ist?«

»Ich hatte noch keine Zeit, meine Gefühle zu untersuchen.«

Sie runzelte fragend die Stirn.

»Ich bin heute entlassen worden.«

»Na so was ...«

»Könnte er ungefähr zu der Zeit verschwunden sein, als ich eingebuchtet wurde?«

»Tut mir Leid, aber ich erinnere mich nicht.«

»Manche sagen, Abel wäre vor genau zweieinhalb Jahren verschwunden.«

»Dann wird das wohl stimmen.«

»Aber was meinst du?«

Sie antwortete nicht sofort.

»Was meinst du?«, wiederholte er. »Du warst doch diejenige, die Abel am häufigsten sah, du müsstest dir doch gemerkt haben, wann genau er verschwunden ist.«

»Das kann schon stimmen«, sagte sie. »Zweieinhalb Jahre. Vielleicht ein bisschen früher. Vielleicht ein bisschen später.«

»Und was denkst du so darüber ... dass du ihn so lange nicht gesehen hast?«

»Nichts Besonderes.«

»Ihr habt euch einfach so getrennt?«

»Er ist einfach verschwunden.«

»Wie ... verschwunden?«

»Er kam nicht mehr zu unseren Verabredungen, rief nicht mehr an.«

»Was hast du da gemacht?«

»Nichts.«

Das Gespräch erschien ihm wie ein Fechtkampf. Er seufzte. Das wirkte wie ein Signal, die Schwerter zu senken.

»Tut mir Leid«, sagte sie ernst.

»Du hast doch wohl angerufen, um zu erfahren, wo er abgeblieben war?«

»Nein.«

»Warum nicht?«

»Warum hätte ich das tun sollen?«

Jetzt waren sie wieder mittendrin. Er besann sich und sagte: »Was glaubst du, warum ist Abel einfach nicht mehr zu euren Verabredungen gekommen?«

Sie runzelte die Stirn, als würde auch sie nachdenken. »Keine Ahnung.«

Sie starrten einander an. Am Ende zuckte sie mit den Schultern und hob ihre Arme in einer ratlosen Geste.

Hammersten: »Könnte es die Sauferei gewesen sein?«

»Dachte ich zuerst auch.«

»Wann hast du das nicht mehr gedacht?«

»Als sich herausstellte, dass er überhaupt nirgendwo mehr auftauchte.«

»Wie viel später war das?«

Sie zuckte mit den Schultern. »Zwei Wochen, drei Wochen, vier Wochen, who cares?«

»Hast du ihn als vermisst gemeldet?«

»Vermisst?«

»Er war schließlich verschwunden.«

Sie grinste. »So furchtbare Sehnsucht hatte ich dann doch nicht nach ihm.«

Er versuchte die Bedeutung ihres Grinsens zu ergründen, wurde aber nicht fündig. Er fragte:

»Findest du es nicht etwas merkwürdig, dass du den Mann über zweieinhalb Jahre lang nicht mehr gesehen hast?«

»Eigentlich nicht.«

»Ihr hattet ein Verhältnis.«

»Und ich habe deine Frage beantwortet.«

»Seine Sachen. Hat er seine Sachen abgeholt?«

»Wir hatten nicht zusammen gewohnt. Das bisschen, was von ihm hier herumlag, hatte er mitgenommen. Sag mal ... John. Worum geht es hier eigentlich?«

»Ich versuche ihn zu finden?«

»Warum?«

»Weil ich Lust dazu habe.«

»Nach so langer Zeit im Gefängnis willst du zuallererst ausgerechnet Abel finden?«

Er lächelte ein wenig, ohne zu antworten.

»Du musst Abel furchtbar vermisst haben.«

Er nickte ernst.

Sie runzelte die Stirn. Ihm gefiel es, wie sie da saß und ihre Gedanken sortierte, anstatt ihm mit affektierten Gefühlsausbrüchen zu kommen.

»Jetzt mal ganz langsam«, sagte sie und starrte ihm in die Augen. »Ich möchte nicht benutzt werden, gegen niemanden. Damit das klar ist.«

»Natürlich.«

»Ich möchte nicht von dir in irgendetwas hineingezogen werden, ganz egal welches Verhältnis du zu Abel hast oder hattest.«

Er spürte, dass sie sich um etwas herummanövrieren wollte, und schwieg, als sie sich erhob. Der Stuhl knirschte. Die weite Bluse fiel ordentlich zurecht. Sie machte eine Armbewegung, die damit endete, dass sie ihre Zeigefinger ineinander verhakte. »Natürlich, sagst du. Früher hätte ich einem wie dir ein solches Versprechen vielleicht abgenommen.«

Sie ging zum Fenster, blieb gedankenversunken davor stehen und starrte aufs Meer hinaus. Das Wasser war ein schwarzer Spiegel, der das Abbild eines Bergrückens mit grünen Bäumen, weißen Häuschen und Rasenflächen wiedergab. Ein kleineres Schnellboot zerschnitt langsam das Bild. Sein Kielwasser glich einem langen weißen Faden. Plötzlich nahm das Boot an Fahrt auf, stellte sich in die Waagerechte, in Richtung Oslo. Die Aussicht war ansprechend.

Hammersten durchquerte das Zimmer. Eine Reihe kleiner, gerahmter Fotografien hing an der Wand. Unbekannte Menschen, die eine Ecke des Zimmers bevölkerten; das Schwarzweiß-Foto eines jungen Mannes mit Studentenmütze, Verwandte in Hochzeitskleid und Smoking. Hin und wieder Bilder von ihr, zusammen mit anderen Leuten. Er stellte plötzlich fest, dass er keine Ahnung hatte, was sie den ganzen Tag so machte. Er versuchte sich vorzustellen, was für eine Arbeit sie haben könnte, kam dabei aber nicht besonders weit.

Grethe und Abel. Sie hatte sehr viel mehr Stil und Klasse als Abel. Das große Geheimnis: Wie hatte Abel es überhaupt geschafft, sich Grethe zu angeln?

»Aber bevor er verschwand, hattet ihr da keine gemeinsamen Pläne geschmiedet?«

»Nein.«

Er seufzte: »Jetzt sag schon.«

Sie ignorierte seinen Tonfall, sagte, das Gesicht zum Fenster gewandt: »Wir hatten nichts geplant.«

Sie fuhr fort: »Die Pläne, die er machte, hat er mit anderen geteilt, nicht mit mir.«

Hammersten mit Nachdruck: »Und was willst du damit sagen?«

Sie drehte sich zu ihm um. Das Licht der Abendsonne fiel durch das Fenster und schnitt ihren Oberkörper zu einer schwarzen Silhouette aus. »Genau das, was ich sage. Wir hatten keine gemeinsamen Pläne.«

»Aber du hattest etwas über andere Leute gesagt. Hatte er andere Freundinnen?«

»Ich nehme es an.«

»Du nimmst es an? Weißt du es nicht?«

»Ich habe keine Ahnung, und wenn, dann ist es mir scheißegal.«

»Bist du verbittert?«

»Nein.«

Er wartete auf die Fortsetzung. Die Stille konnte sich in alle Richtungen drehen. Sie war nicht unbehaglich, nicht gespannt, nicht gelöst.

»Hast du seitdem von ihm gehört?«

»Ich bekomme Postkarten. Zu Weihnachten zum Beispiel, oder wenn ich Geburtstag habe.«

»Wie viele sind das insgesamt?«

»Ein paar.«

»Aufmerksam.«

Sie schwieg.

»Woher?«

Sie trat aus dem starken Licht hervor. An ihrem Kinn hatte sie versucht, einen Pickel mit Puder zu tarnen. Die Haut oberhalb ihres reifen Halses wirkte unwirklich sanft. Ihr Magen knurrte, und sie bewegte sich sehr nervös.

»Woher kommen die Karten?«, wiederholte Hammersten hastig. Er spürte eine gewisse Unruhe in sich aufsteigen, als stünde sie plötzlich zu nahe.

»Sie kommen von ihm. Und weil mir vollkommen egal

ist, wo er sich aufhält, bin ich nie auf die Idee gekommen herauszufinden, woher er mir die Karten schickt.«

»Meinst du damit, dass er nicht immer am selben Ort wohnt?«

»Ich glaube nicht. Weiß es aber nicht genau.«

»Wo sind die Postkarten abgestempelt?«

»Sie haben keinen Stempel, sondern liegen immer in einem Umschlag. Er schickt mir jedes Mal eine speziell ausgewählte Karte. Bekannte Kunstwerke, und das Motiv soll etwas über das Verhältnis aussagen, das wir hatten. So ist er immer schon gewesen, vollkommen unfähig mit Worten umzugehen, er muss immer Bilder zeigen. Das ist vielleicht seine zermürbendste Eigenschaft.«

Sich vorstellen: Bilder, Motive, die etwas über ihr Verhältnis aussagen sollen.

»Aber die Umschläge hatten doch wohl einen Poststempel?«

»Natürlich, aber ich habe noch nie Briefmarken gesammelt. Wenn ich einen Brief bekomme, interessiere ich mich für den Inhalt und nicht für den Umschlag.«

»Du bist verbittert.«

»Ganz und gar nicht.«

Ihr Tonfall klang verärgert. Es gefiel ihm nicht, dass sie verärgert war, und er hoffte, dass sich der Ärger nicht allein gegen ihn richtete.

Sie sagte: »Wenn es irgendjemanden auf der Welt gibt, der mir völlig gleichgültig ist, dann ist es Abel. Ich öffne den Brief, lese eine langweilige Pflichtübung über Frohe Weihnachten und Glückliches Neues Jahr, Gratuliere, und das war's.«

»Siehst du dir das Bild nicht an?«

»Doch, ich sehe mir das Bild an.«

»Und was sagt er mit den Bildern?«

»Ich habe nie begriffen, was er mit den Bildern sagen wollte, die er mir zeigte.«

»Und du behauptest, dass du nicht verbittert bist?«

»Nein. Wenn er im Gefängnis gewesen wäre, wie du, dann wäre ich verbittert. Denn das wäre irgendwie geplant gewesen – eine Art Verrat. Aber weil er einfach nur verschwand, löste sich unser Verhältnis schlicht in nichts auf. Es endete so, wie es begonnen hatte.«

»So!« Sie hob einen Arm, schnipste mit ihren langen Fingern und fuhr fort: »Er hat sich nie um andere geschert. Er wusste nicht einmal, was ich den ganzen Tag machte, meine Arbeit. Wenn ich verbittert bin, dann bin ich es nur meinetwegen. Aber wenn ihr beide noch eine Rechnung offen habt, dann solltest du dich direkt an ihn wenden. Ich kann dir nicht helfen.«

Es gefiel ihm nicht, dass sie sich von ihm abwandte. Er sagte:

»Was arbeitest du denn?«

»Wieso?«

Er antwortete nicht.

»Ich arbeite mit Menschen.«

Er wartete, aber sie sprach nicht weiter. Er sagte: »Du hast die Frage nicht beantwortet.«

»Welche Frage?«

»Dein Beruf.«

»Ich bin Juristin. Woher das Interesse?«

»Du hast Abel gerade vorgeworfen, dass er sich nie für deinen Beruf interessiert hätte.«

»Das habe ich nicht.«

»Aber wenn ich dich nach deinem Beruf frage, dann antwortest du nicht.«

Verärgert reckte sie ihr Kinn vor: »Was soll denn das hier werden?«

Er konnte sich nicht bremsen: »Juristin. Welche Art von Juristin bist du denn?«

»Ich praktiziere als Anwältin, na und?«

»Das ist doch ein bisschen ironisch, ich vorbestraft und du Rechtsanwältin.«

Sie, kühl: »Was meine Klienten betrifft, bin ich sehr wählerisch.«

Er, lächelnd: »Das habe ich mir schon gedacht.«

Sie standen sich gegenüber und starrten einander an. Sie mit festem, starkem Blick, daran gewöhnt, solche Konfrontationen zu meistern. Er hatte keine Lust, diesen Kampf noch länger fortzusetzen, und sagte: »Tut mit Leid, wenn es dir unangenehm ist, aber mir bedeutet es sehr viel – Kontakt zu Abel herzustellen.«

»Aber im Augenblick suchst du am falschen Ort.«

»Ich bekomme das einfach nicht auf die Reihe«, sagte Hammersten. »Es kann nicht sein, dass Abel einfach verschwunden ist.«

Er beobachtete, wie sie ganz professionell mit einem Blick auf die Armbanduhr ihre steigende Ungeduld signalisierte.

»Weißt du etwas über Abels Familie?«

Sie zuckte mit den Schultern. »Seine Eltern leben jedenfalls nicht mehr. Ob er Geschwister hat, weiß ich nicht.«

»Dann bist du die Einzige, an die ich mich halten kann.«

»Ziemlich dürftig.«

»Sag das nicht.«

Da war dieser Moment wieder. Das schiefe Lächeln. Einen Augenblick lang dieser unendlich tiefe Ozean in ihren leuchtenden Augen.

»Ich würde gerne wiederkommen, weiter mit dir reden.«

Er schwitzte, fühlte, dass dieser Vorschlag ein wenig zu früh gekommen war, dass er zu direkt war.

Sie sagte: »Ich habe keine Lust, über ihn zu reden.«

Er machte den letzten Schritt: »Was wäre, wenn ich dich zum Essen einladen würde?«

Eilig fügte er hinzu: »Wenn du Zeit hast.«

Sie zögerte: »Ich weiß nicht ...«

»Du könntest mir zeigen, welcher Laden heutzutage der angesagteste ist. Ich war so lange nicht mehr in der Stadt.«

Mit ihren Blicken rammte sie Nägel in seinen Körper und zog sich langsam heran. »Und wozu soll das gut sein?«

»Wozu auch immer du willst.«

Sie, eiskalt: »Und was willst du damit andeuten?«

»Denk an das Schlimmste, dann wirst du wenigstens nicht enttäuscht.«

Er bereute es sofort und hatte keine Ahnung, was ihn zu dieser Bemerkung trieb.

Sie drehte sich auf dem Absatz um. »Die Tür ist immer noch da, wo du hereingekommen bist«, sagte sie, ging mit schnellen Schritten zur Treppe und verschwand nach oben auf die erste Etage, ohne noch einmal zurückzublicken.

Sie hatte nicht nein gesagt, aber auch nicht angenommen, hatte einfach nur die Szene verlassen. Er saß im Auto und sah ihren Körper vor sich, wie er die Treppe hinaufschritt. Er ließ seinen Kopf nach hinten gegen die Kopfstütze sinken. Die Sonne ging gerade unter, und die Uhr auf dem Instrumentenbrett tickte vor sich hin, zeigte aber eine vollkommen verkehrte Uhrzeit an. Er hatte zwanzig Minuten gewartet, als sich die Tür öffnete und sie auf der Treppe erschien, sich umdrehte und die Tür hinter sich abschloss, um dann mit schnellen, federnden Schritten zur Garage zu gehen und das Tor zu öffnen. Das Auto, das sich rückwärts herausschob, war ein niedriger dunkelblauer Zweisitzer mit versenkbaren Frontscheinwerfern. Sie ließ das Garagentor offen, wendete und fuhr davon. Es erwies sich als schwierig, dem Wagen über den einsamen Weg südwärts durch die Nesodden-Halbinsel zu folgen. Er durfte nicht allzu nahe heranfahren, war aber gleichzeitig besorgt, dass er sie aus den Augen verlieren könnte. Nachdem sie auf die Europastraße nach Oslo eingebogen war, beschleunigte der Wagen gewaltig. Bald fuhr sie mit hundertdreißig, hundertvierzig Stundenkilometern dahin. Hinter Mastemyr ließ das Tempo etwas nach, aber nicht besonders viel. An der Mautstation fiel Hammersten etwas zurück. Er drückte das Gaspedal durch, um sie wieder einzuholen. In der nächsten Tunneleinfahrt sah er einen blauen Schatten verschwinden und nahm die Jagd erneut auf, schlängelte sich im Zickzack an den Autos vorbei. In der Stadt bog sie an der Fjellinje ab, erreichte bald den Vikatorg und bog bei Gelb an einer Ampel ab. Er folgte ihr bei Rot. Sie parkte den Wagen in einer der kleinen Straßen zwischen dem Lapsetorg und dem Nationaltheater.

Hammersten fuhr noch ein Stück weiter, ohne sofort einen Parkplatz finden zu können. Er musste den Wagen halb auf dem Fußgängerüberweg abstellen und konnte gerade noch die Frau mit dem federnden Gang um eine Ecke verschwinden sehen, als er aus dem Auto sprang. Im Laufschritt überquerte er die Straße. Sie betrat einen Hauseingang. Er wartete, bis sie durch die Tür verschwunden war. Danach studierte er die Klingelknöpfe. Im Durcheinander verschiedener Namensschilder entdeckte er sie: *Grethe Lindeman* stand dort in einer Reihe von Namen auf dem Schild einer Anwaltssozietät.

Es war spät und fast schon dunkel. Ein solcher Besuch am Arbeitsplatz dürfte eher von kurzer Dauer sein, überlegte er und beschloss zu warten, sah sich ein bisschen die Schaufenster an, bewunderte Armbanduhren, Goldschmuck und Damenbekleidung.

Er wurde hungrig und ging zu einem 7-Eleven im Häuserblock hinter ihrem Büro. Eine Festmahlzeit, am ersten Tag in Freiheit, zwei Würstchen im Brot und eine Cola. Er studierte die Titelseiten der Wochenblätter – bikinibekleidete Frauenhintern und Skandalschlagzeilen über Spitzensportler und vage bekannte Gesichter aus langweiligen Fernsehserien.

Am Ende schlenderte er zurück und postierte sich im Schatten eines Torwegs. Als sie schließlich wieder herauskam und auf der anderen Straßenseite vorüberging, fühlte er sich gleichzeitig schuldig und neugierig. Wenn er entdeckt würde, wären die Chancen, sie noch öfter wiedersehen zu können, gleich null. Darum hielt er gehörigen Abstand. Als er um die Ecke bog und den Platz überquerte, auf dem König Haakon VII. verfroren und abgemagert im Winde stand, lief sie schon die Treppen nach Vika hinunter. Als er unten auf der Terrasse ankam, verschwand sie in einem der vielen Eingänge des Odd-Fellow-Gebäudes. Er blieb dort stehen, am oberen Ende der Treppe. Der Abend war beeindruckend, der Himmel glühte rot über den Dächern. Die dunklen Fenster des Gebäudes reihten sich wie die Negative eines Filmstreifens aneinander. Allein im zweiten Stock gab es Licht, wo Männer und Frauen in farbenfrohen Anzügen mechanische Bewegungen ausführten. Sie saßen auf Ergometerfahrrädern, stemmten Gewichte auf Liegebänken, zogen Stangen nach unten, drückten andere Stangen zusammen, jonglierten mit Hanteln und betrachteten sich und die anderen in großen Spiegeln. Eine Collage, dachte er und ließ seinen Blick hinunter auf die Straße wandern, wo die Autoschlangen sich nur noch selten an den Kreuzungen etwas verdichteten. Nach einer Weile hatte er auch sie hinter den großen Fenstern entdeckt. Ihre Helmfrisur war zu einem sportlichen Pferdeschwanz zusammengebunden. Sie trug etwas, das wie ein rosa Badeanzug über lila Strumpfhosen aussah. Farbenfrohe Wadenwärmer schlackerten über Joggingschuhen. Ihre flotte Erscheinung war dabei nicht mehr als eine anonymisierte Teilnehmerin an einer Szene, die wie aus einem Zeichentrickfilm wirkte. Wie besessen strampelte sie auf einem Fahrrad und warf ihren Pferdeschwanz hin und her. Im danebenliegenden Fenster lagen männliche Bodybuilder in Reih und Glied und übten Situps mit Gewichten im Nacken. So verbrachte man seine Zeit hinter Gittern. Halte durch. Die Zeit vergeht. Halte durch. Plötzlich spürte er ein starkes Verlangen danach, dort zu sein, auf dem Rücken zu liegen, Situps zu machen und in Grethe Lindemans konzentriertes Gesicht hinaufzustarren. Vielleicht über etwas Belangloses zu reden, einen Witz zu erzählen, sie zuerst zum Lachen zu bringen und dann dazu, heimlich zu ihm herüberzuschielen.

Er stand eine Zeit lang da und ließ dieses Gefühl sich in seinem Körper ausbreiten. Als sie vom Ergometerfahrrad stieg und im hinteren Teil des Studios verschwand, riss er sich los und ging zum Auto zurück, um nach Hause zu fahren.

2

Auf der Fahrt die Finnmarkgata hinauf senkte er das Tempo. An einem Abend wie diesem wäre es eigentlich korrekt gewesen, den Tag so richtig zu feiern, in eine Bar zu gehen und dort ganz tief in einem Glas nach dem verlorenen Glück zu fahnden. Da er wusste, dass er es dort nicht finden würde, entschied er sich, auf einen Versuch zu verzichten, und stellte seinen Wagen in einiger Entfernung vom Eingang zu seinem Wohnblock ab.

Sobald er den Schlüssel gedreht hatte und das Scheinwerferlicht erloschen war, entdeckte er das andere Auto. Mehrere Fahrzeuge waren hintereinander am Bürgersteig geparkt, aber bei diesem saß ein Mann hinter dem Steuer. Das reichte: Der Schatten eines Männerprofils hinter dunklem Glas, hier, an diesem Abend.

Hammersten öffnete die Tür, stieg aus dem Auto und schloss hinter sich ab. Er sah sich nicht nach rechts und nicht nach links um, sondern bog direkt zu seinem Eingang ab und angelte in der Hosentasche nach seinem Schlüsselbund. Er blieb noch ein Weilchen stehen, um im Licht der Eingangsbeleuchtung den richtigen Schlüssel herauszusuchen. Keine Autotür wurde zugeschlagen. Keine Schritte auf dem Asphalt. Niemand folgte ihm.

Die Tür fiel ins Schloss, und er überzeugte sich, dass sie ordentlich eingerastet war. Das Geländer gab einen dumpfen Klang von sich, als er dagegen stieß. Eilig stieg er die

Treppe hinunter und schloss sich im Keller ein. Sofort begegnete ihm ein gruftiger Geruch nach feuchten Mauern und Balken. Er tauchte ins Dunkel hinab, tastete nach einem Lichtschalter, fand ihn und drehte ihn herum. Irgendwo brummte eine Tiefkühltruhe. Bald begannen die Leuchtstoffröhren zu blinken, und eine nach der anderen erhellte den langen Korridor. Alle drei Meter gab es Abzweigungen nach links und rechts – dunkle Reihen von Holztüren, hinter denen sich die Kellerräume der Hausbewohner befanden. Die eine oder andere Tür war lediglich angelehnt, ein unbenutzter Verschlag, oder einfach die Folge eines Einbruchs. Unversehens trat er gegen ein kaputtes Vorhängeschloss auf dem Boden. Die letzten Meter musste er sich erneut durch Dunkelheit vorankämpfen. Er tastete nach dem Türgriff, fand den Riegel, öffnete vorsichtig die Tür und trat in den hellen Abend hinaus. Er lief die Treppe vom Kellereingang hinauf und zögerte, oben angekommen, einen Augenblick, kam sich ein bisschen dumm vor, hielt sich aber trotzdem im Schutze einiger Büsche. Er hockte sich hin und wartete, bis sich seine Augen an das milde Licht gewöhnt hatten. Er starrte zu dem Auto hinüber, in dem der unbekannte Mann hinter dem Steuer saß und wartete. Unmöglich, seine Gesichtszüge zu erkennen. Nur der zusammengekniffene Mund und ein Stückchen Kinn waren sichtbar, erhellt vom Licht der Straßenlaterne. Er notierte sich das Kennzeichen des Wagens und wandte sich zum Gehen.

Da flammte plötzlich das Licht eines Streichholzes im Innenraum des Autos auf. Der Mann zündete sich eine Zigarette an. Das Licht offenbarte ein bekanntes Gesicht. Eine bekannten Mann mit einer bekannten schlechten Angewohnheit: sich die Zigarette mit einem Streichholz anzuzünden, zu inhalieren, die Zigarette wieder aus dem Mund zu nehmen und die Flamme des Streichholzes hin und her über die neu entzündete Glut wandern zu lassen, während er nachdenklich den Rauch durch die Nase blies:

Es war Jorfall.

Er wollte nicht mit Jorfall sprechen. Nicht jetzt. Nicht heute. Ruhig glitt er den Weg zurück, den er hergekommen war, die Kellertreppe hinunter und in den dunklen Korridor zurück, an den Verschlägen und dem Schutzraum vorbei und schließlich die Treppen hinauf bis zu seiner eigenen Wohnung.

Er betrat den dunklen Flur, ohne das Licht einzuschalten, öffnete die Tür zum Wohnzimmer und ging zu dem hohen, schmalen Fenster, wo er die Lamellen der Jalousie justierte. Er blieb dort stehen und starrte in die Dunkelheit hinaus, steckte seine Hand in die Hosentasche und ergriff die Packung mit »Schwarzer Mann«. Langsam streifte er die Plastikverpackung ab, knüllte sie zusammen und fragte sich, wo er sie hinwerfen sollte.

Unten auf der Straße zeichnete sich die Silhouette von Jorfalls Gestalt deutlich unter der Straßenlaterne ab. Jorfall starrte zum Fenster hinauf. Hammersten starrte zurück. Er zündete die Zigarre an und blies blauen Rauch gegen die Fensterscheibe. Jorfall hob langsam seinen rechten Arm und winkte. Hammersten hob seinen Arm, griff nach der Schnur und machte die Jalousie dicht.

Er setzte sich hin und wartete auf den Ton der Klingel über der Wohnungstür. Aber Jorfall klingelte nicht.

Er versuchte sich Jorfalls gebeugte Gestalt vorzustellen, wie sie die Autotür abschloss und zum Fenster heraufblickte, wie sie die Straße überquerte und den Finger hob, um die Klingel zu betätigen.

Das geschah nicht. Die Türklingel blieb stumm.

Auf einem Holzstuhl in der Öffnung zwischen Küche und Wohnzimmer sitzend, rauchte er seine Zigarre, ohne zu inhalieren. Er rollte den braunen Zylinder zwischen Daumen und Zeigefinger hin und her, rauchte langsam und mit tiefen Zügen, hielt die Wärme so lange wie möglich im Mund zurück, während er beobachtete, wie der blaue Streifen Rauch die Lichtstreifen der Laterne, die durch die Jalousien drangen, durchschnitt und die Luft unter der Zimmerdecke in einen durchsichtigen Dunst verwandelte. Im Wohnzimmer hing ein Laken neben dem anderen über Stühlen, dem Esstisch und dem Sofa, über braunen Pappkartons mit Büchern. Exakt diese Ansicht könnte einem englischen Film entstammen, der Augenblick, in dem die junge Frau einen letzten, dramatischen Blick über die Schulter zurückwirft, bevor sie auf die lange Reise geht.

Er verspürte keine Lust, die Laken herunterzuziehen oder es auf irgendeine andere Weise gemütlicher zu machen, war noch nicht bereit dazu. Als er schließlich aufstand und zum Fenster ging, war draußen von Jorfall nichts mehr zu sehen. Als er die Jalousie wieder dicht machen wollte, klingelte das Telefon. Er hielt inne und betrachtete es. Der Anrufbeantworter sprang an. Seine eigene Stimme erschien ihm fremd. Die fremde Stimme erklärte umständlich, dass er nicht zugegen sei, aber gerne Kontakt aufnehmen würde, falls derjenige, der anrief, so nett wäre und seine eigene Telefonnummer hinterließe. Das Band summte, der Pfeifton verklang in einer Stille, die einige Sekunden andauerte, bis Grethe Lindemans tiefe Stimme aus dem Lautsprecher drang:

»... Ich setze mich stille nieder, zieh schweigend den Schleier beiseite,
nähere meine Augen den ihren, meine Seele der ihren.
Lautlos sinkt ...«

Er nahm den Hörer ab.

Sie schwieg.

»Behutsam lege ich mein Ohr an ihr Herz«, zitierte er automatisch, ohne zu reagieren, bevor er das letzte Wort ausgesprochen hatte. Dann spürte er, wie sich die Spannung in seiner Brust konzentrierte.

Sie sagte nichts. Unruhe breitete sich in ihm aus. Sie musste wissen, dass er wie versteinert dastand und durch das Telefon ihrem Atem lauschte. Allmählich verflüchtigte sich die Unruhe. Er spürte, dass es ihm gefiel, den Atemzügen zu lauschen, die vertraute, doch gleichzeitig seltsame Stille – die Spannung.

Ein klapperndes Geräusch verriet ihm, dass sie die Verbindung unterbrach.

Erinnere dich an Abels verzerrtes Gesicht, Abel, der im Suff ein Gedicht rezitierte, ein einziges Gedicht. Sigbjørn Obstfelder. Abel, wie er sternhagelvoll und voller Selbstmitleid einen Dichter zitierte, und jetzt stolperten die Worte aus seinem Munde, automatisch, als wäre es Abel selbst gewesen, der den Telefonhörer abgenommen hatte.

Verärgert über sich selbst stand er da und starrte das verstummte Telefon an. Es hätte phosphoreszierend sein können. Er spielte das Band des Anrufbeantworters ab. Ihre heisere Stimme ließ es kalt seinen Rücken herunterlaufen.

3

Als er aufwachte, früh wie immer, blieb er geduldig mit geschlossenen Augen liegen, bis er sich daran erinnerte, wo er sich befand. Er versuchte sich auch daran zu erinnern, was er geträumt haben könnte, während er dem neuen Klanggemälde des Morgens lauschte, rauschende Wasserrohre, jemand, der die Toilettenspülung bediente, ein Radio, Autos, die draußen auf der Straße vorüberfuhren. Als ihm klar wurde, dass er nicht wieder einschlafen würde, öffnete er die Augen und betrachtete das anheimelnde Muster der kiefernholzverkleideten Zimmerdecke mit ihren dunklen Astlöchern. Schließlich ging er ins Bad und stellte seinen Körper unter heißes Wasser, seifte sich ein, wusch sich die Haare und ließ sich vom Wasser rein spülen. Er verzichtete darauf, sich abzutrocknen, rasierte sich und ging nackt in die Küche hinüber, um einen Kaffee zu trinken.

Danach rief er das Osloer Polizeipräsidium an und bat darum, mit der Kriminalpolizei verbunden zu werden.

»Könnte ich bitte mit Jorfall sprechen?«

»Wie war der Name?«

»Hammersten.«

»Jorfall ist noch nicht da.«

»Kannst du ihm sagen, dass ich angerufen habe? Dass ich von jetzt ab noch eine knappe Stunde zu Hause sein werde.«

Dann war Arnie dran. Er musste sich die Nummer aus dem Telefonbuch heraussuchen.

Arne Fratang. Fotograf.

Die Adresse von Arnies Fotostudio war neu und ihm fremd. Eine unbekannte Frauenstimme nahm den Hörer ab und fragte, wie er hieße. Arnie wäre ziemlich beschäftigt, sagte sie. Hammersten bat sie, ihm Grüße auszurichten und zu sagen, dass er umgehend vorbeischauen würde.

Jorfall rief nicht zurück. Eine halbe Stunde später verließ er die Wohnung.

Er ging an den Garagen vorbei und schlenderte zur U-Bahn-Station am Carl Berners Plass hinunter. Der Zug schoss dröhnend aus dem Tunnel, und die Türen öffneten sich sofort, nachdem der Waggon angehalten hatte. Die meisten Sitze waren mit Zeichen markiert, mit Tusche oder Sprühfarbe. Er fand einen sauberen Platz und setzte sich hin, während der Fahrer irgendetwas in die Lautsprecher nuschelte. Bald schien die Sonne durch die Fensterscheiben hinein. Eine Frau am anderen Ende des Waggons starrte ihm direkt in die Augen. Er sah weg, aus dem Fenster hinaus auf das grüne Gestrüpp am Rand der Gleise. Das Licht war stechend. Er dachte an Arnie, wie es war, ihn auf diese Art aufzusuchen, ob das, was er jetzt tat, das Richtige war. Er fühlte nichts dabei und überlegte einen Augenblick, ob das ein gutes oder ein schlechtes Zeichen wäre.

Die Herbstsonne brannte, als er ausstieg. Kleine, unruhige Wolken zogen über den Himmel. Weit entfernt rumorte der Verkehrslärm auf dem Trondheimsveien. Er folgte den Anweisungen der pfeilförmigen Schilder, ging ohne Hast in das Industriegebiet hinein und las die Firmennamen über

Türen und auf den Fassaden durch. Drei Ferntransporter standen mit ihren Hecks an einer Rampe und wurden entladen. Irgendwo dröhnte der aufstachelnde Rhythmus eines Schlagers aus einem Lautsprecher. Männer mit Sackkarren trampelten mit dumpfen Geräuschen in einem Anhänger mit gelber Plane herum. Der Klang brummender Dieselmotoren kroch eine Steigung hinauf. Ein schwerer Brummi überholte ihn. Der Fahrer hatte die Hemdsärmel aufgekrempelt. Sein zurückgekämmtes Haar endete in einem Entenschwanz über dem Hemdkragen. Eine Zigarette baumelte von seiner Unterlippe.

Im Gebäude war es still und kühl. Er ging langsam die Treppe hinauf, die sich immer höher wand, eine Etage, zwei Etagen, und schließlich stand er vor der doppelten roten Metalltür.

Arne Fratang
Fotostudio – Entertainment

Lautlos öffnete er die Tür, schlich sich hinein und ließ die Tür behutsam hinter sich zufallen.

In der Mitte des Raumes warfen zwei Scheinwerfer Szenenbeleuchtung auf ein weibliches Modell. Sie stand in einer etwas verdrehten Haltung da, ihr Gesicht im Profil und das Kinn zur Schulter hin gesenkt. Sie trug, abgesehen von schwarzen Armeestiefeln und schwarzen Handschuhen, nichts. Neben einer ihrer Brüste, direkt an der Achsel, hatte sie eine kleine blaugrüne Tätowierung. In der rechten Hand hielt sie eine silberfarbene Pistole. Sie war sehr schwer und wirkte grotesk und überdimensioniert. Das grelle Licht ließ ihre Haut sich marmorweiß gegen das Schwarze absetzen – die Stiefel, die Handschuhe, das Schamhaar, die schwarz bemalten Lippen. In dem oberflächlichen Licht wirkte ihre Gestalt leblos, sie glich einer Puppe. Das einzige Lebenszeichen waren ihre Augenlider, die sich zweimal langsam senkten und wieder hoben.

Er ließ seine Augen weiterwandern, durch die Halle. Die großen Ohrensessel aus Leder waren leer, der verglaste Raum mit Schreibtisch und Archivschrank verwaist, verschiedene Hintergrundgemälde hingen in zerknitterten Fetzen von der Decke herab.

Arnie war nicht zu sehen. Auch sonst war niemand zu sehen.

Langsam, dahingleitend wie ein Pantomime, drehte die Frau ihren Körper in eine normale Haltung zurück und senkte die Hand mit der schweren Schusswaffe. Fasziniert blieb er stehen und betrachtete das Spiel der Muskeln in ihrem Arm und ihrer Schulter, bis schließlich zwei schwarze Pupillen und eine schwarze Pistolenmündung auf ihn gerichtet waren.

Er hielt den Atem an.

»Jetzt erschieße ich Sie, Herr Assessor Brack.«

Ihre Stimme war weich. Sie hätte als Telefonverkäuferin arbeiten können.

»Pju!«, sagte sie und ließ die Pistolenmündung malerisch zurückzucken. »Pju! Pju!«

In der nächsten Sekunde lebte sie. Die Arme hingen apathisch herunter, der Mund offen, panische Angst färbte ihren Blick. Die runden Schultern erbebten. »Herrgott, habe ich Sie vielleicht getroffen?«

Er bewunderte das, die Seele in den Abgründen dieser schwarzen Augen. Als Antwort zuckte er mit den Schultern.

Sie verschränkte die Arme vor der Brust, ließ den Revolver direkt zur Decke zeigen, James Bonds Pose. Ein entkleideter Frauenkörper auf zwei kegelförmigen Oberschenkeln, dazwischen ein flacher und verwundbarer Bauch. Armeestiefel. Sie wirkte vollkommen unbeschwert, als sie sagte: »Sag deine Replik.«

»Ich bin nicht so ganz im Bilde.«

»Du sollst mich bitten, die Dummheiten zu lassen!«

»Das klingt aber etwas gestelzt.«

»Sag es auf deine Weise.«

Er räusperte sich.

Sie lächelte. Ein weißer Blitz leuchtete hinter den schwarz bemalten Lippen auf.

Er brüllte: »Lass den Scheiß!«

Ein Echo der letzten Silbe klatschte irgendwo hinter ihr an die Wand.

Sie rührte sich nicht. Ihr Blick ließ Zweifel in ihm aufkommen, ob sie immer noch spielten. »Jetzt müsste ich dich bitten, hereinzukommen«, sagte sie abwesend.

Er machte eine einladende Geste mit den Armen. »Tu das.«

Sie schaute weg und bewegte sich unruhig, als ob sie sich gerade ihrer eigenen Nacktheit bewusst geworden war. Als sie den Blick wieder hob, wirkte sie verlegen. »Ich weiß nicht, wie du heißt.«

»Er heißt John Hammersten!«

Die Stimme gehörte Arnie. Sie kam von hinten.

Arnie stand gegen die Metalltür gelehnt, zur Hälfte im Schatten. Mit einem Seufzer trat er ganz ins Licht, die Kamera um seinen Hals gehängt. Die Joggingschuhe konnten das Geräusch schlurfender Übergewichtigkeit nicht vollständig dämpfen.

»Wo hast du dich denn versteckt?«, fragte Hammersten.

Arnie tat so, als hätte er die Frage nicht gehört. Er zog eine Grimasse. »Und das ist Vibeke«, keuchte er und latschte zu ihr hinüber. »Vibeke nutzt jede sich bietende Gelegenheit zum Üben, sie möchte nämlich Schauspielerin werden.« Das Letztere sagte er in einem Tonfall, der von Ironie und Arroganz durchtränkt war.

»Nett dich wiederzusehen, Arnie«, sagte Hammersten.

Arnie wich seinem Blick aus und starrte nach wie vor die Frau an, die Vibeke hieß.

»Arnie«, maulte Hammersten gekünstelt.

Schließlich wandte sich Arnie ihm zu. Die rotweiße Haut zwischen seinen Doppelkinnfalten sah feucht aus.

»Sie will Schauspielerin werden«, wiederholte er tonlos.

Hammersten nickte. »Ist ein Weilchen her.«

»Die Zeit vergeht schnell, wenn man viel um die Ohren hat«, sagte Arnie und räusperte sich.

»Du konntest nicht warten?«

Arnie antwortete nicht, sondern wandte sich langsam den Fotolampen zu.

»Wir machen eine kleine Pause, Vibeke.«

Sie stand nicht mehr da.

Er ging weiter in die Halle hinein und rief: »Vibeke! Wir machen Pause!«

»Das war mir schon klar«, sagte sie und kam schnell hinter einer weiter entfernten Stellwand hervor. Sie hatte sich eine fein gestreifte und eng anliegende Hose mit einer dazu passenden Jacke angezogen. Sie lief jetzt barfuß herum. Hammersten fielen ihre Zehennägel auf – kleine, runde Zehen mit kurz geschnittenen Nägeln. Sie warf sich in einen Ohrensessel und schnappte sich eine der Zeitschriften, die auf dem Tisch herumlagen.

»Nett dich kennen zu lernen«, sagte Hammersten.

Die schwarzen Augen zielten erneut auf ihn. »Danke, gleichfalls.«

Arnie räusperte sich.

»Hast du noch jemanden mitgebracht?«, fragte sie.

»Nein«, antwortete Hammersten.

Sie zog ihre Beine unter sich auf den Sessel, blätterte geistesabwesend in der Zeitschrift. »Sicher?«

Er ignorierte Arnie und runzelte verständnislos seine Stirn. »Ich bin ziemlich sicher.«

»Das ist aber merkwürdig«, sagte sie.

»Was ist merkwürdig?«

Sie hob den Kopf und lächelte milde. »Ich war mir sicher, zwei von euch gesehen zu haben.«

Hübsch und ein bisschen überkandidelt, dachte er und sagte: »Warst du diejenige, mit der ich am Telefon gesprochen habe?«

»Was willst du?«, unterbrach Arnie unwirsch ihre Unterhaltung von links. Schwerfällig schlurfte er zu einem Regal hinüber, in dem ein zerbeulter Cowboyhut lag.

Hammersten hatte Lust, noch ein wenig länger zu flirten, hatte Lust, entspannt mit ihr zusammen im Sofa zu sitzen und dem Schnurren des Daseins zu lauschen. Widerwillig wandte er sich dem Fotografen zu und sagte:

»Was glaubst du wohl, was ich will?«

»Ich weiß nichts von Abel.«

Kein Augenkontakt. Der dicke Mann schwitzte. Das hat er gewusst, dachte Hammersten. Darauf hat Arnie gewartet. Über zwei Jahre gewartet, sich darauf vorbereitet. Er sagte: »Warum sollte ich nach Abel suchen?«

Der Fotograf hatte ihm den Rücken zugewandt, nestelte am Cowboyhut herum.

»Abel ist einfach spurlos verschwunden, in derselben Nacht, in derselben Nacht, als ...«

»Als?«

Arnie deutete mit seiner Schulter zu der Frau hinüber. »Du weißt, was ich meine«, behauptete er. »Die Nacht, als es brannte. Als du geschnappt wurdest.«

»Oh.«

Er war schon lange darauf gespannt gewesen, wie Arnie diese Dinge ausdrücken würde. Es schließlich zu hören war eine tiefe Enttäuschung. Er sagte: »Setz ihn nur auf, Arnie.«

Der Fotograf gehorchte. Der Cowboyhut tat ihm gut. Mit einem Mal wirkte seine Haltung viel aufrechter, sein Körper gewann in gewisser Weise an Geschmeidigkeit.

Der Ledersessel knirschte, als die Frau aufstand. Die Zeitschrift glitt zu Boden, während sie dicht an ihnen vorbeischritt und eine Bugwelle von parfümierter Luft hinter sich zurückließ. Die Metalltür fiel mit einem trockenen Geräusch hinter ihr ins Schloss.

Hammersten war allein mit Arnie. Der Fotograf hatte sich lässig an die Wand gelehnt. Cowboyhaltung.

»Okay, Sheriff«, sagte Hammersten. »Zieh!«

»Bitte nicht diesen Ton«, sagte Arnie gestelzt. »Das ist das Erste, was du jetzt begreifen musst. Du kannst nicht einfach hier hereinplatzen und alte Nummern abziehen. Du bist jetzt draußen. Genau wie Abel Raag. Du musst begreifen, dass Abel sich aus dem Staub gemacht hat.«

»Das klingt aber wenig wahrscheinlich.«

»Er hat sich aus dem Staub gemacht, John! Ich hatte doch nicht das Geringste begriffen. *Bliss* – das Restaurant brennt ab, mein Job brennt einfach ab. Du bist verhaftet. Abel verschwindet einfach. Ich hatte doch keinen Schimmer, welche Spielchen ihr beide da gespielt habt!«

»Spielchen?«

»Hä?«

»Du hast nie Kontakt aufgenommen«, sagte Hammersten. »Als ich gesessen habe.«

»Scheiß drauf, John«, sagte Arnie. »Versetz dich mal in meine Lage. Du sitzt im Knast. Das Restaurant ist abgebrannt, Abel über alle Berge, es gibt keine Chefs. Ich kann nicht einfach anfangen, dein altes Taxi zu fahren.«

»Du sagst, dass Abel verschwand? Was hast du getan, als Abel plötzlich weg war und auch nicht wieder auftauchte.«

»Was ich getan habe? Die ganze verdammte Stadt habe ich durchkämmt. Und das war gar nicht so einfach.«

»Hast du mit der Freundin Kontakt aufgenommen?«

»Die Freundin?«, sagte Arnie verständnislos.

»Abel war mit einer Frau zusammen, und das wusstest du verdammt gut. Die Blonde. Grethe Lindeman.«

Arnie Cowboy hatte seine Hände nach wie vor lässig unter seinem Hosenbund gefaltet, gleichgültiges Schulterzucken.

»Du hast doch nicht etwa Kontakt mit ihr aufgenommen?«

»Und wenn?«

»Man munkelt, dass du gut lebst, Arnie.«

»Lass mich doch in Ruhe«, sagte der Fotograf überdrüssig. »Pack dich endlich und tu was Nützliches. Jetzt guck mal hier!«

Arnie hastete x-beinig zum Tisch vor dem Ledersofa hinüber und hob ein schwarzes Buch auf. »So sieht die Wirklichkeit aus«, sagte er. »Das sind die Jobs, die ich heute und in den nächsten Wochen noch zu erledigen habe. Das ist wirkliches Geld, John. The real thing. Arbeit. Morgens früh aufstehen und ab zur Arbeit. Steuern bezahlen, Geld zu kriegen, ohne dafür eingelocht zu werden. Kapiert?«

»Mir gefällt dein Ton nicht, Arnie.«

Da. Blickkontakt.

»Krieg das endlich mal in deinen Kopf«, sagte der dicke Mann einfach. »Ich habe mehrere Monate lang keine Ahnung gehabt, was da vor sich ging. Kein Lohn, nichts, was ich hätte tun können außer Fotografieren, das ich früher schon gemacht hatte. Als du und Abel mit euren Heimlichkeiten beschäftigt wart, habe ich nicht das Geringste gewusst. Jetzt lebe ich gut und muss mich nicht dauernd auf der Straße umdrehen, um nachzusehen, ob mir nicht irgendjemand folgt. So sieht die Sache aus. Und wenn ich dir einen Rat geben soll? Vergiss Abel. Such dir Arbeit. Fang wieder von vorne an. Du hast genug Charakter dafür.«

»Du sagst also, dass ich genau das tun muss, was du hättest tun sollen«, sagte Hammersten.

»Hä?«

»Ich muss Abel finden.«

Der andere seufzte. »Das ist mir wirklich zu viel. So wie ich das sehe, bin ich beinahe nach Strich und Faden verarscht worden. Na ja, du hast deine Strafrunde gedreht, sorry. Aber ich werde meinen Weg gehen und bitte dich ganz höflich, deinen eigenen zu gehen. Verstanden?«

»Die Strafrunde, von der du sprichst, hat eine lange Zeit gedauert, Arnie, ohne durch die Tür nach draußen gehen zu können, Licht aus an jedem verdammten Abend um neun.«

Resigniert hielt der Fotograf den schwarzen Terminkalender wie ein Banner hoch in die Luft.

Hammersten ging ganz nah an ihn heran, schnappte sich die Kamera, hob sie hoch und las laut den Markennamen vor. Er griff nach der Goldkette, die Arnie um seinen schweißtriefenden Hals trug, wog die Kette in seiner Hand, ließ die Kette fallen und streichelte über die Ringe, die der Mann an seinen Fingern trug.

»Ich bin blank«, sagte er schließlich.

»Na und?« Arnie musste sich räuspern und wiederholte: »Ja, und?«

»Du bist nicht blank.«

Arnie räusperte sich ein weiteres Mal. »Ich kann ein paar Tausend entbehren, damit du erst mal in Gang kommst«, sagte er, riss sich los und eilte quer durch den Raum, durch eine Glastür hindurch und weiter zu einem Schreibtisch. Dort setzte er sich, zog Schubladen auf und schob sie wieder zu, wühlte in ihnen herum. Schließlich schwang er sich auf dem Drehstuhl herum und reichte dem anderen ein Bündel Geldscheine.

Hammersten nahm es entgegen und zählte langsam die Banknoten. Achttausendvierhundert Kronen. Danach blieb er mit einem sanften Lächeln einfach dort stehen.

»Bist du nicht zufrieden?«, fragte Arnie. »Mehr habe ich nicht«, fuhr er fort.

Der andere antwortete nicht.

Arnie atmete geräuschvoll durch die Nase. »Noch tausend mehr, aber dann ist es genug.«

Er schwang sich noch einmal herum, wühlte in der Schublade. »Hier, fünfzehnhundert.«

Hammersten steckte sich das Bündel Banknoten in die Hosentasche und ging.

Draußen umhüllte ihn erneut die Wärme. Er warf sich sein Jackett über die Schulter, krempelte die Ärmel hoch und schlenderte denselben Weg zurück, den er gekommen war. Es wehte ein leichter Wind, den man erst bemerkte, wenn man zwischen den massigen Gebäuden heraustrat, ein Wind, der die Haare ergriff und die Temperatur angenehm erscheinen ließ. Die großen Gittertore schwangen lose im Wind hin und her, ihre Angeln schrien verrostet.

Er sprang zur Seite, als von hinten ein Auto herangefahren kam. Der Wagen bremste jäh. Ein kleiner, anthrazitfarbener Fiat. Er kniff die Augen zusammen, um nicht von dem Staub geblendet zu werden, der sich für ein paar Sekunden über das Auto legte, um dann weiter die Straße hinunter zu wehen. Die Tür auf der Fahrerseite schwang auf. Sie trug dasselbe dunkle Kleid, hatte sich die Haare gekämmt. Ein roter Schlips unter der zugeknöpften Jacke machte die Parodie einer männlichen Bekleidung perfekt.

Ohne ein Wort zu sagen, starrte sie ihn über das Wagendach hinweg an.

Er sagte: »Hast du keine Replik?«

»Gib mir eine.«

»Du könntest ja fragen, ob wir nicht vielleicht denselben Weg hätten«, sagte er. »In diesem Fall würde ich gerne ein Stückchen mitfahren.«

»Abgemacht«, sagte sie. »Wenn du denn einsteigst.«

Sie sprach davon, wie man gewisse Stimmungen einfangen und festhalten könne. Von dem Problem, in bestimmten sozialen Situationen nur zum Teil gegenwärtig zu sein, weil man die ganze Zeit in dieser Situation nach etwas suche, das man später wiederverwenden könne.

»Man muss seinen Schmerz ausleben«, sagte sie plötzlich.

Er schielte zu ihr hinüber, wägte das Für und das Wider ab, kam aber zu dem Schluss, dass sie keineswegs versuchte ihn zum Narren zu halten. Sie gestikulierte mit den

Händen. Unterstrich die Bedeutung dieser hohlen Phrasen.

Sie bemerkte seinen Blick. »Klischees«, sagte sie eilig und lachte. Sie hatte ein Muttermal auf der Wange, schräg oberhalb des Mundwinkels. Ihre Augen waren schmal, beinahe orientalisch schräg stehend, und eine widerspenstige Strähne ihres schwarzen Haares fiel immer wieder über ihr Gesicht. Sie blies die Strähne fort und strich sie mit der Hand zur Seite, als sie erneut über ihr Gesicht gefallen war.

Sie hielt an einer roten Ampel und murmelte, den Blick starr geradeaus gerichtet: »Klischees, immer wieder Klischees.«

»Aber du glaubst daran«, schlussfolgerte er.

»Was meinst du?«

»An den Schmerz und den Kampf und das Ziel, irgendwo in weiter Entfernung.«

Sie legte den Gang ein. Auf den Fußwegen zwischen den Häusern der Wohnungsgenossenschaft liefen Kinder mit Schulranzen auf ihren Rücken herum, einige hüpften auf imaginären Himmel-und-Hölle-Feldern, und in sich versunkene Hausfrauen schleppten an schweren, mit Herbstgemüse gefüllten Tragetaschen.

Sie wechselte das Thema, sprach von Arnie, betonte, dass er sehr tüchtig sei, aber auch etwas speziell, dass es gelte, ihn auf Abstand zu halten. Arnie müsse man mit Humor nehmen, es helfe wenig, sich über ihn zu ärgern.

»Er kommt mit Vorschlägen, an die andere nicht im Traum zu denken wagen.«

»Das glaube ich gerne.«

Er zeigte ihr den Weg. »Hier links einordnen.«

Sie erzählte weiter. Sie plapperte über Musik, die sie

mochte, über Garagenrock, den Punk der Achtziger und New Wave.

»Nicht so sehr die Sex Pistols und Johnny Rotten, hast du mal von den Dead Kennedys gehört?«

Er zuckte mit den Schultern.

»Ich kann es dir irgendwann mal vorspielen. Absolut roh.«

Er schaute noch einmal zu ihr hinüber, ohne ein Wort zu sagen. Sie fuhren schweigend weiter.

Als sie an der Bordsteinkante hielt, drehte sie sofort den Zündschlüssel, und der Motor verstummte.

Sie bemerkten es beide gleichzeitig und blickten einander an. Doch keiner von ihnen ging weiter darauf ein, weder auf dem Weg zur Eingangstür noch im Treppenhaus. Sobald sie in seiner Wohnung waren, kam die erste, quälende Stille herbeigeschlichen. Gleichzeitig mit ihr fiel ihm der unbewohnte Eindruck wieder auf, und er musste an eine Filmszene denken, die er vor ein paar Jahren gesehen hatte, konnte sich aber an den Rest des Films nicht erinnern. Die plötzlich angespannte Atmosphäre zwang den Altersunterschied und den kulturellen Abstand zwischen ihnen an die Oberfläche. Er in seinem offenen Staubmantel, die Hände in den Hosentaschen versenkt. Sie Mitte zwanzig, die Haare in einen aufregenden Mittelscheitel gelegt. Die lockere Stimmung, die zwischen ihnen geherrscht hatte, war verschwunden, sie warfen sich verstohlene Blicke zu. Er verlagerte sein Gewicht. Der Fußboden knarzte. Er betrachtete die Farbe, die stellenweise von dem halb geöffneten Fenster abgeblättert war. Verkehrslärm und das Brummen beschleunigender Autos drangen in das Zimmer. Er machte einen Schritt. Sie machte einen Schritt. Sie schlichen wie zwei Katzen umeinander herum.

»Setz dich doch, bitte.«

Sie reagierte nicht, und auch er blieb hilflos stehen.

»Was bewahrst du in den braunen Kartons auf?«

Er folgte ihrem Blick. »Sachen«, sagte er. »Sachen und Bücher.«

Ihr Schweigen ließ ihn fortfahren. »Man schleppt dauernd seine Sachen mit sich herum. Einige dieser Kartons sind seit Jahren nicht mehr geöffnet worden.«

Er breitete seine Arme in einer umfassenden Geste aus. »Eigentlich wollte ich ja vermieten, darum wurde alles verpackt. Aber ich habe nicht vermietet. Und so hat einfach alles hier herumgelegen, während ich saß.«

Sie lehnte sich an einen Stapel Pappkartons, eine Haltung, die die runden Linien ihrer Figur hervorhob. Er folgte ihrem Blick, bemerkte, wie sie den Raum noch einmal studierte. Möbel, die mit Laken verhängt worden waren. Pappschachteln. Auf dem Fußboden eine erloschene Zigarre in einem Aschenbecher. Sie tauschten wieder Blicke aus. Es hing immer noch dieselbe ungewisse Stimmung in der Luft.

»Du hast gesessen?«

»Macht das einen Unterschied?«

»Kaum.«

Sie wühlte in einer der Schachteln herum, holte ein Taschenbuch heraus und las den Rücken, zog eine irgendwie beeindruckte Grimasse und drehte das Buch um.

»Der Titel?«, fragte er.

»Englisch. *The Withsun Weddings.*«

»Philip Larkin. Ein englischer Dichter mit zeitweiliger Schreibhemmung.«

Sie griff noch einmal in den Karton.

»Sagt mein Nachbar«, fügte er hinzu, setzte seinen Fuß

gegen einen der Kartons und drückte ihn so kraftvoll weg, dass er über den Fußboden glitt und mit einem dumpfen Knall gegen die Wand rauschte. Er machte es sich auf dem grünen Sofa bequem, streckte die Beine aus. »Ich habe das Buch von meinem Nachbarn bekommen. Fredriksen.«

Und wieder breitete sich ein langes und etwas peinliches Schweigen aus.

Sie räusperte sich und rückte schließlich mit der unumgänglichen Frage heraus.

»Wofür hast du gesessen.«

»Wieso?«

Sie zuckte mit den Schultern und warf ihr Haar zurück, das Sonnenlicht traf ihre Pupillen in genau dem Augenblick, wo sie sich zu ihm umdrehte.

Der Blick wirkte unmittelbar.

Er versuchte es sich vorzustellen, sie und er ineinander gewunden, nackt, hier auf dem Fußboden. Es kam ihm unwahrscheinlich vor, und er ärgerte sich plötzlich über sie, weil sie nur spielte, weil sie mit einem Spiel begann, dessen einzige Regel, wenn er sich erst einmal entschlossen hatte mitzuspielen, darin bestand, dass sie jederzeit aufhören durfte. Das konnte er sich vorstellen: wie sie ihn von sich wegschob und sich selbst dabei beobachtete, das Gefühl auskostete, die Situation zu beherrschen. Der hungrige Blick musste eine Routine sein, die sie vor dem Spiegel eingeübt hatte. Das konnte er sich auch sehr gut vorstellen: Vibeke vor einem Spiegel.

Sie hob den Zeigefinger und fuhr sich damit an derselben Stelle über den Hals, wo er die Narbe hatte.

»Das hier«, fragte sie mit belegter Stimme.

»Geschnitten.«

Mit dem Rücken an die Wand gelehnt wartete sie auf die

Fortsetzung. Das Schweigen schlich sich widerwillig von dannen, während sie sich in die Augen starrten. Wie in Zeitlupe riss sie sich von der Wand los, schwebte durch den Raum und kniete sich vor ihm auf das Sofa. Diese Haltung betonte ihre muskulösen Beine. Der Stoff ihrer Hose wurde bis zum Äußersten gespannt. Er griff nach ihren schlanken Handgelenken und schloss die Augen. Ihre Lippen waren kühl. Sie strichen sanft über sein Gesicht, den Hals hinunter, suchten nach der Narbe. Die Lippen verschwanden und kamen sanft wieder zurück. Er stand auf.

»Was ist los?«, fragte sie, ein bisschen außer Atem.

»Du«, sagte er und schaute auf sie hinab.

»Was ist mit mir?«

Er schwieg.

Sie stand ebenfalls auf. Ihre Lippen waren fünfzehn Zentimeter von seinem Mund entfernt. Die Zähne leuchteten weiß und glänzend zwischen dem Roten hervor. Ihr Parfüm ließ ihn an Haarlack denken und an die Mädchen aus der Mittelstufe, ein leicht betäubender Geruch nach Deodorant und Pullovern, die elektrisch knisterten. Ihre Lippen berührten sein Kinn.

»Was ist mit mir?«, wiederholte sie flüsternd, mit geschlossenen Augenlidern.

Er schob sie einen Schritt zurück.

Sie seufzte mit einem sarkastischen Grinsen, warf den Kopf in den Nacken und sah ihm direkt in die Augen. »Du willst nicht?«

»Vielleicht ein anderes Mal.«

»Lag es daran, dass ich den ersten Schritt gemacht habe, und nicht du?«

Er dachte nach. »Nein«, sagte er schließlich.

»Und was ist dann der Grund?«

Er, mit einem schiefen Lächeln: »Wir haben uns doch gerade erst kennen gelernt.«

»Wow!«, rief sie und lachte zu laut.

Sie bremste sich und grinste wieder, ein wenig zurückhaltender diesmal. »Wow«, wiederholte sie sich, wie in einem Film.

Sie sahen sich an, und sie sagte mit einem schiefen Lächeln: »Du stehst da und versuchst mich einzuschätzen, stimmt's?«

Er antwortete nicht.

Sie kicherte noch einmal, schaute zu Boden, hob die Hand und biss in einen Fingernagel. Auch das eine Pose, dachte er.

»Wow«, sagte sie zum dritten Mal, machte ein paar nervöse Schritte, verschränkte die Arme vor ihrer Brust und warf erneut das Haar zurück. Als sie sich umdrehte, war sie etwas näher an der Tür. »No hard feelings?«

»No hard feelings«, versicherte er ihr.

Wieder lief sie unruhig herum. Als sie anhielt, war sie nur noch wenige Schritte von der Tür entfernt. »Werden wir uns wiedersehen?«

»Warum nicht?«

Sie hatte die Türklinke in der Hand. »Du wirst mir nicht entkommen«, sagte sie.

»Wahrscheinlich nicht«, sagte er.

»Also ...«

Er nickte.

»Auf Wiedersehen«, sagte sie.

Er ging zum Fenster und dachte an Grethe Lindeman. Unten auf der Straße startete Vibekes Auto und fuhr weg.

Er ging zum Anrufbeantworter hinüber und spielte Grethe Lindemans Stimme von ihrem gestrigen Anruf noch einmal ab. Er wollte mit ihr sprechen, konnte sich aber nicht dazu aufraffen. Die Unruhe war zu groß. Er sah sie genau so vor sich, wie er sich von früher an sie erinnerte. Abel und Grethe.

Er ging hinaus. Im Treppenhaus hörte er das hohle Klirren von Schnapsflaschen. Er beugte sich über das Geländer und konnte einen kurzen Blick auf eine bekannte Gestalt erhaschen, die sich die Treppen hocharbeitete.

Dasselbe hohle Klirren wiederholte sich, als sie sich begegneten und der ältere Mann seine Tasche auf einer Treppenstufe abstellte. Ein diskreter Anisgeruch schlug Hammersten entgegen, als er anhielt. »Guten Tag, Fredriksen«, sagte er.

»Hammersten«, murmelte der Mann betrunken. »Die Zeit vergeht.«

Der Händedruck war trocken und kraftlos. »Wo du Recht hast, hast du Recht, Fredriksen.«

»Wie ich es dir gesagt habe, als sie dich abholten, Hammersten. Ehe du dich versiehst, bist du wieder zurück.«

»Dasselbe sagte der Rausschmeißer im *Bayern*.«

Fredriksen verzog den Mund zu etwas, das an ein Lächeln hätte erinnern können. »Du bist immer noch derselbe, Hammersten. Genau wie ich. Ich werde jetzt erst mal richtig saufen. Das kann ein paar Tage dauern.«

»Trink nur, Fredriksen. Es sei dir gegönnt. Aber sag mal?«

»Ja, Hammersten?«

»Kann ich einen Obstfelder-Band von dir ausleihen?«

»Welchen?«

»Es gibt nur einen, habe ich gehört.«

»Gute Antwort, Hammersten. Was hast du damit vor?«

»Ich werde ihn neben das Telefon legen.«

Fredriksen bückte sich nach seiner Tasche. »In Augenblicken wie diesen merkt man, wie lange du eigentlich weg warst, Hammersten. Komm mit dem Onkel, dann kriegst du ein schönes Buch.«

4

Es wurde Nachmittag. Die Sonne stand niedriger. Er setzte sich ins Auto, stellte die Uhr im Armaturenbrett ein und fuhr los zu Abels alter Adresse.

Er parkte vor der Kampen-Kirche und ging zu Fuß weiter, langsam, las die Namen auf allen Briefkästen durch, die sich an der Straße mit den hohen Lattenzäunen befanden. Vor der Nummer dreizehn blieb er stehen und schaute sich alle Namen zweimal an.

Ein ungewöhnlich aromatischer Duft nach Essen drang aus dem Haus. Ein Mann mittleren Alters mit melancholischen Augen füllte die Türöffnung aus. Auf seiner Oberlippe war die fast unmerkliche Narbe einer operierten Hasenscharte zu sehen.

»Ja, sieh es dir nur genau an«, sagte der Mann und strich sich über die Lippen. »Das sind die Sünden der Väter, Arbeitslosigkeit und abgeschiedene Täler. Wir müssen es ausbaden, die wir danach kommen.«

Seine Stimme hatte den asthmatischen Grundton eines eingefleischten Rauchers. Seine Arme waren übersät von großen, bleichen Flecken, die nur unzureichend verheilten Hautausschlägen ähnelten. Er war fast kahl. Die blanke Halbglatze floss wie ein mächtiger Strom zwischen zwei Ufern aus dünnen, zurückgekämmten Haaren über roten Felsgrund.

»Riecht gut«, sagte Hammersten.

»Fleischsuppe.«

»Mmmh«, sagte Hammersten.

»So wie es sein soll, Fleischsuppe mit Wurzelgemüse, auf Markknochen gekocht und mit Klößen.«

»Klöße?«

»Mehlklöße. Es gibt drei Geheimnisse einer gelungenen Fleischsuppe, weißt du. Da ist das Gemüse. Das muss norwegisch sein. Es liegt am Licht, verstehst du, die Mitternachtssonne. Kein Gemüse hat so einen Geschmack wie das, was hierzulande im Sommer wächst. Das Licht, es ist das Licht, das den Geschmack macht. Nummer zwei sind die Klöße, und zuletzt die Zwiebelsoße. In dieser Soße muss Apfelcideressig sein. Und die besten Kartoffeln sind Beate, oder Laila, die gehen auch. Hauptsache, sie sind nicht mehlig.«

»Vor ein paar Jahren hat hier ein Mann gewohnt, im obersten Stockwerk. Er heißt Abel Raag. Kannst du dich an ihn erinnern?«

Der Mann nickte. »Ein schweigsamer, ruhiger Kerl. Hat hier ein Jahr gewohnt. Ist verschwunden.«

»Verschwunden?«

»Er ist einfach verschwunden. Ohne die Miete zu bezahlen. Aber das hat nicht so viel ausgemacht. Er hatte ja Kaution bezahlt. Das ist schon lange her. Zwei Jahre vielleicht. Ich kann mich gut daran erinnern, wegen meinem Schwager. Du nimmst doch auch ein bisschen Suppe?«

Er verschwand im Haus. Hammersten folgte ihm.

Die Küche war blau gestrichen und aufgeräumt. Der Herd war grün. Ein riesiger Topf kochte vor sich hin. Der Deckel klapperte leise. Der Esstisch war von der altmodischen Sorte, mit gedrechselten Beinen, die Tischplatte braun vor Alter. Der Mann nahm einen geblümten Teller aus einem Schrank, füllte Suppe ein und schob ihn zu Hammersten hinüber.

Der Mann zündete sich eine Zigarette an, während Hammersten aß.

»Du bist nicht der Erste, der sich nach dem Kerl erkundigt. Es war auch schon einer von der Stadt hier. Der hat die erste Ladung bekommen.«

Der Mann erhob sich und ging durch eine Tür. Hammersten aß. Der Mann kramte lautstark im angrenzenden Zimmer herum. Er fluchte. Es wurde ruhig.

»Weißt du, warum ich so sauer auf den Typen bin – Abel Raag?«, rief er herüber. »Es war nicht wegen der Miete; die hatte er ja mit der Kaution abgedeckt. Was ich ihm nie verzeihen werde, ist, dass er einfach abgehauen ist. Deswegen konnte ich nicht inserieren. Und weil ich nicht inserieren konnte, habe ich jetzt meinen Schwager am Hals. Das ist ein Arsch. Der bezahlt keine Miete.«

Der Mann tauchte mit einer blau gestreiften Plastiktragetasche wieder im Türrahmen auf. Er nahm einen letzten Zug und warf die Zigarette in den Spülstein, wo sie mit einem leichten Zischen erlosch.

»Iss nur, iss!«

Hammersten blies auf den Löffel und aß.

Der Mann setzte sich umständlich. »Und weißt du, woran man erkennen kann, dass mein Schwager ein Arsch ist? An den Schneidezähnen. Sie sind vollkommen weiß und bestimmt von hoher Qualität, aber es lässt sich nicht leugnen, dass sie künstlich sind. Er hat einmal zusammen mit meiner Frau ein Wochenendhäuschen gebaut, und dadurch war ich auch darin verwickelt. Er und seine Frau hatten Gütertrennung vereinbart, und alles war auf sie überschrieben, seine Frau, und dann kommt das Finanzamt und pfändet die Hütte! Ist das ein Wunder, wenn man da sauer wird? ›Ich muss es tun‹, hat er gesagt, ›kann es mir anders nicht leisten‹, hat er gesagt, ›meine Zähne kosten schließlich dreißigtausend‹.«

»Dreißigtausend?«, sagte Hammersten zwischen zwei Löffeln Suppe. »Für ein paar Zähne?«

»Jaja, und er hat es auf die gleiche verdammte Art gemacht wie damals, als er sich krank vor das Storting legte, um einer anderen Forderung zu entkommen, er hatte zuerst gar keine besonders schönen Zähne, weißt du, sie waren grau und auch ein bisschen schief. Aber dann stand er auf einer Leiter und strich eine Hauswand, und prompt fiel er runter und alle Zähne waren hinüber. Es war übrigens dieses Wochenendhaus, das er da strich ... jaja, aber das ist eine andere Geschichte. Da ist es schon was anderes, vor dem Storting zu simulieren. Er hatte sich auf einer Zwangsauktion eine Immobilie gekauft, ein Mietshaus ganz oben auf Grünerløkka, das war, bevor alle Oberklassenkinder aus dem Westend nach Grünerløkka gezogen sind, so eine alte und hässliche Mietskaserne wie die, die sie dauernd im Fernsehen gezeigt haben, wo das Dach nicht dicht ist und alles voller Ratten und tote Jugendliche unter der Treppe liegen, und er machte Pläne für die Renovierung, weißt du, er wollte so ein Immobilienhai werden. Aber irgendwie ging das damals nicht, weil so ein unglaubliches Arschloch in dem Haus wohnte, und dieser Mistkerl wollte sich nicht mit der Kündigung abfinden, ein Querulant, da hat er seinen Meister gefunden, fast. Um es kurz zu machen: Der Querulant kannte eine Menge Anwälte. Mein Schwager bekam haufenweise Beanstandungen und Reparaturforderungen, der vorherige Besitzer hatte ja schon lange Lunte gerochen und sich nie gezeigt, da musste er auch keine undichten Stellen reparieren, im Bad und in der Küche und so. Wie war die Suppe?«

Hammersten, den Mund voller Essen, winkte hocherfreut mit dem Löffel.

Der Mann legte die Plastiktüte auf den Tisch und begann Umschläge und Werbebroschüren aus ihr herauszuziehen. »Um allen Rechnungen und dem Ärger zu entgehen, fiel mein Schwager vorm Storting um und behauptete einen Herzinfarkt zu haben, aber die Ärzte fanden nichts. Da gab es vielleicht ein Theater, er wurde mit dem Rettungswagen weggefahren, das haben sie sogar im Fernsehen gezeigt, weil irgendeine Politikerin während der Fahrt sein Händchen gehalten hat, sie war Ärztin, weißt du, und sie war ja beinahe über den Kerl gestolpert, als sie aus dem Storting kam, und die ganzen Fernsehkameras, die auf sie gerichtet waren, da musste sie ja mitfahren, und dann haben sie ihn krank geschrieben, und er war den ganzen Mist los, die ganzen Forderungen, ja das kann ich dir sagen, dieser Mann ist ein ziemliches Früchtchen. Da kannst du dir ausrechnen, wie viel Miete ich von dem bekomme. Er hatte auch sein Haus angezündet, jaja, dafür hat er übrigens gesessen, das ist gesühnt, wie wir zu sagen pflegen, deswegen kann man ihn nicht mehr belangen, nein, warte, ich glaube, er hat für die Unterschlagung gesessen, das Haus hatte er, glaube ich, ohne Probleme abfackeln können, also danach, meine ich, ich erinnere mich nicht mehr, ob er das Haus vor der Unterschlagung angezündet hatte, jedenfalls bekam er die Versicherungssumme ausbezahlt, mit meinem Schwager sind schon so viele Sachen passiert, dass es ziemlich schwer ist, den Überblick zu behalten.«

Hammersten wischte sich mit dem Handrücken über den Mund. »Uns allen ist schon irgendetwas passiert ...«

»Das kann man wohl sagen. Der Letzte, der hier war und nach Abel Raag gefragt hatte, der ist von der Stadt gekommen, aber du nicht, das sieht man schon von weitem. Du bist bestimmt ein alter Kumpel, denke ich, sag jetzt nichts, du brauchst nichts zu sagen. Ich habe also seine Post angenommen. Der Kerl hat zu der Zeit nicht besonders viel Post gekriegt. Abgesehen von der ganzen Werbung waren es vor allem die Aufforderungen zur Steuererklärung. Und genau dafür hat sich der Typ von der Stadt natürlich interessiert. Da reagieren sie, weißt du, wenn sie ihre Steuergelder nicht kriegen. Möglicherweise war er auch von der Polizei, ich weiß es nicht. Ich habe ihm jedenfalls die ganze Post gegeben.«

»Wann war das?«

»Vor einem Jahr vielleicht. Ich habe ja ziemlich viel Post angenommen. Aber wenig Privates darunter. Es ist schon ein ziemliches Kunststück, einfach so zu verschwinden, aber das ist wohl wie bei meinem Schwager. Die Eltern sind schuld. Das waren ganz schön schlimme Nazis, ich weiß noch, wie ihr Vater mit diesen Polen umsprang, während des Krieges hat er sie gequält und umgebracht, und nach dem Krieg hat er sie in kleinen Kämmerchen untergebracht und rund um die Uhr für sich arbeiten lassen.«

Hammersten schmatzte genüsslich und schob den Teller von sich. »Vielen Dank für die Suppe.«

»Ja, das waren schlimme Sachen, sie trauten sich nach dem Krieg nicht nach Hause zu fahren, diese Polen, sie hatten Angst davor, für Spione gehalten zu werden, weißt du, der Vater meiner Frau war ein großer Nazi, er saß ja auch im Gefängnis, da ist es ja kein Wunder, dass es mit meinem Schwager so gekommen ist.«

»Ja, Nazikinder, die mussten nach dem Krieg ziemlich leiden.«

»Aber gut marschieren kann er, mein Schwager, weißt du, kein Wunder, dass er bei der Parade am 17. Mai die Fahne tragen darf, so ein strammer Kerl, und macht auch nicht schlapp ...«

»Leckere Suppe«, sagte Hammersten. »Das Grüne, war das Kohl?«

»Na sicher, Kohl gibt den Geschmack. Aber mein anderer Schwager, der ist nicht einen Deut besser. Er hat einmal dreißig Autos oder so auf einmal zerstört, hat sie mit einem Vorschlaghammer in Stücke gehauen, dreißig Autos, die an einem Badeplatz geparkt waren.«

»Er muss danach ziemlich kaputt gewesen sein«, sagte Hammersten.

»Ja, denk mal, mit dem Vorschlaghammer, und dreißig Autos, was für eine Arbeit, er muss von der ganzen Arbeit ja völlig am Ende gewesen sein. Er hatte selber gerade ein neues Auto bekommen, erinnere ich mich, und das haben sie ihm ins Wasser geworfen, diese Leute, denen die Autos gehörten, die er zerstört hat. Und sein Auto, das sie ins Wasser geschoben hatten, das war ein funkelnagelneuer Saab, eine Schande war das, damals in den fünfziger Jahren war es gar keine Kleinigkeit, sich ein neues Auto zu kaufen. Aber ich komme vom Thema ab. Also das Haus von meinem Schwager ist abgebrannt, und er war ganz wild auf die Wohnung hier oben. Zu guter Letzt durfte er einziehen, aber ich musste die Tür erst aufbrechen. Zu der Zeit hatte die Wohnung schon zwei, drei Monate leer gestanden. Und weißt du was? Sie war vollkommen ausgeräumt.«

»Wenn du das sagst, glaube ich dir«, sagte Hammersten.

»Ich dachte schon, dass ich die Polizei anrufen müsste,

um Ordnung in die ganzen Sachen zu bringen, sein bewegliches Eigentum. Aber da war nichts. Nicht einmal eine dreckige Unterhose oder eine Zigarettenkippe.«

»Mit anderen Worten, er war ausgezogen? Hat die Möbel und alles andere mitgenommen?«

Der Mann zündete sich eine neue Zigarette an. »Genau. Und darum konnte dieser Sauhund von meinem Schwager auch direkt einziehen. Aber du? Diese Kaution, die sehe ich als verfallen an, ich meine, falls er vorbeikommen sollte und sich beschweren ...«

»Das fehlte gerade noch. Bist du dir sicher, dass die Wohnung ganz leer war?«

»Leer wie die Nuss von dem Teufel in diesem Märchen.«

»Er hat keine neue Adresse hinterlassen?«

»Nix.«

»Und du hast überhaupt nichts von Abel Raag gesehen oder gehört, du hast den Kerl später überhaupt nie mehr gesehen?«

»Nicht das geringste Lebenszeichen. Nichts. Der ganze Kerl konnte mir doch gestohlen bleiben. Er ist einfach ausgezogen, hat alles hinter sich gelassen. Nichts hinter sich gelassen, außer diesem Sack voller Post.«

»Und abgesehen von diesem Typen vom Einwohnermeldeamt oder Finanzamt, waren noch andere hier und haben nach ihm gefragt?«

»Niemand.«

»Nicht einmal die Polizei?«

»Wie gesagt, es ist durchaus möglich, dass dieser Typ, dem ich die Post gegeben habe, von der Polizei war. Er stand hier und hat irgendwas von Adressen erzählt und von der Verpflichtung, Adressenänderungen zu melden. Ich hatte Bacalao gekocht, wenn ich mich recht erinnere, er wollte aber nichts probieren. Der Bacalao war gerade fertig geworden, und ich hatte es diesmal mit Tabasco statt mit Piri Piri versucht, das war nicht besonders gelungen. Der Pfeffergeschmack wird nur schärfer und nicht intensiver, um es mal so zu sagen. Du kannst es damit vergleichen, dass du Sechzigprozentigen nimmst, wenn du eigentlich einen Whisky möchtest, ich war etwas enttäuscht vom scharfen Nachgeschmack. Mehr Suppe?«

Hammersten massierte sich den Bauch. »Nein danke. Ich glaube, ich habe genug für mehrere Tage.«

»Das sind die Mehlklöße, ganz bestimmt die Mehlklöße.«

»Ja, die waren lecker.«

»Das Geheimnis ist ihre Konsistenz, so eine Art dicker Pfannkuchenteig, und vergiss bloß nicht den Zucker. Es muss Zucker in den Klößen sein.«

»Das werde ich mir merken«, sagte Hammersten. »Ganz bestimmt.«

»Guck mal.«

Der Mann blätterte in dem Papierstapel auf dem Tisch herum. »Hier sind Briefe vom Finanzamt. Vor einiger Zeit sind Briefe gekommen, die wie Reklame aussahen, die habe ich zurückgeschickt. Empfänger unbekannt, habe ich geschrieben. Wohnt nicht mehr hier, habe ich geschrieben.«

Hammersten blätterte durch den Stapel. »Andere Sachen hast du nicht zurückgeschickt, private Briefe ...«

»Nix.«

Hammersten schnappte sich einen Kontoauszug, hob ihn hoch und studierte ihn.

Der andere zündete sich eine neue Zigarette an und musterte Hammersten. »Neugierig?«

Hammersten nickte.

»Es gibt noch ein paar mehr.«

Hammersten blätterte durch den Stapel. Alles in allem vier Kontoauszüge. Er saß da und raschelte mit ihnen herum. Sie wechselten Blicke.

»Irgendetwas Interessantes?«

»Bewegungen. Einzahlungen, Auszahlungen.«

»Willst du sie haben?«

»Gerne.«

Der Mann nahm sich einen Kontoauszug. »Was glaubst du, was das bedeutet?« Hammersten dachte ein Weilchen nach. »Das würde bedeuten, dass Abel Raag Geld bekommt und Geld verbraucht. Aber zwei Dinge sind hier etwas merkwürdig.«

»Und zwar?«

»Diese Papiere stecken nicht in Umschlägen. Jemand hat die Briefe von der Bank geöffnet und den Inhalt herausgenommen.«

»Das muss der Mann von der Stadt gewesen sein.«

Hammersten runzelte skeptisch die Stirn.

»Guck nicht mich an«, sagte der andere. »Ich habe doch gesagt, dass der Typ einen Teil mitgenommen und den Rest liegen gelassen hat.«

»Aber warum hätte er diese hier liegen lassen sollen? Er öffnet die Briefe, untersucht den Inhalt und lässt einfach alles hier herumfliegen, ohne Umschläge?«

»Nein, keine Ahnung, warum«, sagte der Mann und zuckte mit den Schultern.

Hammersten dachte nach.

Der Mann nahm sich einen Kontoauszug und schaute ihn an. »Und was hast du noch daran auszusetzen?«

»Es ist immer derselbe Betrag, der gutgeschrieben wird. Das Geld wird jedes Mal bar eingezahlt. Die Abbuchungen sind eher unregelmäßig, aber die wenigen, die es gibt, laufen über Kreditkarte.«

»Das ist heute ja ganz normal.«

»Diese festen Beträge sind allerdings seltsam. Es gibt doch heutzutage wohl niemanden mehr, der sich seinen Lohn in bar ausbezahlen lässt«, sagte Hammersten und schnippste nachdenklich gegen die Papiere.

»Abel Raag war einmal bei einer Bank beschäftigt, und wenn ich diese hier mitnehme, hätte ich einen Vorwand, um sie auszufragen.«

Der andere rauchte schweigend. »Daran glaube noch nicht einmal ich.«

Hammersten grinste. »Ich brauche sie, um weiterzusuchen.«

Der Mann schnippste Asche von seiner Zigarette. »Aber Raag, glaubst du, er ist vor etwas abgehauen?«

Hammersten stand auf und steckte sich die vier Papierbögen in die Brusttasche.

»Keine Ahnung«, gab er zu. »Aber ich werde versuchen, es herauszufinden.«

5

Viele Menschen auf einem Haufen machten ihn fertig. Gefängnispsychose, nach Hause fahren, die Tür hinter sich schließen und das Licht ausmachen, die Stimmung wiederherstellen, dieselbe Stille, in dieselben Gedanken fallen. John Hammersten, auf einem Stuhl sitzend und mit geschlossenen Augen rauchend. In seinem Bewusstsein rekonstruiert er das Gesicht, die Züge, die ganze Gestalt, Abel Raag aus seinem Auto steigend, das Lächeln, das Gespräch. Wie viele Sätze? Vier? Drei? Abel, wie er den Kofferraum seines Autos öffnete. Der Anblick seines breiten Rückens im Rückspiegel, während Abel zurück zu seinem Volvo eilte. Derselbe Mann, wie er einen schrägen Blick aus dem Seitenfenster warf, bevor er wegfuhr und verschwand.

Nach einer Weile: die Fernbedienung nehmen, den Fernseher anschalten in der Hoffnung, damit die Bilder zu ersetzen. Kein Film auf irgendeinem Kanal, nur Reklame und ernste Gesichter, die redeten. Aus mit dem Fernseher. Stattdessen eine neue Zigarre anzünden. Das Licht des Streichholzes biss in den Augen. Lichtkegel von weit entfernten Autos strichen über die Wände, ließen den Glasrahmen eines Bildes ein paar kurze Sekunden aufscheinen. Die Stille war total, als das Telefon klingelte. Er blieb sitzen und starrte den lärmenden Apparat an, ließ ihn klingeln und lauschte seiner eigenen Stimme, die sich mühsam durch die Ansage des Anrufbeantworters arbeitete. Als die Stimme fertig war, blieb die Stille. Er stand auf, ging zum Telefon hinüber und hob den Hörer ab. Sicher, dass sie es war, hielt er ihn ans Ohr und hörte sie atmen. Langes Schweigen. Beunruhigend langes Schweigen. Rätsel: Wer von ihnen gab als Erster nach? Er, natürlich. Darum, ängstlich, dass sie auflegen könnte, räusperte er sich und sagte: »Wie wäre es, wenn wir morgen zusammen essen gingen, um halb acht, zum Beispiel?«

»Wenn du mir sagen kannst, was ich anhatte, als wir uns zuletzt gesehen haben«, sagte ihre Stimme, kristallklar, leicht und ohne Nervosität, beinahe so, als stünde sie dort im Dunkeln, irgendwo hinter ihm, und hätte nur darauf gewartet, zu Wort zu kommen.

Er schloss die Augen und sah wieder das Bild von ihr auf dem Ergometerfahrrad vor sich. »Das letzte Mal, als ich dich sah«, sagte er, »da hast du eine Art lila Badeanzug getragen, darunter etwas, das wie rosa Strumpfhosen aussah.«

6

Morgen. Die Bürgersteige an der Storgata waren nass von den Bemühungen der Ladenbesitzer, sie mit Gartenschläuchen zu reinigen. Eine wimmelnde Menschenmenge wälzte sich auf die Straße, nachdem die Straßenbahn angehalten hatte. Hammersten bremste, drehte die Fensterscheibe herunter und betrachtete die Massen, die hastig zu ihren Arbeitsplätzen eilten, weg von der Straßenbahn, die klingelte und wieder anfuhr. In ein paar Jahren tut sich viel in einer Stadt. Möbelrücken. Er blinkte nach links, schaltete das Signal aber sofort wieder ab. Was früher eine Straße gewesen war, diente jetzt als Marktplatz ausschließlich für Fußgänger.

Er fuhr der Straßenbahn hinterher und hielt nach einem Parkplatz Ausschau, bog links ab, fand endlich eine Parklücke hinter dem Sentrum-Kino und ging zu Fuß das letzte Stück zu dem Gebäude in der Brugata, in dem sich Abels alter Arbeitsplatz befand. Im Treppenhaus nahm er jeweils zwei Stufen auf einmal, begann zwischen dem dritten und vierten Stock in den Oberschenkeln etwas zu spüren und war völlig außer Atem, als er endlich oben angekommen war. Vom Treppenabsatz gingen zwei Türen ab, eine breite aus Drahtglas, die andere, schmalere, aus Holz. Er probierte es mit der Glastür. Sie war abgeschlossen, ein Knopf rechts von ihr sah wie eine Klingel aus. Es knackte im Schloss, als jemand sich entschied, ihn hereinzulassen. Er drückte die Tür auf und kam in eine Art Vorzimmer. Eine Frau saß hinter einem riesigen Schreibtisch. Sie hatte Kopfhörer auf, ein Mikrofon vor ihrem Mund und bediente die Telefonzentrale. Sie sah ihn fragend an. Hammersten nickte kurz und schaute sich um. Filmplakate zierten die Wände. Schwarzenegger, Travolta, Sharon Stone, Geena Davis mit einem Revolver und Bruce Willis als amerikanischer Yojimbo, Schmalz im Kopf, Stahl in Blick und Händen ...

»Ja?«, sagte die Dame arrogant. Ihr Haar war unnatürlich weiß, kurz geschnitten und borstig. Ihre Gesichtszüge bildeten einen konturlosen, gelbbraunen Hintergrund für die tiefrot, beinahe braun bemalten Lippen und die geschwärzten Augenbrauen. Sie spielte mit einem Kugelschreiber.

»Ich würde gern mit Abel Raag sprechen«, sagte Hammersten.

»Wie heißt das Tier?«

»Abel Raag.«

»Der Name ist mir nicht bekannt.«

»Ivan Kjemperud, kennst du den?«

»Den kenne ich überhaupt nicht!«

Sie wurden durch ein Klingeln von der Telefonzentrale unterbrochen. Sie änderte ihren Tonfall und säuselte zuckersüß in ihr Mikrofon. Sie formte ihre Lippen zu einem gekünstelten Lächeln, sprach mit affektierter Stimme und lachte ein wenig zu laut. Hammersten ging langsam den Flur hinunter, an dessen beiden Seiten sich Büros befanden.

Hinter sich hörte er die Dame Knöpfe drücken und ein weiteres Telefongespräch beantworten. Er kam an einem Raum mit Kopierern und einer Kaffeemaschine vorbei, passierte eine offene Bürotür.

Er drehte sich um, als er ihre Absätze hinter sich vernahm. Sie war mager. Der Stoff des Kleides klebte an ihrer Haut und folgte jeder Einbuchtung ihres Körpers. Ihre Brustwarzen zeichneten sich deutlich darunter ab. Er wartete, aber sie sagte nichts, streckte nur fragend ihre Arme aus.

»Vor einem Jahr gab es hier eine Inkassofirma«, sagte Hammersten.

»Warum hast du das nicht gleich gesagt? Die sind umgezogen.«

»Ich habe es versucht, aber du warst so unglaublich beschäftigt.«

Sie machte einen Schmollmund und drehte sich beleidigt um, wackelte auf hohen Plateauschuhen zurück.

»Wo sind sie jetzt?«, sagte Hammersten, als sie sich gesetzt hatte.

»Wer?«

»Die Inkassofirma, die von hier weggezogen ist.«

Die Telefonzentrale klingelte erneut. Sie sprach leise mit dem Anrufer und lächelte wieder affektiert, lachte laut und drückte auf einen Knopf. Danach stand sie auf, bewegte sich zu einem Aktenschrank hinüber, wo sie mit einem Knick in der Hüfte stehen blieb.

»Hier«, sagte sie schließlich und richtete sich mit einem Papier in der Hand auf, las es durch und steckte es zurück an seinen Platz. Zurück am Schreibtisch schrieb sie eine Notiz auf einen gelben Zettel, den sie ihm ohne aufzuschauen hinüberreichte.

»Adresse und Telefonnummer, mobil.«

Draußen auf der Straße fand er eine Telefonzelle und rief die Nummer auf dem Zettel an.

Es dauerte lange, bis jemand antwortete. Er sagte: »Ivan Kjemperud?«

»Wer ist da?«, sagte die Stimme. Sie war dunkel und hatte einen nordnorwegischen Klang.

»Mein Name ist Hammersten.«

»Andersen?«

»Hammersten, mit H, wie in Hallingdal, Hurenhaus und Hölle.«

»Verdammt nochmal. Kein Grund für schlechte Witze.«

»Bist du auf der Arbeit?«

»Wie war doch gleich der Name?«

»Wir sehen uns in einer halben Stunde«, sagte Hammersten und legte auf.

Zuerst musste er nach einem Parkplatz suchen. Dann blieb er vor dem Haus stehen und betrachtete die Reihe mit Fenstern, die von innen mit Packpapier verklebt waren. Der Laden wurde gerade umgebaut. Das verblassende Schild über den Fenstern verriet, dass das Haus einmal ein Sportgeschäft beherbergt hatte. Vor dem ursprünglichen Eingang hatten Tischler eine provisorische Tür aus Spanplatten angebracht, an der ein offenes Vorhängeschloss in verrosteten Beschlägen hing. Hammersten ging hinein und musste über Rollen mit Elektrokabeln, Bretterstapel und lose Isolierplatten steigen. An der Decke hingen nackte Glühbirnen. Von weitem konnte man das Geräusch einer Schlagbohrmaschine hören, die Löcher in eine Mauer fraß.

In der hintersten Ecke befand sich eine Theke, auf der sich eine halb volle Bierflasche in den Streifen von Sonnenlicht badete, die durch die Lücken im Packpapier vor den Fenstern hereindrangen. Ein unfertiges Gatter im Westernstil, teilweise mit Pappe und Isolierband verpackt, umzäunte eine Bühne, wo ein Hammer und zwei geöffnete Schachteln mit Nägeln auf einem gelben Flügel herumlagen.

»Hallo!«

Keine Antwort. Das Bohren hörte auf.

Kurz darauf ging eine Tür hinter der Theke auf. Die Tür war von dieser zweigeteilten Sorte, deren Flügel so aufgehängt waren, dass sie in beide Richtungen schwingen konnten. Jetzt schwangen sie sich aus, bevor sie zur Ruhe kamen. Der Mann hinter der Theke trug einen verstaubten Overall und darunter ein weißes Hemd, das mit Rücksicht auf den Haarwuchs zugeknöpft war, sowie eine Goldkette, einen Schmuck in der Art, wie man ihn bei schwarzen Sprintern um die Hälse baumeln sah, wenn sie in Zeitlupe gezeigt wurden. Sein Haar war blond und mit Öl nach hinten gekämmt. Er hatte Staub im Gesicht, und an einem Ohrläppchen des Mannes blitzte ein Ohrring. Er trocknete sich mit dem Handrücken die Haut unter den Augen und zog sich dabei die Arbeitshandschuhe aus.

»Ich hatte vorhin angerufen«, sagte Hammersten.

»Aha?«

»Es geht um einen Freund von mir. Abel Raag.«

Der andere wischte sich erneut den Staub aus dem Gesicht. »Freund? Abel?«

Er grinste schief. Der linke Eckzahn blitzte golden auf. »Abel soll Freunde haben? Verdammt nochmal, du bist ja eine richtige Attraktion!«

Hammersten griff nach seiner Hand.

»Ivan.«

»Hammersten.«

Ivan schnitt Grimassen und spielte mit seinem Goldkettchen, als er mit ordinär abgeschliffenem Tromsødialekt fragte: »Hast du keinen Vornamen?«

»Nein.«

»Scheiße«, sagte Ivan und schnitt Grimassen. »Scheiße.«

Hammersten sah sich um. »Willst du eine Kneipe aufmachen?«

Ivan lachte kurz auf. »Kneipe? Hast du Kneipe gesagt? Wenn ich eine Kneipe aufmachen wollte, hätte ich dann die ganze erste Etage gekauft?«

Er öffnete den kleinen Kühlschrank hinter der Theke und holte für sich und Hammersten eine schlanke Flasche mit hellem Bier heraus. »Das wird verdammt nochmal ein bisschen mehr als eine Kneipe!«

Ivan öffnete die Flasche und setzte sie an den Mund. »Aaaah, das war gut.«

»Es sieht aus wie eine Urinprobe.«

»Ich kann dir aber versprechen, Andersen, dass es keine ist.«

So sehr der Mann es auch versuchte, es gelang ihm nicht, die singende Melodie seines Heimatdialektes zu verbergen. Hammersten machte es wie Ivan, öffnete die Flasche und trank. Das Bier schmeckte nicht besonders.

Ivan fischte ein Mobiltelefon aus einer Tasche des Overalls, schaltete es mit der freien Hand ein und tippte mit dem Daumen eine Nummer ein.

»Und was kann ich für dich tun, Andersen?«, fragte er mit dem Mobiltelefon am Ohr.

»Über Abel Raag sprechen.«

Jemand bewegte sich im Inneren des Lokals. Ein Schatten bewegte sich und trat aus der Dunkelheit hervor. Die Gestalt bewegte sich ungelenk. Um ihren Hals hatte sie eine weiße Halskrause. Der Kopf sah wie eine Blütenknospe aus, die jederzeit über einem riesigen weißen Stängel aufspringen konnte. Der eingeklemmte Kopf gehörte einem im Übrigen gut gekleideten Mann um die sechzig, kahl, aber mit einem Kranz weißer Haare über den Ohren. Brille.

»Ich konnte nicht vermeiden, es zu hören«, sagte der Mann und wandte seinen steifen Oberkörper Hammersten zu.

Er fügte hinzu: »Den Namen, Abel Raag.«

Hammersten mit gerunzelter Stirn: »Bist du die ganze Zeit hier gewesen?«

Der andere nickte.

»Die ganze Zeit?«, wiederholte Hammersten schroff.

Der Mann schlenderte auf die andere Seite der Theke, um sich ein Bier zu holen.

Ivan, das Telefon unters Kinn geklemmt, sagte mit kühlem Ton zu Hammersten: »Dieser Mann ist mein Gast.«

Aber dann beantwortete jemand seinen Anruf: »Hallo ja, bist du das, Bjørn«, sprach er in das Mobiltelefon. »Ja, ich bin es noch einmal ... wo zum Teufel bleibst du denn, Bjørn? Ich hab ums Verrecken keine Zeit übrig, darauf zu warten, dass du endlich deinen Finger rauskriegst. Ich brauche den Beton heute, sofort!«

Der Mann mit der Halskrause zog mühsam einen Stuhl heran und setzte sich steif und vorsichtig. Ivan und er wechselten Blicke.

Hammersten wartete, bis Ivan sein Telefon mit einem Daumendruck abgeschaltet und in die Tasche gesteckt hatte, und sagte:

»Mich interessiert, ob du weißt, wo Abel sich befindet.«

Ivan zuckte mit den Schultern. »Ich glaube, wir verschwenden nur unsere Zeit. Ich habe Abel seit Jahren nicht mehr gesehen.«

»Wie viele Jahre?«

Ivan überhörte die Frage. »Und ich habe Abel schon vor langer, langer Zeit ausbezahlt«, sagte er und umarmte das

Lokal mit einem Arm. »Und jetzt habe ich mich selbst auch ausbezahlt. Ich werde die Branche wechseln.«

»Wann habt ihr das letzte Mal miteinander geredet?«

»Wieso?«

»Er hat etwas, das mir gehört«, sagte Hammersten nach einer klitzekleinen Bedenkzeit.

»Behauptest du.«

Ivan trank.

»Du hast das Inkasso ganz drangegeben?«

»So gut wie, ja.«

Ivan grinste zum Mann mit der Halskrause hinüber, der Mühe mit dem Kronkorken hatte. Ivan nahm ihm die Flasche weg. Es zischte kurz, als er sie öffnete.

»Was wäre, wenn du etwas von Abel einfordern würdest? Für mich«, sagte Hammersten.

Ivan schüttelte den Kopf.

»Warum nicht?«

Ivan lächelte knapp und wiederholte die Kopfbewegung.

»Warum hast du ihn ausbezahlt?«

Ivan betrachtete Hammersten genauer und sagte: »Was weißt du eigentlich vom Inkassogeschäft?«

Er wartete nicht auf die Antwort, sondern fuhr in einem ernsten, belehrenden Tonfall fort: »Du bleibst nicht allzu lange Zeit im Inkassogeschäft, wenn du keinen Gefallen daran hast. Die Branche ist eine Zwischenstation.«

»Ich hatte den Eindruck, dass Abel sehr tüchtig war.«

Ivan schob die Unterlippe vor. »Tüchtig und tüchtig ... Er war auf dem absteigenden Ast. Abel war ein Verlierer, Andersen. Er ist runtergesaust wie ein Junge auf der Rodelbahn. Genau so!«

Er machte eine fegende Geste mit der Hand.

»Du meinst, dass er ein Säufer war?«

»Natürlich war er ein Alki. Aber das war nicht das Entscheidende bei Abel. Was den Alkohol betrifft, so gilt für diese Branche dasselbe wie für Kellner. Manche vertragen ihn und manche eben nicht. Aber alle müssen mit den Flaschen umgehen. Darum kann man nicht nur dem Alkohol die Schuld dafür geben, dass es schlecht für Abel lief. Weißt du, welche Art von Aufträgen Abel manchmal angenommen hatte?«

»Erzähl's mir.«

Ivan mit Goldzahn-Grinsen: »Einmal hatte er einen Geldsack getroffen, dem es nicht passte, dass seine Tochter mit einem Typen ausging, dem ein Arm amputiert worden war. Hast du mal versucht, Liegestütze mit einem Arm zu machen? Versuch es gar nicht erst. Der Punkt war, dass der alte Knacker einen Schläger anheuern wollte, weil sich die Tochter nicht auf den Rücken legte, um sich vögeln zu lassen, sondern selber reiten oder sich von hinten nehmen lassen musste. Das war der einzige Grund für diesen Auftrag: Sex.«

»Was sollte denn dieser Schläger dagegen unternehmen?«

»Den Jungen kastrieren«, grinste Ivan. »Du weißt, was ich sagen will?«

»Über Abel oder über den Auftrag?«

»Du kannst es dir aussuchen. Dieser Job steht und fällt mit Respekt. Man zertrümmert hier und da mal ein Knie, aber nicht jedes Mal. Es ist dein Ruf, der den Laden am Laufen hält. Wenn dein Ruf steht, dann ist Inkasso genauso einfach wie Würstchen verkaufen.«

»Man muss immer ein Ziel haben, für das man arbeitet«, sagte plötzlich der Mann mit der Halskrause. »Wenn nicht, dann kann man auch die angewendeten Mittel nicht rechtfertigen.«

Der Mann lächelte kühl, als Hammersten ihn musterte.

»Apropos Eunuchen«, sagte Ivan plötzlich mit einem Grinsen. »Wo ich aufgewachsen bin, da gab es einen, der auf die Frau eines reichen Trawlerbesitzers aufpassen sollte. Der Typ war bei einem Autounfall kastriert worden, also deswegen hatte er den Job bekommen, auf die Frau vom Chef aufzupassen, damit sie nicht mit anderen vögelte, wenn der Alte selbst auf See war. Aber dieser Trick ging vollkommen daneben. Der Eunuch war wie ein kleiner Junge, kicherte nur rum, stellte den Leuten Beine, legte Furzkissen auf Stühle und so was. Als Leibwächter eine völlige Fehlbesetzung.«

Der Geldeintreiber wurde plötzlich ernst und beugte sich zu Hammersten hinüber. Sein Kopf lag wie ein Zündhütchen zwischen seinen Schultern. Er zielte mit dem Zeigefinger genau zwischen Hammerstens Augen. »Dieser Junge, von dem ich gesprochen habe, hatte also einen amputierten Arm, ein Behinderter. Abel gegen einen Behinderten.«

Hammersten blickte zum dritten Mann hinüber, der vorsichtig über die Halskrause hinweg an der Bierflasche nippte. »Und du«, sagte Hammersten. »Warum macht der Name Abel Raag dich so neugierig?«

Der andere starrte in die Luft. »Abel Raag hatte ein Verhältnis mit meiner früheren Frau.«

Hammersten reckte sich und streckte die Hand aus: »Höchste Zeit, sich vorzustellen. John Hammersten.«

Der andere ergriff sie. »Fredrik Lindeman«, sagte er kurz.

»Ich habe sie besucht«, sagte Hammersten. »Deine Ex-Frau.«

Der andere nickte.

»Die Welt ist wahrlich klein«, sagte Hammersten.

»Vielleicht bist du einfach nur zu groß«, sagte der Kopf auf dem Stängel.

Hammersten starrte ihn an. Der Blick des Mannes war undurchschaubar.

»Ich habe deine Ex nach Abel gefragt, aber sie hatte ihn schon seit ein paar Jahren nicht mehr gesehen.«

Lindeman deutete ein Lächeln an: »Das glaube ich gerne, dass sie das gesagt hat.«

Hammersten: »Glaubst du, sie lügt?«

»Grethe würde niemals auf die Idee kommen, zu lügen. Sie ist Juristin.«

Der Kopf auf dem Stängel grinste erneut. »Wie ihr früherer Mann.«

»Du willst damit andeuten, dass Abel doch nicht einfach so verschwunden ist«, sagte Hammersten.

Lindeman schüttelte den Kopf. »Ich deute nur an, dass es viele Arten gibt, der Wahrheit aus dem Weg zu gehen. Grethe ist eine Expertin darin, der Wahrheit aus dem Weg zu gehen.«

Hammersten: »Hast du Abel gekannt?«

»Ich weiß, dass er an einem Restaurant beteiligt war.«

Hammersten nickte. *»Bliss«*, sagte er kurz. »Wir besaßen es gemeinsam. Er und ich.«

»Sieh mal einer an«, sagte Lindeman. »Du hast ein Restaurant geführt. Ich dachte, du wärst Taxifahrer.«

»Habe ich gesagt, dass ich Taxifahrer sei?«

»Nein«, sagte Lindeman kurz. Und zu Ivan Kjemperud: »Ihr habt also etwas gemeinsam. Der Mann hat auch ein Restaurant geführt.«

Kjemperud sah aus, als würde er sich langweilen.

»Du hast meine Frage nicht beantwortet«, sagte Hammersten. »Woher weißt du, dass ich früher einmal Taxifahrer gewesen bin?«

»Mein Lieber«, sagte Lindeman lächelnd. »Ich habe geraten.«

Hammersten starrte ihn an. Es wirkte nicht. »Hast du Abel gut gekannt?«, fragte er schließlich.

»Du sprichst von ihm in der Vergangenheit«, sagte Lindeman. »Warum tust du das?«

Hammersten: »Alles deutet darauf hin, dass er verschwunden ist.«

»Hat Grethe denn nicht erzählt, dass sie Post von ihm bekommen hat?«

»Ich habe kein Wort davon gesagt, worüber ich mit Grethe gesprochen habe«, sagte Hammersten. »Warum glaubst du irgendetwas über mein Gespräch mit ihr zu wissen?«

Lindeman lächelte entwaffnend. »Selbstverständlich weiß ich nicht, worüber ihr gesprochen habt, aber ich weiß, dass sie regelmäßig von Abel hört. Ich habe selbst Briefe von ihm auf ihrem Tisch herumliegen sehen.«

»Wie kommt es, dass du dich hier im Dunkeln versteckst und lauschst?«, fragte Hammersten kalt.

Ivan bewegte sich und legte eine Hand auf Hammerstens Schulter. »Na na, Andersen, du kannst hier nicht einfach hereinkommen und dich danebenbenehmen. Lindeman ist mein Gast. Er versteckt sich vor niemandem.«

Hammersten starrte auf den sehnigen Unterarm des Mannes. »Nimm deine Hand weg«, flüsterte er.

»Niemand schleicht sich hier heran und lauscht«, sagte Ivan.

»Nimm die Hand weg«, wiederholte Hammersten lauter.

Ivan grinste noch breiter und hob langsam den anderen

Arm. Zwei Hände hielten Hammersten wie in einem Schraubstock fest.

Er stand ruckartig auf. Der Stuhl kippte hinter ihm um. Ivan sprang katzenhaft zurück. Sein Gesicht war ein einziges riesiges Grinsen, als er sich mit gespanntem Rücken bückte, wie vor einem Trainingskampf in Taek-won-do.

Lindeman erhob sich steif. »Immer mit der Ruhe, Jungs«, sagte er und wedelte abwehrend mit der Bierflasche, »saßen wir nicht gerade so schön in der Mittagspause zusammen?«

Ivan entspannte sich. »Na klar, Andersen«, polterte er. »Die Mittagspause ist vorbei. Höchste Zeit, wieder an die Arbeit zu gehen!«

7

Draußen auf der Straße blieb er zunächst stehen, um sein Gleichgewicht wiederzufinden. Das Gespräch mit Lindeman legte sich wie ein klammer Mantel des Unbehagens über seine Schultern. Er hatte keine Ahnung, was er jetzt machen sollte, und schlenderte zum Wagen zurück. Nachdem er ihn angelassen hatte, fuhr er aufs Geratewohl los. Er wusste, dass Arnie in Røa wohnte und dass er genauso gut in diese wie in jede andere Richtung fahren konnte.

Den Bogstadveien entlang: ein grüner Mercedes im Rückspiegel. Den ganzen Sørkedalsveien: immer noch ein grüner Mercedes im Rückspiegel. Manöver: runter vom Sørkedalsveien bei Smestad. Am unteren Hang des Holmenkollen bergauf und bergab durch die kleinen Straßen, Häuser und grüne Büsche, mehr Häuser, mehr Büsche. Ab und zu einen Blick auf das Auto im Rückspiegel erhaschen, ein grüner Panzer mit Zielvorrichtung. Den Stasjonsvegen entlang, Häuser und grüne Büsche, bei Hovseter auf den Sørkedalsveien. Schule, Acker, Panzer mit sternförmiger Zielvorrichtung im Rückspiegel. Weiter, durch kurvige Straßen mit weißen Kreidestrichen auf dem Asphalt, Himmel-und-Hölle und ein vergessener Himmel-und-Hölle-Stein. Schließlich Arnies Straße: braune Reihen von Vierfamilienhäusern und einzelne Holzkästen in proletarischem Funktionalismus. Hammersten hielt auf einem riesigen, von Gestrüpp eingerahmten Parkplatz.

Ein grünes Coupé überquerte weiter hinten die Straße. Er lehnte den Kopf an die Kopfstütze und starrte in den Rückspiegel. Genau das gleiche Auto überquerte ein weiteres Mal langsam die Straße, aber in die entgegengesetzte Richtung.

Der Grüne kam danach nicht mehr wieder.

Die Autotür fiel mit einem trockenen Knall hinter ihm zu. Auf beiden Straßenseiten lagen fein säuberlich aufgereiht die Wohnungen. Grünzeug wälzte sich über die Zäune und gestattete nur widerwillig einen Blick auf leere Sandkästen, Dreiräder und Garagen mit extravaganten Toren aus edlen Hölzern. Offene Verandatüren, Geräusche von Staubsaugern und leichte Unterhaltung aus dem Radio.

Ein paar Meter vom Parkplatz entfernt endete die Reihe kleiner Häuschen. Durch Fliederbüsche und große Laubbäume konnte man die Holzwand einer alten Villa erkennen. Rechts ein baufälliges Gewächshaus, das auf einer niedrigen Mauer aus trockenen Steinen errichtet war. Die fehlenden Glasscheiben versuchten im Sonnenschein ein Schachbrett zu imitieren.

Das schwarze schmiedeeiserne Tor war rostig, und seine Farbe blätterte ab. Es quietschte in den Angeln. Der Kiesweg war beinahe vollständig überwuchert. Arnies Hütte abchecken: anders, größer als die Bausparkassenhäuser, zwei Schornsteine. Aber die Verkleidung begann zu verrotten. Breite Fenster mit einem komplizierten Sprossenmuster, von denen der Kitt schon in großen Brocken abbröckelte.

Er drückte auf die Klingel, ohne dass er von drinnen einen Laut vernahm, also klingelte er noch einmal. Bald hörte man dumpfe Schritte eine Treppe herunterkommen. Arnie öffnete die Tür einen Spalt breit, sein Gesicht zeigte wenig Enthusiasmus über das Wiedersehen. Zwischen seinen Fingern hielt Arnie eine brennende Zigarette. Er schnippste den Filter mit seinem Daumen, sodass die Asche herunterfiel.

Hammersten: »Moin.«

Arnie gähnte. Er war barfüßig, gekleidet in ein Unterhemd und schwarze Jogginghosen. Dicht behaartes Bauchfleisch schaute aus dem Spalt zwischen dem Hemd und der Hose heraus.

Geräusche von einer Sportsendung drangen aus entfernteren Gefilden der Wohnung die Treppe herunter.

»Hallo«, sagte Arnie schließlich, saugte an der Zigarette und inhalierte einen Mund voll grauen Qualms. »Gehst du spazieren?«, sagte er und blinzelte schläfrig.

»Und du arbeitest schwer«, sagte Hammersten sarkastisch.

»Nachts arbeiten, tagsüber schlafen.«

»Ja, du hast ja auch genug ehrliche Arbeit zu verrichten.«

»Bist du hierher gekommen, um mich mit Dreck zu bewerfen?«

»Wir zwei alte Freunde können doch wohl mal miteinander reden?«

»Was ist es denn jetzt?«

»Dasselbe.«

»Kein Interesse, darüber zu reden.«

»Wenn du mich nicht hereinbittest, werde ich einfach so hereinkommen.«

Arnie drehte sich schweigend auf dem Absatz um.

Sägespäne, krumme Nägel und gewöhnlicher Dreck flogen auf dem Fußboden herum, der im Flur mit Vinyl ausgelegt war. Zeitungen, abgeschnittene Stromkabel und anderer Schrott häuften sich auf der Treppe, die breit und aus edlem Material gefertigt war.

»Renovierung, verstehst du?«

Der Fernseher stand in einer Art Wohnzimmer auf der ersten Etage. Es gab keine Gardinen vor dem Fenster, das weit geöffnet war. Arnie setzte sich in ein rundes, altes, rotes Sofa. Der Raum sah aus wie das lange Leiden am Tag danach. Der Tisch war übersät mit leeren Flaschen, Gläsern und einem übervollen Aschenbecher. Im Fernsehen lief Springreiten. Die Reiter trugen englische Fuchsjagdkostüme, die Pferde trippelten und sprangen und rissen Balken herunter. Leute klatschten.

»Setz dich«, sagte Arnie und deutete auf einen Holzstuhl am offenen Fenster. Hinter ihm stand eine Tür einen Spalt breit offen. Das Fußende eines Bettes war durch den Spalt zu erkennen. Zwei schlanke Frauenbeine bewegten sich in dem Bett.

Das Publikum im Fernsehen jubelte.

»Verdammt elegante Sache.«

Arnie legte die Zigarette im Aschenbecher ab, trank aus einer Bierflasche, den Blick starr auf den Fernseher gerichtet. »Elegante Hüte«, fuhr er fort. »Hüte vermitteln ein spezielles Feeling, nicht wahr, Hüte sind ziemlich wichtig, guck dir diese Leute da an ...« Er zeigte auf den Fernseher. »Ich mag die Hüte, die sie beim Reiten tragen, irgendwie elegant, denk an die Mühe, und dann, wie man sein ganzes Auftreten damit vollendet, stramme Reiterhosen und eng geschnittene Jacken, die Hüte, die sind wie die Stoßstangen an einem Auto, sie schließen die Form und runden sie ab. Willst du auch was?« Er zeigte auf die Flaschen auf dem Tisch.

»Nimm dir ein Bier.« Arnie lehnte sich zurück, streckte einen Arm über die Lehne des Sofas und zog eine Flasche Lysholmer aus einem Kasten auf dem Fußboden, reichte sie über den Tisch.

Hammersten nahm sie entgegen, machte die Flasche mit einem Öffner, den er auf dem Tisch fand, auf und setzte sich. Das Bier war lauwarm.

Arnie starrte wieder auf den Bildschirm. »Elegante Hüte, verdammt gutes Feeling, das die Jungs da mit ihren Hüten haben«, murmelte er und inhalierte.

»Hattest du Besuch von den Bullen, während ich saß?«

»Gott sei Dank nicht.«

»Hast du Besuch von den Bullen gehabt, nachdem ich rausgekommen bin?«

Arnie schüttelte langsam den Kopf.

Auf dem Bett im Nebenzimmer rührten sich die Beine wieder. Arnie drehte sich um, als das Bett knarrte. Eine Frau tauchte in der Tür auf. Sie hatte schwere Augen, einen breiten Mund mit schmalen Lippen, braunes Haar, das ihr bis zu den Schultern reichte, und einen geblümten Schlüpfer. Ihre Brüste kämpften einen bedächtigen Kampf gegen die Schwerkraft. Ein kleiner Ring durchbohrte jede ihrer Brustwarzen. Sie wirkten wie kleine Henkel.

»Oh – hoppla!«, murmelte sie verschlafen. »Gäste.« Sie gähnte und reckte sich, sagte, dass sie pinkeln müsste, reckte sich noch einmal und verließ auf Zehenspitzen den Raum. Ihre Hüften schwangen müde hin und her.

Arnie schnitt eine entschuldigende Grimasse.

»War ein Kerl hinter dir her«, fragte Hammersten. »Ein Bulle in Zivil, in Anzugjacke und Jeans?«

»Hätte ich das bemerken müssen?«

»Nicht notwendigerweise.«

»Warum sollten die Bullen hinter mir her sein?«

»Weil sie auch mich verfolgen.«

Arnie starrte Hammersten stumm an. Die toten Augen schlossen sich langsam und öffneten sich wieder.

»Das ist das zweite Mal, dass ich mit dir rede. Und wenn es die Bullen waren, die mir bis hierher gefolgt sind, dann bin ich mir ziemlich sicher, dass sie sich auch für dich interessieren werden.«

Arnie sagte nichts, starrte mit blutunterlaufenen Augen auf den Fernseher und zündete den Zigarettenstummel mit einem weißen Einwegfeuerzeug an.

»Wenn es nicht die Bullen sind, die mich verfolgen, wer ist es dann? Abel vielleicht?«

Hammersten hielt inne, als die Frau zurückkam. Ihr Gesicht wirkte etwas munterer, und sie hatte jetzt einen weißen Panamahut dabei. Mitten im Zimmer blieb sie stehen, stellte sich auf die Zehenspitzen und drehte sich in einer Pirouette, den Hut auf dem Kopf. Die Muskeln in ihren Beinen spannten sich.

»Stick 'em up!«, rief sie, reckte ihre beiden Zeigefinger in die Luft, als wären sie Pistolenläufe. Sie begann zu schießen. »Bäng bängbäng bäng.« Gangsterscharade mit durchgehangenen Brüsten.

Die beiden Herren tauschten Blicke aus. »Bitte sie, eine Weile hinauszugehen«, sagte Hammersten.

Arnie inhalierte und drehte die Lautstärke vom Fernseher herunter. »Tu, was er sagt«, sagte er und machte eine Bewegung mit dem Kopf.

»Was'n mit dir los? Kneifen dich die Hämorrhoiden?«

»Geh runter«, wiederholte Arnie irritiert. »Zieh dir was an. Geh runter und mach Essen.«

»Großartig.«

»Aber lass uns zwei mal fünf Minuten alleine!«

Sie klatschte den Hut auf Arnies Kopf und marschierte hinaus, mit gestrecktem Rücken, ohne einen einzigen Hüftschwung. Arnie schaute auf die Tür, die hinter ihr zuknallte, und warf die Kippe in den Aschenbecher. »Was ist eigentlich los?«, fragte er und rückte den Hut zurecht.

Arnie mit dem schiefen Panamahut tief über die Stirn gezogen. Arnie Gangster.

Hammersten: »Ich versuche dir einfach nur zu sagen, dass wir im selben Boot sitzen. Selbst wenn manche glauben sollten, dass sich das dämlich anhört, aber ich habe für etwas gebüßt, was ich nicht getan habe. Abel hat mich reingelegt, richtig dick reingelegt. Aber die Bullen haben keine Ahnung, weder von Abel noch davon, dass er mich reingelegt hat.«

Er schwieg einige Sekunden, dachte noch einmal darüber nach. »Und selbst wenn die Bullen weder von Abel noch von seinem Trick etwas wissen, so haben sie doch den Verdacht, dass ich die Wahrheit sagen könnte.«

»Warum das?«

»Keine Ahnung, aber ich schätze, es hat damit zu tun, dass der Fall gegen mich einfach zu glatt lief. Der Kerl, der für die Vernehmungen verantwortlich war, hat es mir direkt gesagt. Er würde nicht verstehen, dass ich so dumm gewesen sein soll, dass ich, nachdem ich das Amphetamin zuerst ins Land geschmuggelt hatte, dieselbe Ware dann in einem unverschlossenen Auto einfach so herumliegen lasse. Die Beweise sind begründet. Das Urteil ist begründet. Aber die Bullen glauben also, dass irgendetwas daran faul ist. Was sie wissen, ist, dass ich in Amsterdam war. Wenn ich die Wahrheit sage und die Sachen nicht ins Land geschmuggelt habe, was habe ich dann in Amsterdam getan?«

»Was hast du in Amsterdam getan?«

»Ich bin gespannt, ob du das weißt.«

»Keine Ahnung, was du in Holland gemacht hast«, sagte Arnie schließlich. »Ich habe nur gehört, dass du verhaftet worden bist, weil du Speed geschmuggelt hast.«

»Abel hat die Sachen in meinem Auto platziert.«

»Ich weiß nicht, welche Spielchen ihr gespielt habt, Abel und du.«

»Welches Interesse sollte Abel daran gehabt haben, mich verhaften zu lassen?«

»Vielleicht hat ihm deine Fresse nicht gefallen.«

»Das ist eine Möglichkeit. Aber warum ist er einfach verschwunden.«

»Das darfst du mich nicht fragen.«

»Vielleicht nicht«, sagte Hammersten bedächtig. »Aber versetz dich mal in meine damalige Situation. Ich hatte mein gesamtes Geld in ein Restaurant investiert – zusammen mit Abel. Und du weißt genauso gut wie ich, dass diese Geschichte uns beiden ökonomisch das Rückgrat zu brechen drohte. Abel kam zu mir. Er sagte, dass wir eine Möglichkeit hätten, schnelles Geld zu machen. Ein Job. Hohes Risiko, aber großer Gewinn. Ich hatte keine Ahnung, wer dahinter steckte, weil Abel darüber die Klappe hielt. Sicherheitsmaßnahmen nannte er das. Falls ich geschnappt würde. Es gibt also vieles in dieser Angelegenheit, wovon ich keinen Schimmer habe. Aber ich weiß auch einiges. Ich weiß nämlich, was ich geschmuggelt habe, und das war weder Speed noch Kokain. Ich reiste nach Amsterdam und brachte von dort etwas mit zurück, das stimmt. Mein einziger Kontaktmann war Abel. Sobald ich über die Grenze war, sollte ich Abel treffen. Er würde dann die Ware übernehmen und sie weiterbefördern. Nach seiner Aussage hatte auch Abel keinen direkten Kontakt mit dem Hintermann. So weit alles kapiert?«

»Ich passe die ganze Zeit auf«, sagte Arnie und senkte seinen Blick.

»Was schließlich geschah, war Folgendes: Ich traf Abel an einer Parkbucht für Busse an der E 6. Er holte die Ware. Nach zwei Minuten fuhren wir unserer Wege. Ich nehme einen Umweg, höre Radio, nichts passiert. Aber kaum bin ich bei mir zu Hause angekommen, wimmelt es um mich herum von Zöllnern und Bullen. Ich stand am Fenster und guckte zu, wie die Bullen direkt zu meinem unverschlossenen Auto gingen und dort eine Menge Stoff fanden, ein Paket, das ich noch nie zuvor gesehen hatte. Und ich werde für etwas eingesperrt, das ich nicht getan habe, und seitdem ist Abel verschwunden.«

Sie starrten einander wortlos an.

»Abel hat den Stoff in meinem Auto platziert, den Zoll angerufen oder die Polizei und ihnen erzählt, wo ich wohne.«

Arnie machte einen Schmollmund unter dem Hut. »Wenn Abel den Stoff in deinem Auto platziert hat, muss er irgendeinen Nutzen davon gehabt haben.«

»Natürlich.«

»In dem Fall wäre es natürlich spannend zu erfahren, was du eigentlich geschmuggelt hast. Das muss ja verdammt wertvoll gewesen sein.«

Hammersten lächelte schwach.

Arnie sagte: »Und wenn Abel nicht zu finden ist?«

»Jetzt hatte ich eigentlich geglaubt, du würdest mich fragen, was ich wirklich geschmuggelt hatte.«

»Ich hatte dich so verstanden, dass du es ohnehin nicht verraten wolltest.«

»Falsch. Ich dachte, du wüsstest vielleicht, was ich geschmuggelt habe.«

»Ach hör doch auf, John. Ich weiß nicht das Geringste und will auch gar nichts wissen.«

»Du wolltest wissen, wie ich reagieren würde, wenn Abel nicht zu finden ist.«

»Wollte ich das?«

Hammersten: »Du hast genau danach gefragt. Was ist, wenn Abel nicht zu finden ist, hast du gesagt?«

»Ja und, dann habe ich das eben gesagt.«

»Wenn Abel nicht zu finden ist, werde ich den Hintermann finden.«

Arnie bewegte sich unruhig. »Du meinst das wirklich ernst. Du hast keine Ahnung, wer es ist?«

»Ich meine gar nichts.«

Arnie räusperte sich. »Weißt du, wer es ist, oder weißt du es nicht?«

»Sieh da, du bist neugierig.«

Arnie bewegte sich erneut.

»Du schwitzt, Arnie, soll ich noch ein Fenster öffnen?«

»Lass den Scheiß, John.«

»Vielleicht hat Abel mit dir über den Job gesprochen? Vor langer Zeit, Arnie, da hast du davon gelebt, in der Küche vom *Bliss* zu kochen. Jetzt arbeitest du als Fotograf und hast einen Arsch voll Geld.«

»Ich habe keinen Arsch voll Geld.«

»Es sieht aber so aus.«

Hammersten breitete seine Arme aus. »Eine Villa«, sagte er. »Groupies.«

»Rede nicht schlecht über sie.«

»Ich rede über niemanden schlecht«, sagte Hammersten. »Ich bin nur von deinem Stil beeindruckt, die Ringe, die du an den Fingern hast und solche Sachen. Es ist warm hier drin«, fügte er in einem weicheren Tonfall hinzu. »Bist du sicher, dass ich nicht doch ein paar Fenster mehr öffnen soll?«

»Glaubst du nicht, dass ich als Fotograf arbeite? Du warst doch gestern dabei, verdammt nochmal! Du hast doch selbst gesehen, womit ich arbeite!«

»Ja doch, ich habe es gesehen, ich weiß auch, dass du früher schon fotografiert hast. Aber du hast irgendwann mit dem Bilderknipsen aufgehört, weil du bei Abel und mir im *Bliss* besseres Geld verdient hast. Was mir einfach nicht in den Kopf will, ist, dass du, mir nichts, dir nichts, wieder zurückgehen und verdammt viel Geld mit dem Fotografieren verdienen kannst. Die meisten Fotografen prügeln sich um die Aufträge, soweit ich gehört habe. Sie träumen davon, für eine Zeitung zu arbeiten, weil sie da ein festes Gehalt bekommen. Lass uns die Dinge einmal von dieser Seite aus betrachten: Abel und ich können verdammt viel Geld in die Finger kriegen, wenn ich einen Ausflug nach Holland mache. Also reise ich nach Holland und komme zurück. Danach wird Abel mich los. Ich sitze im Knast. Als ich wieder herauskomme, ist Abel verschwunden, aber unser gemeinsamer Freund Arnie, der hat plötzlich verdammt viel Geld!«

Arnie: »Bist du übergeschnappt, John?«

Hammersten: »Ich bin einfach nur neugierig. Wie kommt es, dass du so verdammt viel Geld hast?«

»Ich bin nicht reich, ganz und gar nicht!«

»Aber du holst einfach so ein paar Tausender aus der Schublade und gibst sie mir, als ob es Trinkgeld wäre!«

»Ich wollte mich nur revanchieren. Du und Abel, ihr habt mir einen Job gegeben, als ich Probleme hatte. Als du gestern vorbeikamst, da hattest du Probleme.«

»Aber du hast mich schon gebeten, mich zum Teufel zu scheren, bevor ich überhaupt Guten Tag sagen konnte.«

Unter ihnen klapperte die Frau mit Töpfen und Tassen. Hammersten sah aus dem Fenster auf das Gewächshaus im Garten, folgte mit den Augen dem Rohrsystem, das verrostet an der gesamten Längsseite des Gewächshauses entlanglief. Ein Stapel mit morschen Brettern lugte unter einer grünen Persenning hervor.

Arnie, stehend, den Panamahut tief in die Stirn gedrückt: »Du darfst jetzt gehen!«

Hammersten stand langsam auf.

Arnie: »Ich weiß nicht das Geringste und würde deine Fresse am liebsten nie mehr wiedersehen.«

»Glaubst du, ich habe über zwei Jahre gesessen, um dich so etwas sagen zu hören?«

Arnie schweigend. Arnie Al Capone.

»Was machst du, wenn du ihn findest?«, sagte er plötzlich ruhig.

»Was ich mache?«

»Ja, was machst du, wenn du Abel findest? Packst du ihn am Kragen und sagst ›Spuck's aus? Was hast du mit den Sachen gemacht?‹«

»Selbstverständlich.«

Arnie schüttelte mit einem traurigen Grinsen den Kopf. »Denk noch einmal darüber nach, John«, sagte er.

Hammersten, gereizt von dem feisten Grinsen, gereizt durch Arnies Ton, seine gesamte Haltung: »Sprich aus, was du denkst.«

»Ich meine nichts anderes, als dass du noch einmal darüber nachdenken solltest«, sagte Arnie mit einem schwachen Lächeln. »Denken, John. Hast du das verlernt? Hm? Du, der du immer so verdammt gut im Denken warst?«

»Was versuchst du mir eigentlich zu sagen?«

Sie blieben stehen und starrten sich an. Arnie leicht vornübergebeugt, mit gesenktem Nacken und einem hohlen, aber gleichwohl kühlen Grinsen im runden Gesicht.

»Wenn du noch einmal darüber nachdenkst, wirst du merken, dass ich nur eine blinde Spur in deiner Theorie bin.«

Der Fernsehkommentator sprach von Schwierigkeitsgraden und Traditionen. Arnie starrte auf den Schirm und blinzelte langsam.

»Ich glaube, du weißt etwas«, sagte Hammersten.

»Wenn die Bullen hierher kommen und fragen, was du und ich gemeinsam haben, dann sage ich, dass wir beide alte Freunde sind, und wenn das jetzt nicht mehr stimmt, dann hat es irgendwann vor langer Zeit einmal gestimmt. Alte Freunde reden über belanglosen Mist aus vergangenen Zeiten, und Prost. Ich kann den Bullen in keiner Weise helfen. Ich habe nicht einmal mehr etwas mit Striptease zu tun.«

»Die Dame unten in der Küche strippt.«

»Sie hat einen Namen. Sie heißt Mona, und sie strippt nicht. Heutzutage mache ich nur noch Fotos. Habe haufenweise Aufträge, habe genug zu tun.«

»Massenweise Arbeit?«, sagte Hammersten und schaute demonstrativ auf seine Armbanduhr. »Etwa so wie heute?«

»Das geht dich einen Dreck an, John.«

Arnies Gesichtszüge verhärteten sich. »Du solltest es nicht zur Gewohnheit werden lassen, hierher zu kommen, John, ich gehe davon aus, dass ich dich zum letzten Mal gesehen habe.«

»Und wenn nicht?«

»Dann könnte ich sauer werden.«

Im Fernsehen hatte ein schwarzes Pferd die Runde fehlerfrei überstanden. Das Publikum tobte.

Hammersten wandte sich vom Fernseher ab und starrte den anderen direkt an.

»Drohst du mir?«

»Nach meiner Auffassung bist du derjenige, der mich bedroht.«

»Es gibt eine Sache, die du nicht vergessen solltest«, sagte Hammersten.

»Und zwar?«

»Das, wofür ich saß, habe ich nicht getan.«

»Na und?«

»Irgendjemand steckt dahinter«, sagte Hammersten und ging zur Tür. Er drehte sich um und sagte: »Ich spüre, dass du mir irgendetwas verschweigst. Das kann ich ums Verrecken nicht ertragen. Wenn ich also herausfinde, was du mir nicht verraten willst, dann liegen zweieinhalb Jahre Knast dahinter, wenn ich mit dir abrechne. Das weißt du.«

»Ich weiß, wie spät es ist.«

»Vielleicht solltest du sagen, was du weißt.«

»Vielleicht solltest du dich einfach nur zum Teufel scheren.«

»Dann sehen wir uns dort«, sagte Hammersten.

8

Die Steinchen auf dem Kiesweg knirschten unter seinen Füßen, als er sich entfernte. Irgendwo weit weg lachte ein Kind. Eine Frau schimpfte. Ein Eisentor quietschte. Im Auto sitzend: mit den Fingern auf dem Lenkrad herumtrommeln, laut fluchen und das Gebüsch hinter den Gartenzäunen anstarren. Er drehte den Kopf und entdeckte Arnie im Fenster, Arnies Oberkörper unbekleidet, Arnies nackter Oberkörper, der eher kompakt als fett wirkte, haarig. Er winkte Arnie zu, der verschwand. Hammersten stellte die Rückenlehne auf eine etwas entspanntere Stellung ein, bereitete sich aufs Warten vor. Still dazusitzen und zu warten war etwas, das er beherrschte. Den Minutenzeiger der Uhr bei seiner zweiten oder dritten Runde zu beobachten. Sich Punkte dafür aufzuschreiben, wenn man ihn bei einer plötzlichen Bewegung auf frischer Tat ertappt hatte. Problem: Die Geräuschmaschine im Bauch begann einen kommenden Bedarf an Nahrung zu vermelden. Noch einmal zeigte sich Arnies Oberkörper im Fensterrahmen. Arnie, den Gangsterhut schräg über die Augen gezogen und den Telefonhörer unter dem Kinn.

Die Frau schloss das Fenster. Sie war angezogen. Kurz darauf hörte man das Brummen eines startenden Autos. Ein Blick auf die Uhr: eine Stunde und vierzig Minuten gewartet, bis sie zum Tor hinunterfuhren, ausgerechnet in einem offenen, grünen Morgan.

Die Frau saß am Steuer. Jetzt war sie dran, den Panamahut zu tragen, und sie hatte ein Tuch um ihren Kopf und unter das Kinn gebunden, um den Hut auch bei Wind an Ort und Stelle zu halten. Arnies Visage, Hammersten zugewandt: eine kitschige Baskenmütze und eine Sonnenbrille, die seine Augenpartie wie die von Supermann aussehen ließ. Typ: Künstler, vielleicht. Auf jeden Fall: Hut-Freak. Typ: Fettjesus, dem das Geld aus der Furzdüse sickerte.

Sie ließ den Motor im Leerlauf brummen, während Arnie das Tor schloss. Hammersten drehte seinen Zündschlüssel in dem Augenblick, als der Grüne beschleunigte. Zu Beginn waren nur er und das kleine Hotdog auf Rädern auf der Straße unterwegs. Bald kamen mehr Autos dazu. Er legte sich dicht hinter die beiden. Den Sørkedalsveien hinunter lag er direkt hinter dem offenen Wagen. Bei Smestad kamen sie an eine rote Ampel. Die Frau auf dem Fahrersitz drehte sich um, sah ihn an. Hammersten winkte mit seinen Fingern, die das Lenkrad umklammerten. Vor Majorstua bog sie ab und folgte dem Frognerveien in Richtung Zentrum, fuhr auf den Parkplatz am alten Westbahnhof und fand eine Lücke. Hammersten fuhr an ihnen vorbei und parkte weiter hinten. Die Frau blieb mit den Händen auf dem kleinen Lenkrad sitzen, während Arnie seine Fotoausrüstung auslud. Eine Frau mit Hut und rotem Seidentuch in einem niedrigen, offenen Morgan. Strähnen von unbändigem Haar im Gesicht, sie wusste, wie man sich darstellte. Arnie lud das Fotostativ auf seine Schulter, ohne in seine Richtung zu blicken. Die Frau kletterte aus dem Auto, schaute in den Himmel hinauf und befestigte das Verdeck. Die beiden überquerten den relativ menschenleeren Rathausplatz und gingen auf die großen Segelschiffe zu, die an den Piers des Ehrenkais festgemacht waren. Sie mit Schwung in den langen, schlanken Beinen, er auf zwei dicken Säulen, die in Joggingschuhen steckten.

Hammersten schlenderte ihnen langsam hinterher. An der Platte vor dem Rathaus blieb er stehen und schaute den Jungs zu, die dort mit ihren Skateboards Kunststücke machten.

Auf dem Kai: eine kleine Kolonie von Menschen, die sich vor dem Zugang zu Pier 2 versammelt hatten. Arnies Trupp, der Fotograf machte sich fertig. Bald stand er mit gebeugtem Rücken da und fotografierte ein Modell, das mit weit voneinander entfernten Füßen posierte und dabei die Hände in ihre wilde Mähne steckte. Sie warf den Kopf nach vorn. Haar fiel vor ihr Gesicht. Hübsche Figur, eng anliegende Hosen, durchgedrückter Rücken und an den Füßen etwas, das an Plateauschuhe erinnerte. Sie wechselte den Standort, posierte noch einmal. Die Hände jetzt in die Hosentaschen gesteckt, die Ellenbogen spitz angewinkelt, als wären die Arme kleine Flügel. Im nächsten Augenblick war sie schon auf eines der Segelschiffe geklettert, die am Kai vertäut waren. Sie lehnte sich mit einer Schulter an den Großmast, während der Fotograf an der Reling entlangkrabbelte. Die Frau am Mast warf ihr Haar zurück. Hammersten erkannte sie wieder.

Rechts von der Fototruppe: ein Fischerboot. Ein älterer Mann mit grau meliertem Haar unter einer blauen Mütze wuchtete Kisten vom Deck des kleinen Segelschiffs. Hammersten nahm Kurs auf ihn. Die Garnelen lagen rot und frisch gekocht in den weißen Fischkisten. Sie waren nicht klein, aber auch nicht groß. Es waren Hafenbeckengarnelen.

»Ein halbes Kilo«, bat Hammersten.

Der Fischer senkte die Schaufel in die Kiste, gab noch ein bisschen extra dazu, saugte an einer braun gestreiften Kippe und reichte ihm die Tüte im Austausch mit einem Fünfziger.

Hammersten setzte sich auf die Holzkonstruktion, die an der Kaikante entlanglief, achtete darauf, dass er den Trupp mit der Kamera im Auge behalten konnte. Er kniff den Kopf von einer Garnele und saugte den Saft aus.

»Das war gut«, stellte der Fischer fest. Er hatte ein Streichholz hervorgeholt und zündete den minimalen Stumpen an, der aus seinem Mundwinkel hing. Die Bartstoppeln fingen kein Feuer.

»Habe keine Garnelen mehr gegessen, seit ich vor langer Zeit im Süden war.«

»Im Süden«, sagte der Fischer resigniert und hievte ein Bein auf den Stapel mit Fischkisten. »Meeresfrüchte im Süden essen.«

»Sie haben gute Garnelen da im Süden«, wendete Hammersten ein.

Der Fischer inhalierte und schüttelte nachdenklich den Kopf. »Garnelen sind eine Sache, aber Meeresprodukte sind nicht nur Garnelen, Fisch im Süden? Den Fisch kann man wirklich nicht essen, die können keinen Fisch zubereiten. Ich weiß noch, das eine Mal in Spanien. Dort haben sie den Hummer in Fett gebraten!«

Hammersten schwieg und aß.

»Genau!«, sagte der Fischer, als sei das Schweigen ein Beitrag zum Dialog. »Die braten den Hummer, dass er vor Fett nur so trieft! Du sitzt im Restaurant und bestellst Hummer, und dann bekommst du etwas serviert, das wie üble und angebrannte Schweineschwarte aussieht. Ich erinnere mich an meine Großmutter, sie hatte eine glühende Eisenzange im Topf, sie ließ den Hummer nicht eher in den Topf fallen, bis nicht die Zange im Wasser aufgehört hatte zu zischen! Das war ein Hummer, weißes Hummerfleisch ... weißer als Neuschnee am Heiligen Abend.«

Hammersten pulte Garnelen, leckte sich die Finger ab und schaute sich um.

Bei den Wasserspielen: Ein langhaariger Typ mit breitem Oberkörper und Sonnenbrille saß einsam auf einer Bank. Die Arme ließ er auf der Oberkante der Rückenlehne ruhen, sein Blick ruhte auf Hammersten, aber der Typ drehte den Kopf weg, sobald er beobachtet wurde.

Der Fischer filetierte einen kleineren Dorsch mit einem einzigen, effektiven Schnitt. »Es muss einfach Dorsch sein«, verkündete er mit Nachdruck und präsentierte das Filet. »Weißes Fleisch, weißt du. Wenn der Dorsch frisch ist, trennt sich das Fleisch genauso wie ein neues Blatt Karten! Das ist noch richtiger Fisch, echte Nahrung! Aber da unten, da im ... da im ...«

Hammersten warf einer der Möwen, die im Hafenbecken herumschwammen, einen Garnelenkopf hin. »Im Mittelmeer«, schlug er vor.

»Ja, ist doch alles dasselbe. Jedenfalls ist es da warm, das Wasser ist viel zu warm, der Fisch, den sie da aus dem Wasser ziehen, ist so schlapp, dass er nicht einmal mehr zappeln kann. Da ist es auf den Lofoten doch ganz was anderes, wo der Dorsch so rund und blank ist wie der Hosenboden vom Bankdirektor!«

Hammersten sammelte noch mehr Garnelenschalen in seiner Hand und warf sie den Möwen hin.

»Was zählt, ist das Wasser, das kalte Wasser«, fuhr der Fischer sachlich fort. »Richtige Kälte, die Leben in den

Fisch bringt, okay, vielleicht leben sie unten im Süden vom Fisch, aber das ist kein Fisch, weißt du, das ist kein Lachs oder Dorsch, das sind so schlappe Dinger, die sie in Fett braten müssen, um sie überhaupt essen zu können. Ich denke, es ist Barsch, Barsch oder Karpfen oder Brassen, auf jeden Fall so ein Drecksfisch, der kein ordentliches Wasser verträgt, der Fisch muss das Wasser vertragen können, weißt du, sonst kann man ihn nicht essen. Unter einer Brücke, da wo ich aufgewachsen bin, da floss der Abwasserkanal direkt rein, ungereinigt, kam aus diesem Rohr ...«

Er illustrierte es mit den Armen. Rohr.

»Da haben wir Brassen geangelt, der Fisch war vollkommen gelb! Der hing gerade noch so zusammen, wenn du ihn rausgezogen hast, vollkommen gelb und total vergammelt. Am Hang oberhalb der Brücke, da wohnte ein uralter Mann, wir haben ihn nur Sultan genannt. Er hatte irgendetwas an der Zunge, Veitstanz oder so was Ähnliches, also die Zunge ging ununterbrochen rein und raus aus seiner Fresse, blitzschnell rein und raus, der hat den Brassen gegessen, der Kerl, hat ihn gebraten und gegessen!«

Der Fischer demonstrierte den Veitstanz mit seiner Zunge.

Hammersten hielt nach dem Mann mit der Sonnenbrille Ausschau. Die Bank vor den Wasserspielen: leer. Sich drehen, einen Überblick verschaffen: Leute, die durch den Eingang zur Aker Brygge hinein- und herausströmten. Ein einziger fester Punkt inmitten des Stroms. Ein Gesicht mit Sonnenbrille auf einer anderen Bank. Das Interesse kontrollieren: ein Blick durch die Sonnenbrille, die sich abwendet.

Der Fischer: »Dasselbe Elend drüben in England.

Dorsch nennen die so was, in Fett gebraten und mit klitschigen und faden Kartoffeln dazu, alles, was sie dort essen, ist irgendwie breiig. Sie klatschen das Essen in so einem Haufen auf den Teller, dass es wie hingekotzt aussieht. ›Hast du keinen Fisch?‹, habe ich gefragt. ›Doch doch‹, hat die Frau geantwortet, weißt du, was ich da bekommen habe? Eine geräucherte Makrele. Stell dir das vor. Eine geräucherte Makrele auf einem Teller, rot und grau und scheußlich. Geräucherte Makrele mit Kartoffelchips.«

»Kartoffelchips?«, sagte Hammersten. Drüben bei Arnie mit seiner Kamera herrschte Aufbruchsstimmung.

»Na klar. Die essen Kartoffelchips zu allem. Ich saß da, weißt du, guckte mir die Makrele an. ›So was esse ich eigentlich auf Brot‹«, sagte ich. »›Ist das nicht gut genug?‹, fragte die Frau. ›Doch doch‹, sagte ich, wollte nicht unhöflich sein. Aber die Frau wurde sauer und zog mir den Teller weg. Dann kam sie mit Lachs wieder. Lachs mit Kartoffelchips. ›Soße?‹, fragte sie und kam tatsächlich mit Ketchup an. Lachs mit Kartoffelchips und Ketchup, du musst doch komplett verrückt sein, um Fisch auf diese Weise zu essen. Aber das ist ja wohl so, wie sie immer sagen, nicht wahr? Verrückte Hunde und Engländer, das sagen sie von sich selbst.«

»War nett, mit dir zu reden«, sagte Hammersten kurz. Zwei Gestalten hatten sich aus der Herde gelöst, als Arnie seine Fotoausrüstung zusammenpackte.

Es wirkte geplant. Sie schlenderten auf ihn zu, bis zum Rand der Kaimauer. Hammersten stand auf und warf die restlichen Garnelen der Möwenkolonie hin.

»Hallo«, rief Vibeke, als sie bis in Hörweite herangekommen waren. Sie ähnelte einem Filmstar aus den Sechzigern. Das Haar war zu einer Art Haube hochgesteckt, sie hatte riesige Troddeln unten an den Jackenärmeln und trug Hosen mit Schlag. Ihre Finger verbarg sie unter den Troddeln, als würde sie frieren. Sie schlang ihre Arme um seinen Hals. Ihr Körper presste sich spürbar an den seinen.

Der Mann, der sie begleitete, war ein junger, schwarz gekleideter Athlet mit Brille. Dem Kerl gefiel Vibekes Umarmung gar nicht.

»Wer ist der kleine Liebling.«

»Das ist Torkel.«

Der Mann hatte kurz geschnittenes Haar mit frechen Locken in der Stirn. Die Brillengläser waren dick, viereckig und steckten in einer Fassung aus imitiertem Horn. Die Brille ließ ihn irgendwem ähnlich sehen. Ein verwöhnter Zug um den Mund, der einem Grinsen glich, verdarb den Eindruck von sinnlichen Lippen.

Vibeke nahm Hammersten zur Seite. »Torkel schreibt an einem Drehbuch«, flüsterte sie.

»Und wie es aussieht, mag er mich nicht.«

»Er ist nur eifersüchtig.«

»Dazu hat er überhaupt keinen Grund.«

»Ich lasse ihn etwas anderes glauben.«

»Du bist böse?«

»Nur ehrlich.«

»Also dann hat er keinen Grund zur Eifersucht.«

»Noch nicht, nein.«

Sie lächelte breiter.

»Du solltest dir einen Liebhaber suchen, der diese Rolle besser ausfüllt.«

»Das ist doch genau das, was ich versuche.«

»Derjenige, an den du denkst, hat sich schon entschieden und will nicht.«

»Warum nicht?«

»Vielleicht ist ja mit dir irgendetwas nicht in Ordnung.«

»Vielleicht, vielleicht auch nicht. Ich muss es also hartnäckiger verfolgen, um es herauszufinden.«

»Die Chance wirst du nicht bekommen«, sagte er und schüttelte den Kopf. »Nicht mit mir.«

Torkel kam näher. Vibeke lächelte wie Julia Roberts.

»Torkel, das ist John.«

»John, das ist Torkel, mein Verlobter, Soulmate ...«

Sie lachte nervös und schaute ihn an: »Habe ich etwas vergessen, Torkel?«

»Zum Beispiel Lebensgefährte«, murmelte dieser säuerlich.

Sie hatte trockene Lippen. Sie spielt eine Art Spiel mit dem anderen, dachte Hammersten. Er steckte seine Hand in die Hosentasche zurück, als Torkel, statt sie zu ergreifen, arrogant seine Löckchen zurückwarf.

»Torkel arbeitet beim Film. Er schreibt an einem Drehbuch.«

»Aha, wovon handelt es?«

Torkel, kühl: »Wovon alle Manuskripte handeln.«

Hammersten dachte nach, aber Torkel kam ihm zuvor:

»Liebe«, verriet er.

»Glückliche oder tragische Liebe?«

Torkel sah Hammersten an, als wäre er etwas, das eigentlich unter einen Stein zurückkrabbeln sollte, wandte ihm dann den Rücken zu und ging weg.

Hammersten wechselte Blicke mit Vibeke. »Heute Abend«, sagte sie.

»Was?«

»Du hast mich verstanden.«

»Aber warum ist es so wichtig, dass Torkel nichts hört?«

»Er ist so furchtbar eifersüchtig. Wenn wir wieder alleine

sind, wird er sich die Hände um den Kopf legen und heulen, weil er glaubt, dass ich mit dir schlafe.«

»Halt dich von mir fern, dann wird er etwas anderes glauben.«

»Ich rede mit wem ich will. Und ich komme heute Abend.«

»Was willst du eigentlich?«

»Die Zärtlichkeit danach.«

»Du sprichst wie ein Luder.«

»Ich bin ein Luder.«

Der Blick fest, kein gekünsteltes Lächeln im Gesicht. Sie stand schweigend da, und der verwöhnte Filmkünstler schleppte einen langen Schatten hinter sich her.

Hammersten: »Wenn du sehr spät kommst, bin ich vielleicht zu Hause.«

Er verließ sie. Am Ehrenkai war vom dicken Fotografen mit der Baskenmütze nichts mehr zu sehen. Als er stehen blieb und sich umsah, konnte er auch den Mann mit der Sonnenbrille nicht mehr entdecken, der die Bänke ausprobiert hatte.

9

Als er das nächste Mal anhielt, befand er sich an einer Telefonzelle neben der Straßenbahnhaltestelle am Nationaltheater. Er tat so, als würde er auf seine Uhr gucken, hob den Kopf, als erinnerte er sich an etwas, wandte sich um, zögernd, als überlegte er, ob er nicht umdrehen sollte, als wollte er etwas holen, das er vergessen hatte. Der Kerl mit der Sonnenbrille studierte Filmplakate.

Hammersten nahm das Telefon und rief das Osloer Polizeipräsidium an.

»Jorfall«, bat er kurz.

»Wer ist da?«

»John Hammersten.«

Die Telefonzelle war schlecht gewählt. Der Verkehr dröhnte vorüber, und er musste sich das eine Ohr zuhalten, um überhaupt etwas hören zu können. Ein Bus hielt an einer roten Ampel und stieß eine gewaltige Dieselwolke aus.

»Hier Jorfall«, klang es aus dem Telefon.

»Nett, dich wiederzuhören«, sagte Hammersten.

»Ja«, sagte Jorfall jovial. »Ja, jetzt bist du ja wieder draußen.«

»Und du fahndest wieder«, sagte Hammersten.

»Man tut, was man tun muss.«

»Den Mann, den du mir heute hinterhergeschickt hast, solltest du auswechseln, er entlarvt sich schon nach fünf Minuten.«

»Das ist nicht mein Mann.«

»Ernsthaft?«

»Ich kann ziemlich unangenehm sein, aber ich lüge nicht.«

»Du sagst also, dass du mich den ganzen Tag nicht hast beobachten lassen?«

»Richtig. Du bist nicht so wichtig für uns, John.«

Hammersten sah sich um. Starrte nach grünen Mercedesen, so welchen, wie ihm einer zu Arnie gefolgt war. Der Typ mit der Sonnenbrille studierte ein neues Filmplakat.

»Jetzt übertreibst du aber, wie immer«, sagte er zu Jorfall. »Du bist doch höchstpersönlich zu mir in die Straße gekommen.«

Ein Bus fuhr an. Er musste das letzte Wort rufen.

Jorfall kicherte heiser am anderen Ende der Leitung. »Ich wollte einfach nur mal Hallo sagen.«

»Warum bist du nicht heraufgekommen, wenn du schon einmal da warst?«

»Ich habe es als einen Job betrachtet, und man sollte die Arbeit und das Vergnügen nicht miteinander vermischen.«

»Wenn du niemanden auf mich angesetzt hast, heißt das, dass du hier im Alleingang unterwegs bist?«

»Mach dir über andere Dinge Gedanken, John. Du weißt, dass ich durchaus in der Lage bin, meine Arbeit ordentlich zu erledigen.«

»Wie immer?«

»Wie immer, John. Du, deinen Job, und ich, meinen Job.«

»Ich habe doch überhaupt keine Beschäftigung mehr.«

»Du wirst etwas finden, du warst doch wohl schon auf dem Arbeitsamt?«

»Ich arbeite daran.«

»Also, womit kann ich dir helfen, John?«

»Ich wollte dich eigentlich nur um etwas Rücksicht bitten. Wie bekannt sein sollte, habe ich meine Strafe abgebüßt.«

»Aber du bist doch schuldig. Wir waren uns doch einig, dass an deiner Sache etwas merkwürdig war, erinnerst du dich nicht?«

»Hast du nie das Gefühl gehabt, dass du in der falschen Schublade gelandet bist, Jorfall? Vielleicht hättest du dich stattdessen der Schriftstellerei zuwenden sollen.«

»Nun, du darfst nicht vergessen, dass die Polizei ein gewisses Gefühl dafür entwickelt hat, was du und die deinen so alles treiben. Erinnerst du dich, dass ich dir gegenüber den Asola-Mord erwähnt hatte?«

»Hilf mir auf die Sprünge, in den letzten Jahren waren meine Tage so einförmig.«

»Wo ich die ganze Zeit drauf herumgeritten bin, als du einfach nicht gestehen wolltest. Der Asola-Mord wurde nach zwanzig Jahren aufgeklärt. Wir geben niemals auf. Das gilt auch für dich. Ich weiß, das unter deinem Fall noch irgendetwas schwelt.«

»Aber deswegen darfst du mich noch lange nicht in deiner Freizeit verfolgen.«

»Die Gedanken sind frei, John, aber du bist schlau genug, um zu wissen, wie die Dinge stehen. In dieser Sache habe ich das Sagen. Niemand verfolgt dich. Falls du in den letzten Tagen einen Bullen vor deinem Haus gesehen haben solltest, na und? In der ganzen Stadt laufen Polizisten herum.«

»Du gibst also zu, dass du auf eigene Faust arbeitest?«

»Ich gebe gar nichts zu.«

»Kannst du garantieren, dass du mir heute nicht nachspionierst?«

»Du bist wirklich nicht so wichtig. Ja, das garantiere ich dir.«

Eine blaue Straßenbahn kam den Drammensvei heruntergekrochen. Unterhalb vom Abelshaugen hielt sie vor einer roten Ampel.

»Ja, viel Glück dann noch, Jorfall.«

»Danke gleichfalls, John. Bis zum nächsten Mal.«

Er blieb noch einige Sekunden stehen und betrachtete den stummen Telefonhörer, bevor er zur Haltestelle auf dem Mittelstreifen hinüberschlenderte. Die Straßenbahn schlängelte sich wie eine fette, blaue Made heran. Die Kjelsåsbahn. Er setzte sich hinter eine drogensüchtige Frau, die zusammengekrümmt in der ersten Bank saß. Ihre Strümpfe hingen in Fetzen. Sie glich einem Segelboot auf stürmischer See. Jedes Mal, wenn die Straßenbahn eine Kurve nahm, legte sie sich auf die Seite und machte ihren Oberkörper anschließend mühsam wieder flott. Vor der doppelten Ausstiegstür stand ein Mann mit breitem Kreuz und einer Sonnenbrille. Das Alter zwischen fünfundzwanzig und dreißig, Lederjacke und Jeans, langes Haar und ein Bart, Kautabak unter der Oberlippe und ein Ring im Ohr. Motorradfreak à la Harley Davidson.

An der Oper: raus aus der Straßenbahn.

Harley stieg ebenfalls aus.

Hammersten ging auf ein paar Läden von Einwanderern zu. Irgendetwas stimmte nicht. Selbst wenn ihn schon früher am Tag Leute verfolgt haben sollten, dieser Mann hier konnte es bestimmt nicht sein. Harley war zu auffällig, zu großspurig.

Hammersten ging in einen Orientmarkt am Centrum

Kino, bewegte sich zwischen Reissäcken, Gewürzen und Regalen mit Kinderbekleidung. Er griff sich eine Packung Chilipfeffer und bezahlte, bevor er hinausging.

Auf dem Bürgersteig stand Harley Davidson und spuckte Tabak. Hammersten war sich sicher. Der hier war absolut kein Bulle. Allzu auffällig, allzu selbstsicher, allzu ungeschliffen. Jeanshosen mit Löchern am Hintern und an den Innenseiten der dicken Oberschenkel. Motorradstiefel.

Sich vorstellen: Jemand bittet Harley, eine Aufgabe zu erledigen. Jemand mit einem Telefon unter dem Kinn, an einem offenen Fenster. Hammersten erinnerte sich an die grinsende Visage von Ivan Kjemperud. Es brannte in seinen Wangen, als er die Storgata hinunterging, sie überquerte und weiter in Richtung *Vaterland*[1] marschierte. Er blieb vor einem Schaufenster stehen, in dem Arbeitskleidung ausgestellt war. Kurze Schürzen für Servierdamen, und für die Männer: hellblaue Overalls aus Bibernylon. Das Bild des Motorradfreaks spiegelte sich aus irgendeinem Grund vielfach in den Scheiben. Der Kerl steckte Tabak unter die Oberlippe, Totenköpfe mit Elefantenlippen.

Hammersten öffnete die Packung mit Chilipfeffer und steckte sich die offene Packung in die Jackentasche. Er ging weiter den Bürgersteig hinunter. Eine langbeinige Blondine wischte das Hinterteil eines Dobermanns mit Toilettenpapier ab. Er blieb stehen und sah ihr zu. Der Hund winselte vor Angst um seine Hoden.

Hinein in den nächsten Gemüseladen: durch die Regale gehen, die Grifffestigkeit verschiedener Flaschen mit Olivenöl testen. Am Ende: bezahlen und die Flasche in die andere Tasche stecken.

[1] Stadtteil von Oslo

Draußen vor dem Geschäft stand der Vertreter der Hells Angels und betrachtete das Mädchen, das nach wie vor den Hund säuberte, der nervös kläffte und dessen Beine zitterten.

Das Mädchen richtete sich auf und steckte das Papier in eine Tüte.

Sich vorstellen: Harley greift an.

Hammersten spürte die rasende Wut wieder in sich aufsteigen und bewegte sich in Richtung des alten Ausnüchterungsheims Kroghen. Menschenleere Straße. Direkt am Fluss.

Die Narbe am Hals begann zu jucken, unmittelbar bevor es losging.

Harley, jetzt schneller auf den Beinen, mit schwellender Oberschenkelmuskulatur.

Hammersten warf sich über das Geländer, rutschte den Hang zum Fluss hinunter. Er holte die Flasche mit Öl hervor und zerschmetterte sie am Granit des Brückenpfeilers. Öl floss über den Handrücken. Der andere mit einem Messer. Der Flaschenhals zerfetzte Hosenstoff. Harley zögerte. Genug Zeit, um achtzig Kilo hinter den Tritt in die Eier zu legen. Weiße Augen. Weißes Gesicht. Der Kerl lag auf dem Boden, wollte kotzen. Der nächste Tritt. In die Nierengegend. Harley versucht aufzustehen. Noch ein Tritt. Harley fällt, hält die Arme um den Kopf. Auf den Kopf zielen. Daneben. Tritt in den Rücken. Daneben. Tritt an den Arm. Daneben. Tritt in das Gesicht des Mannes. Treffer. Blut aus der Nase. Blut aus dem Maul. Der Kerl rollt den Hang hinunter. Brechkrämpfe. Roten Pfeffer ins Gesicht. Harley auf den Knien. Tierischer Schrei.

Sich bücken, das Messer aufheben, es zusammenklappen und ruhig in die Tasche stecken.

Ein letzter Tritt. Nein.

Stattdessen: sich umsehen. Neugierige Leute auf der Brücke. Etwas weiter unten am Saumpfad kam ein Penner auf die Beine. Der Mann wankte auf sie zu.

Er blickte nach unten. Gib Harley zwei Minuten, und er greift wieder an, härter, rachlüstig.

Der Penner kam immer näher. Brabbelnd, taumelnd.

Hammersten ging geradewegs auf ihn zu.

Der Penner griff nach ihm, lallte. Hammersten räumte ihn mit einem Ellenbogenschwung aus dem Weg.

Weiter hinten machte sich das Publikum bemerkbar. Missfallensbekundungen. Hammersten drehte sich um und betrachtete sie. Keine Helden. Alle standen reglos da. Eine junge Frau mit neuen Doc Martens, Minirock und Ring in der Nase zeigte ihm den Mittelfinger, energisch.

Hammersten setzte seinen Weg zur Torggata hinauf fort, weiter, er ging mit schnellen Schritten und ohne zurückzuschauen den Trondheimsveien entlang. Hielt an, um zu kontrollieren, ob er jemanden im Schlepptau hatte, nahm einen Umweg und war bald völlig allein auf der Straße.

Er kaperte das erste Taxi und ließ sich zurück zum Westbahnhof und seinem Auto fahren.

Er schloss seinen eigenen Wagen auf und kontrollierte zuerst sein Gesicht im Spiegel. Zeit zum Durchatmen, seinen Zorn zu zähmen. Ruhig atmen. Die Hände ganz ruhig.

Er fuhr nach Røa zurück, parkte aber ein Stück von Arnies Haus entfernt und ging den Rest des Wegs zu Fuß.

Das Tor kreischte metallisch. Er zögerte, hielt an und blieb regungslos vor der Eingangstür stehen. Ein Buchfink zwitscherte. Herbstnachmittag in der Vorstadt. Jemand aus der Nachbarschaft drehte an seiner Markise. Es knirschte.

Weiter weg zerriss der Klang eines Mopeds die Stille und verlor sich. Dieses Mal nicht klingeln, nur die Tür probieren. Unverschlossen. Kein Fernseher, nur gedämpfte Geräusche aus dem ersten Stock.

Die Treppe knarrte. Hammersten gefror zu Eis.

Arnies Stimme von weiter oben: »Na, komm, Pussi, mietzmietz ...«

Hammersten sah sich nach der Katze um, entdeckte sie aber nicht. Er stand bewegungslos da und atmete mit offenem Mund. Arnie befand sich direkt vor ihm hinter einer Tür.

Mehrere undefinierbare Laute drangen durch die halb geöffnete Tür heraus.

»Mietz, mietz, mietz ...«

Plötzlich schlug etwas schwer auf dem Boden auf.

Hammersten nutzte die Chance, die ihm der Lärm bot, und ging auf Zehenspitzen bis zur Tür.

Discovery Channel zu Hause beim Fledermausmann. Arnie als Batman, mit Eulenschädel, Mäuseohren, Zorromantel und Maske vor den Augen, auf dem Fußboden: Catwoman in rotem Gummioverall auf dem Schwanz sitzend.

Die Nachmittagssonne in den Augen. Sex und Silhouetten.

Eine Silhouette, die zusammenzuckt, als Hammersten die Tür an die Wand knallt.

Catwoman, die schreit, die ins Schlafzimmer läuft und über ihren Schwanz stolpert.

»Make my day, fatso!«

Hammersten, der Harleys Fleischermesser zieht, während sich der Batman wie eine riesige Gummikugel ausbreitet:

Der Batman verliert seine Batmanmütze.

Kein Wort.

Nur schwerer Atem. Japsend.

»Ruf die Katze zurück.«

Arnie: »Du irrer Maniac!«

Hammersten: »Schaff die Dame hier rein.«

Arnie mit lauterer Stimme: »Du hörst, was er sagt, komm hier rein.«

»Niemals!«, klang es von drinnen zurück.

Hammersten kam mit dem Messer in der Hand näher.

»Tu, was er sagt, komm hierher!«

Die Türangeln quietschten. Sie stand da, rote Wangen, wirre Mähne und den Körper in glänzende Gummiklamotten gezwängt, aber ohne den Helm mit den Katzenohren.

»Setz dich aufs Sofa«, sagte Hammersten.

Sie gehorchte.

Hammersten senkte das Messer.

»Du auch.«

Batman setzte sich.

»Nähst du die Kostüme selbst?«

»Du solltest dich schonen«, sagte Batman.

Catwoman rollte sich auf dem Sofa zusammen, sah weg.

Es war passiert. Batman hatte die Fassung wiedergefunden.

»Dieses Messer habe ich gerade eben einem Typen abgenommen, der mich überfallen hat«, sagte Hammersten.

»Unglaublich interessant.«

»Du hast den Typ auf mich angesetzt.«

»Die Antwort ist Nein. Ich habe niemals einen Typen auf dich angesetzt. Und was hast du eigentlich mit diesem Ding vor, anfangen, an mir rumzuschneiden, damit du wieder eingelocht werden kannst?«

»Du hast den Typen auf mich gehetzt.«

Arnie grinsend: »Du verdammter Schwachkopf. Warum zum Teufel sollte ich jemanden auf dich hetzen? Um dich zum Arbeiten zu bewegen?«

Hammersten zu Catwoman: »Du hast es gehört, du warst dabei, du hast dabei mitgemacht, mir den Typen mit dem Messer auf den Hals zu hetzen.

Sie starrte die Wand an. Schweigend.

Arnie: »Na los, fang an, schneide die Möbel in Stücke, oder stich mich mit dem Messer. Dann werde ich die Bullen rufen, und du wanderst in den Knast, wo du hingehörst. Wie lang wird deine Strafe dann sein?«

»Halt's Maul, Arnie.«

»Pfui Teufel, du solltest dich selber mal sehen.«

Hammersten: »Du bist derjenige, der sich mal im Spiegel betrachten sollte, Batman! Sitz nur da und schnauf durch die Nase. Ich weiß, dass du es warst!«

»Aha, du weißt das?«

»Du hast hier im Fenster gestanden und telefoniert. Ich habe dich vom Auto aus gesehen. Der Kerl ist mir vom Rathausplatz an gefolgt. Er hat mich angegriffen, sobald wir an einem Ort waren, der einsam genug war. Warum wolltest du mich loswerden?«

Arnie grinste und schüttelte den Kopf. »Dich loswerden? Ich habe heute ein paar Damen angerufen, die ich fotografiert hatte. Es stimmt, John. Du bist ein Idiot. Dich loswerden? Ha!«

John Hammersten gefiel die Richtung nicht, die die Geschichte nahm. Ihm gefiel die Haltung des anderen nicht und auch nicht seine Überzeugungskraft.

»Es gibt eine Sache, die du beachten solltest«, sagte er. »Heute Morgen ist mir auch jemand bis hierher gefolgt. Es gibt da zwei Möglichkeiten. Wenn es nicht der Motorradfreak war, der mich bis hierher verfolgt hat, dann war es ein anderer, vielleicht jemand, der jetzt weiß, wer du bist und wo du wohnst.«

Arnie schwieg.

Die Frau saß immer noch schweigend da, den Blick starr auf die Wand gerichtet.

»Versteckst du dich vor jemandem?«, fragte Hammersten spöttisch.

»Idiot«, sagte Arnie verärgert. »Na los, fang an zu schneiden«, sagte er.

Hammersten sagte: »Du willst lieber über etwas anderes reden, nicht wahr?«

Er steckte das Messer zurück in die Tasche. »Ich habe lange gewartet und kann noch länger warten. Jetzt weiß ich, dass du dabei mitgemacht hast.«

»Wobei mitgemacht?«

Hammersten starrte ihn an. Arnie hätte sich eigentlich viel lächerlicher ausnehmen müssen, mit Strumpfhosen, hohen Stiefeln und altmodischem Zorromantel, auf frischer Tat bei einem idiotischen Rollenspiel ertappt. Aber er wirkte nicht lächerlich. Er starrte ihn nur an, voller Verachtung, und die Fragen, mit denen er ihn provozierte, trafen.

»Wo soll ich mitgemacht haben?«, fragte Batman noch einmal, angestachelt durch das Schweigen und die Verwirrung des anderen.

Hammersten ging zur Treppe, ohne ein weiteres Wort zu sagen.

»Sag es doch, du verdammter Hohlkopf«, schrie Arnie. »Glaubst du, ich würde freiwillig auch nur eine Minute meiner Zeit für dich opfern? Was? Allein dass du überhaupt glaubst, ich würde mir die Mühe machen, deinetwegen zu telefonieren, zeigt schon, wie strohdoof du eigentlich bist!«

Hammersten drehte sich auf der Treppe um. Der Fotograf stand da, mit Zorromantel und Kugelbauch unter der Gummihose, das Gesicht rot angelaufen: »Sag es, sag, wo ich mitgemacht haben soll! Du verdammter Idiot! Sag es!«

Hammersten ging weiter und hörte Batman hinter sich herstolpern: »Sag es! Verdammt nochmal, sag es doch!«

Als Hammersten an der Haustür stand, fing Batman an zu lachen. Lachkrämpfe, Hohn, Verachtung und Wahnsinn in Gestalt des Lachens. Irrenlachen.

Das Lachen verfolgte ihn bis nach draußen.

10

Der Oberkellner schlug ihm vor, an der Bar zu warten, und zeigte auf die hintere Wand des Lokals, wo ein fetter Mann mit Brille und schütterem Bart auf einem Hocker saß und Zeitung las. Die Uhr über den Regalen mit Flaschen war spiegelverkehrt und hatte einen Sekundenzeiger, der verkehrt herum lief. Sie war schon spät dran, und er mochte die verdrehte Uhr nicht. Er entschied sich dafür, am Tisch zu sitzen, und bestellte Wein, um die Nervosität in Schach zu halten. Er starrte aus dem Fenster, entdeckte sie aber nicht, bevor sich die Tür öffnete. Sie warf kurz einen Blick auf die halb leere Weinflasche, als sie sich setzte. Als der Kellner mit der Bestellung verschwand, hielt sie plötzlich eine Zigarette zwischen den Fingern. »Was dagegen, wenn ich rauche?«

»Ja.«

»Gib dich nur, wie du bist«, sagte sie verärgert, steckte aber die Zigarette gehorsam zurück in die Schachtel.

»Abel hat immer nur Gutes von dir erzählt«, fügte sie nach einer Weile hinzu.

»Wann?«

Sie lächelte schief. »Früher.«

»Warum sprichst du von ihm in der Vergangenheit?«

»Weil meine Beziehung zu Abel Vergangenheit ist.«

Sie schnitt eine kokette Grimasse. »Wenn eine Frau andeutet, dass sie Gutes von dir gehört hat, solltest du dich eher für den Inhalt dieser Aussage interessieren als für den Zeitpunkt, an dem sie gemacht wurde.«

»Erscheint es dir natürlich, von Abel in der Vergangenheit zu sprechen?«

»Selbstverständlich tut es das.«

»Erinnerst du dich, welche Pläne er vor ein paar Jahren hatte? Als wir beide ihn gut kannten?«

»Das solltest du eigentlich besser wissen als ich«, sagte sie und wirkte plötzlich verärgert.

»Aber du warst diejenige, die ihn vom Alkohol fern hielt«, sagte Hammersten.

»Ganz im Gegenteil. Er hat nur wegen mir gesoffen.«

»Unsinn.«

»Ich glaube, deswegen ist er gegangen – um zu entkommen.«

»Um dir zu entkommen?«, fragte er mit ungeheuchelter Verwunderung.

Sie schwieg.

»So wie ich es verstanden habe, hatte er schon ein Alkoholproblem, lange bevor er dich traf.«

»So wie du?«, sagte sie und und warf noch einen Blick auf die Flasche.

»Tut mir Leid«, fügte sie hinzu und sah aus, als meinte sie es wirklich.

Das Schweigen dauerte an. Sie spielte mit der Streichholzschachtel, drehte sie zwischen den langen Fingern.

»Abel ist einer der Typen, die schnell auf den Geschmack kommen«, sagte Hammersten schließlich. »So lange ich ihn kannte, hat er große Mengen getrunken, und außerdem habe ich mit seinem Kompagnon gesprochen, Ivan, und er hat erzählt, dass Abel schon lange Alkoholprobleme gehabt hatte.«

»Ivan Kjemperud, lebt der überhaupt noch?«

»Er war am Leben, als ich heute mit ihm gesprochen habe.«

Sie: »Möglicherweise ist das, was Kjemperud sagt, richtig. Aber das so genannte Alkoholproblem hatte Abel bereits hinter sich gelassen, als wir uns kennen lernten. In meiner Beziehung zu Abel gab es keinen Platz für alte Probleme.«

»Melodramatik steht dir nicht.«

»Danke«, sagte sie.

Er hob das Glas.

Plötzlich seufzte sie und lächelte. »Sollen wir es noch einmal versuchen, ganz von vorne?«

»Okay.«

»Weißt du, warum ich hierher kommen wollte, weißt du, woran mich dieser Ort erinnert?«

Sie sah sich um, nahm die Atmosphäre in sich auf, schaute ihm direkt ins Gesicht und sagte mit fester Stimme: »Es erinnert mich an das *Restaurant Bliss.*«

»Ich habe dort deinen Ex-Mann getroffen«, sagte Hammersten.

Sie sagte nichts.

»Bei Kjemperud.«

»Small world«, sagte sie.

»Das habe ich ihm auch gesagt.«

Sie senkte ihren Blick.

»Wir haben uns über Abel unterhalten.«

»Das muss aber interessant gewesen sein.«

»Nicht so besonders.«

Sie, wohl überlegt: »Wenn es nicht interessant war, warum bringst du jetzt trotzdem das Thema zur Sprache?«

»Es hatte den Anschein, als würde dein Ex-Mann wissen, worüber wir beide uns letztens unterhalten haben.«

»Dann ist er wirklich gut. Es ist lange her, dass ich mit ihm gesprochen habe.«

»Wie mit Abel?«, fragte Hammersten giftig und war wieder einmal unzufrieden mit der Richtung, die das Gespräch nahm.

Sie schien dasselbe zu denken. Den Blick immer noch gesenkt: »Sprich es aus«, bat sie mit leiser Stimme.

»Immer diese Zufälle. Dein Ex-Mann meint zum Beispiel, dass Abel immer noch Kontakt zu dir hat, und er fand es seltsam, dass ich über ihn in der Vergangenheitsform geredet habe.«

»Er war schon immer eifersüchtig auf Abel.«

»Eifersüchtig?«

»Wir haben uns wegen Abel getrennt.«

Er starrte sie an.

»Was ist los?«, fragte sie.

»Wenn du wegen Abel eine Ehe ruiniert hast, dann muss er wichtig für dich gewesen sein.«

»Selbstverständlich.«

»Aber jetzt bist du nicht im Geringsten verbittert darüber, dass er einfach verschwunden ist.«

Sie verbarg ihr Gesicht hinter dem Weinglas. »Korrekt«, sagte sie. »Das ist korrekt.«

Er sagte: »Ich würde gerne die Postkarten sehen, die Abel dir geschickt hat.«

Sie starrte kalt zurück. »Warum das?«

»Vielleicht würde es mich beruhigen.«

Sie, noch immer kühl: »Möchtest du sie lesen oder nur die Bilder angucken.«

Er senkte seinen Blick.

»Antworte«, sagte sie.

Er schaute zur Seite. »Bist du nie auf den Gedanken gekommen, das Abel etwas zugestoßen sein könnte?«

Sie antwortete nicht.

Hammersten ernsthaft: »Post von Abel wäre in diesem Zusammenhang von großer Bedeutung.«

Mit einer gewissen Kraftanstrengung begegnete er erneut ihrem Blick. In ihrem schiefen Lächeln lagen ein Anflug von Herablassung und etwas, das wie Spott aussah. »Diese Karten habe ich garantiert weggeworfen«, sagte sie langsam und strich ihre Haare sorgfältig mit dem Zeigefinger hinter das Ohr zurück, bevor sie verstohlen auf ihre Uhr guckte.

»Wenig Zeit?«, fragte er, ohne die Wut in seiner Stimme verbergen zu können.

»Ich habe nur kontrolliert, wie lange wir es geschafft haben, höflich zueinander zu sein.«

Er atmete aus und schloss die Augen, als sie seinem Blick nicht auswich. »Warum nimmst du die Schuld für Abels Alkoholmissbrauch auf dich?«

Sie zögerte einen Augenblick und fragte zurück: »Warum willst du nicht über das *Bliss* sprechen?«

»Warum nimmst du die Schuld für Abels Alkoholmissbrauch auf dich?«, wiederholte er.

Sie wirkte zufrieden, musterte ihn und beantwortete die Frage: »Weil es nicht das erste Mal war.«

»Dass ein Mann dich verlässt?«

Sie starrte ihm in die Augen. »Alle Männer, die ich treffe, scheinen sich selbst zerstören zu wollen.«

Er schüttelte sanft den Kopf und seufzte, aber das focht sie nicht an.

»Versuch es dir vorzustellen«, sagte sie. »So etwas passiert vielen Leuten, jeden Tag.«

»Was denn?«

»Man bekämpft sich gegenseitig, stichelt, ist böse, da ist es doch wohl nicht unmöglich, dass manche Wunden so tief und schmerzhaft werden, dass ...«

Sie zögerte, und er wartete geduldig auf die Fortsetzung.

»Dass es am einfachsten erscheint, die Zerstörung vollkommen zu machen.«

»Ich bin mir nicht ganz sicher, ob ich verstehe, was du meinst.«

Sie starrte nachdenklich in die Luft. Er betrachtete ihren Hals und die Linie, die schließlich zu ihrer Schulter und dem Oberarm wurde. Der Stoff, der sich über ihrer Haut spannte. Er hatte keine Lust mehr, über Abel zu reden. Er wollte, dass sie ihren Kopf etwas senkte und aufblickte, durch die Augenwimpern über den Tisch hinwegsah. Er wollte diesen Blick jetzt erwidern, ohne sich durch die Vergangenheit stören zu lassen. Er wollte ihre Hand ergreifen und sie festhalten.

Als sie das Restaurant verließen, war es dunkel geworden, und Regen lag in der Luft. Sie hängte sich bei ihm ein, als sie zwischen hohen, dunklen Gebäuden durch den leichten Regen spazierten. Sie schritt energisch voran, starrte auf den Weg hinunter oder hob ihren Kopf, um ihr Haar zurechtzuschütteln. Sie kaute auf einem Kaugummi. Es roch süß.

Sie zögerte, als sie den Egertorg überquerten, hielt ihn zurück, als wäre ihr plötzlich etwas Wichtiges eingefallen. Die Taxis standen in einer Reihe am Rand der abschüssigen Straße. Die Taxischilder glichen der Beleuchtung einer Landebahn, gelbe Schilder auf dem Dach und rote Rücklichter, die funkelnd im nassen Asphalt badeten. Die Straßenlaternen auf dem Platz spannten Regenschirme gegen den Nachthimmel. Ein Motorrad mit ungedämpftem Auspuff donnerte vorüber. Sie sagte etwas, das im Lärm ertrank.

»Was hast du gesagt?«, rief er.

Sie blinzelte zu ihm hinauf: »Ich fragte, ob du jetzt etwas dagegen hast, dass ich rauche?«

Er gab ihren Lippen einen sanften Kuss. Er bereute es augenblicklich. Sie stand regungslos da, als er seinen Kopf hob und sie anstarrte, bereit unterzugehen. In der zitternden Luft gab es keinen Platz mehr für Geräusche, selbst wenn sich die Wirklichkeit langsam ihren Platz zurückeroberte, kühle Abendluft, feuchte Witterung.

»Es wäre mir lieb, wenn du es ließest«, sagte er.

»Warum? Bist du allergisch?«

Er pfiff auf die Konsequenzen, beugte sich hinunter und küsste sie noch einmal. Dieses Mal kam sie ihm entgegen, gleichgültig, beinahe apathisch, gleichzeitig schläfrig und frisch erwacht.

»Aus Rücksicht auf die Geschmacksknospen.«

Sie schwebten weiter hinunter zu einem gelben Mercedes, der am Anfang der Schlange stand. Der Chauffeur war ein rothaariger Mann in den Vierzigern mit riesigen Koteletten auf den Wangen. Er roch stark nach Schweiß und hörte Radio. Und jedes Mal, wenn im Radio jemand lachte, kicherte er laut und sah in den Rückspiegel, um sich zusammen mit den zweien auf dem Rücksitz über die Pointe zu freuen.

Die saßen jeder für sich an einer Tür und schwiegen.

Ab und zu blickte er verstohlen zu ihr hinüber. Das Licht von entgegenkommenden Autos streichelte ihr blondes Profil mit gelben Streifen.

»Was machst du danach?«, sagten ihre Lippen.

»Danach?«

»Wenn du mich abgesetzt hast und mit dem Taxi weiterfährst.«

Er lächelte, hob die Hand und zog ihr Kinn so weit herüber, bis sich ihre Blicke in der Dunkelheit trafen.

»Was glaubst du, das ich tun werde?«

»Fährst du zurück und kaufst dir eine Hure?«

Es gelang ihm nicht, die Leidenschaft in ihren Augen zu deuten. Es gelang ihm nicht zu sehen, was sie aus ihm herauszuholen versuchte. »Vielleicht«, sagte er leise.

»Du bist ein Schwein.«

»Wahrscheinlich.«

Der Chauffeur betrachtete sie im Spiegel. Sie bemerkte es und ließ sich tiefer zurück in die Ecke sinken. Ein unangenehmes Schweigen beherrschte das Wageninnere, das Gelächter aus dem Radio war zu einem unbedeutenden, nichts sagenden Rauschen reduziert. Plötzlich bat sie, den Wagen anzuhalten.

Er schaute hinaus. Eine Tankstelle. Sie öffnete die Tür auf ihrer Seite und verschwand. Er räusperte sich und bezahlte den Fahrer, der ohne eine Miene zu verziehen das Licht anschaltete und eine Quittung ausstellte.

Als er die Wagentür hinter sich schloss, konnte er sie nirgendwo entdecken.

Menschen standen in einer Schlange, um sich eine Mahlzeit an der Imbissbude zu kaufen. Jemand tankte Benzin. Ein aufdringlicher Teenager in einem Rock so kurz und eng wie ein breiter Gürtel drückte sich auf hohen, wackeligen Plateauschuhen an ihm vorbei. Laut und besoffen rief sie jemandem in der Schlange etwas zu. Der Verkehr donnerte vorüber.

Er nahm an, dass sie in die Imbissbude gegangen wäre. Er

schlenderte zur Eingangstür hinüber und sah ein marineblaues Taxi zur Tankstellenausfahrt rollen. Ein Scorpio. Es war sie. Sie saß alleine auf der Rückbank. Sie hatten Augenkontakt, als der Wagen vorüberfuhr. Er nickte galant. Sie reagierte nicht, aber folgte ihm unbeeindruckt mit den Augen. Als der Wagen beschleunigte, drehte sie sich um und starrte ihn mit ausdruckslosem Gesicht durch das Rückfenster an.

Der Regen begann zuzunehmen. Er ging mit hängendem Kopf zurück zur Stadt, die ein orangerotes Licht den Ekebergshügel hinaufwarf.

Regenwetter.

Er musste noch eine ganze Weile gehen, bis ein Taxi mit erleuchtetem Schild auf dem Dach vorbeikam. Er hielt es an. Der Chauffeur war von der mundfaulen Sorte, die den Weg ohne große Kommentare fand. Bald peitschte der Regen gegen die Windschutzscheibe, die Scheibenwischer schlugen rhythmisch hin und her, und die Straße war schwarzer Asphalt, rote Rücklichter und einige wenige Schatten, die sich unter aufgespannten Regenschirmen bewegten.

Er bezahlte und eilte, sich mit gesenktem Kopf und angezogenen Schultern gegen den Regen wappnend, zur Eingangstür hinauf, das Wasser rauschte in den Dachrinnen, während er aufschloss.

Etwas, ein Geräusch vielleicht, ließ ihn erstarren. Er streckte seinen Rücken und sah einen Schatten, der sich an der erleuchteten Betonwand abzeichnete. Er drehte sich rasch um.

Es war Vibeke, die aus dem Regen trat. Sie war klatschnass, ihre Haare klebten in nassen Strähnen an ihrem Gesicht, die Jacke war auf den Schultern schwarz vor Feuchtigkeit, ebenso die Hosenbeine. Unter dem Dach angekommen, blies sie einen Tropfen weg, der von ihrer Nasenspitze herunterhing.

»Sieh da«, sagte sie und stellte sich auf die Zehenspitzen. Wasser rann aus ihren Schuhen. Er sah auf seine Armbanduhr. Über eine Stunde nach Mitternacht.

»Du hast mich gebeten, spät zu kommen.«

Er schloss auf und öffnete.

Vibeke, auf dem Weg nach oben im Treppenhaus: »Darf ich die Dusche benutzen?«

Er nickte und ließ sie hinein. Als Erstes hörte er den Anrufbeantworter ab, der rot blinkte. Das Tonband piepte. Die Stimme gehörte zu Grethe Lindeman. Dieses Mal kein Schweigen, sondern eine atemlose Nachricht:

»Tut mir Leid. Ich wollte mich eigentlich nicht so benehmen. Wenn es dir passt, können wir gerne morgen zusammen Mittag essen. Ruf mich an.«

Das Licht der Straßenlaternen von Ola Narr bildete das Fenster wie einen weißen Rahmen auf dem Fußboden ab. Er stand in dem Weißen und spulte zurück, um ihre Stimme noch einmal zu hören. Es sah ihr nicht ähnlich, sich direkt zu erkennen zu geben.

»Will sie dich nicht?«

Vibeke stand in der Badezimmertür, entkleidet. Sie legte den Kopf schief und nahm ihren Ohrschmuck ab. Die Bewegung ließ die Taube, die sie auf eine ihrer Brüste hatte tätowieren lassen, mit den Flügeln schlagen. Die unwirklich langen Beine trafen sich in einer köstlichen und weichen Abrundung unter ihrem flachen Bauch.

»Ich weiß nicht.«

»Wer ist sie?«

»Spielt das eine Rolle?«

»Vielleicht.«

»Ich weiß nichts über sie, genauso wenig, wie ich über dich weiß.«

»Zieh dich aus«, sagte sie. »Dann denken wir an etwas anderes.«

Später, als sie auf dem Bett lagen, starrte sie nachdenklich auf seinen leblosen Penis hinunter.

Sie kroch näher heran und streichelte seinen Bauch.

»Später vielleicht«, sagte er und schob ihre Hände fort.

Sie drehte sich auf den Bauch, legte den Kopf auf ihren Arm und fragte mit einem Lächeln in den Mundwinkeln: »Und was sollen wir jetzt tun?«

»Reden.«

»Worüber?«

»Streng deine Fantasie an.«

Sie, plötzlich: »Glaubst du an Gott?«

Er zuckte leicht zusammen.

Sie sagte: »Wenn es einen Gott gibt, dann ist er immer und überall, wenn er wirklich allmächtig ist, weißt du, wo er ist?«

»Sag du es mir.«

»Er ist die Zeit.«

»Aha?«

»Wenn der Mensch einen freien Willen hat, aber gleichzeitig etwas Allmächtigem untergeordnet ist, dann kann Gott nur die Zeit sein. Die Zeit ist allmächtig. Alle werden älter. Wenn es nach dem Tod etwas gibt, dann ist es die Zeit.«

Er dachte über das nach, was sie gesagt hatte. »Du solltest dich mit meinem Nachbarn zusammentun, Fredriksen.«

»Ich meine das ernst«, wiederholte sie mit Nachdruck.

»Natürlich, du meinst das ... jedenfalls für eine Weile. Du bist eine Dichterseele. Fredriksen auch. Er schreibt Gedichte. Ich glaube sogar, dass er es irgendwie schafft, davon zu leben, wenn er nun nicht Sozialhilfe bekommt. Was ich sagen will, ist, du solltest den Gedanken aufschreiben, ein Gedicht daraus machen.«

Er schloss die Augen. Blieb liegen und hörte zu, wartete auf das Geräusch nackter Füße auf dem Zimmerboden oder das kratzende Geräusch eines Federhalters auf dem Papier.

Er setzte sich im Bett auf. »Komm schon, schreib.«

»Ich weiß nicht, ob ich es wagen soll.«

»Du traust dich nicht, einen Gedanken aufzuschreiben?«

»Ich habe Angst davor, dass ich aufgeben könnte.«

»Warum solltest du?«

»Du wirst lachen, wenn ich es dir sage.«

»Ich schwöre, dass ich nicht lachen werde.«

Sie zögerte ein wenig, holte Luft und sagte:

»Sprache hat sowohl eine semantische als auch eine ästhetische Seite.«

»Du redest wie eine Studentin.«

»Nein, wie eine Schauspielerin.«

Sie wälzte sich auf den Rücken. »Was ich meine, ist, dass die Dinge vollkommen oberflächlich beschrieben werden können, aber auch mit einer eigenen Schönheit, die die Beschreibung selber zu einem höheren Erlebnis werden lässt.«

»Jetzt redest du wie ein Kritiker.«

Er streichelte die glatte Haut an der Innenseite ihrer Oberschenkel. Er dachte an Grethe Lindeman, den Duft ihres Halses, den Kuss mit dem Nachgeschmack von Kaugummi. Er sagte:

»Der Ausdruck sollte rein sein, ebenso gesund wie ansprechend, aber lieber schön als subtil.«

»Und wer behauptet das?«

»Shakespeare.«

Sie tastete sich näher heran.

»Wie mit Sex«, sagte sie und betrachtete seine beginnende Erektion vom Kopfkissen aus, mit dem Kinn auf der Schulter. »Sex hat eine technische Seite, aber auch eine einfühlende, ästhetische Dimension. Eine eigene Schönheit.«

»Liebe?«

»Nein«, sagte sie. »Liebe, das muss eine höhere Form der Einsicht sein.«

»Du sprichst wie aus eigener Erfahrung.«

»Vielleicht nicht gerade Einsicht, aber in jedem Fall ein Zustand, der erst nach großen Mühen erreicht werden kann. Ich glaube nicht, das alle in der Lage sind, so weit zu kommen, vielleicht nur einige wenige, nach vielen Jahren des Zusammenlebens, nachdem man gelernt hat, die Schwächen und Fehler des anderen, nun, vielleicht nicht gerade zu lieben, aber doch zu respektieren.«

»Bist du deshalb nicht monogam?«

»Ich weiß nicht.«

»Du wirst eine großartige Karriere machen«, sagte er und spürte ihre Brustwarzen zwischen seinen Fingern hart werden. Er schloss die Augen und sah Grethe Lindeman vor sich. Die geschmeidige Gestalt, die automatisch und sanft seinen Rhythmus fand, als sie Arm in Arm spazierten. Vielleicht dachte sie in diesem Augenblick an ihn. Plötzlich spürte er ihre Nähe in diesem Raum. Der Gedanke war erregend. Er suchte Vibekes Lippen. Sie reagierte automatisch, erwiderte seinen Kuss mit geschlossenen Augen und tastete nach seinem steifen Glied.

Die Scheidenöffnung glich einer in der Mitte durchgeschnittenen Blumenzwiebel. Sie ergriff seinen Kopf mit beiden Händen, hielt ihn fest, bis ihre Bauchregion in einem leichten Orgasmus erzitterte.

»Ich glaube, du hast einen Helfer«, flüsterte sie nach einer Weile. »Eine Hamingja.«

»Eine was?«

»Eine Hamingja. Du hast nicht gewusst, dass du einen Helfer hast?«

»Das ist mir noch nie aufgefallen.«

»Er stand unten am Kai auf deiner Seite, vor dem Rathaus. Ich weiß auch nicht so viel darüber, aber eine Hamingja ist wohl ein Helfer. Der, den ich gesehen habe, war groß, kräftig und trug eine Art Waffe, ein Schwert, glaube ich. Er ist auch als Erster in Arnies Studio gekommen, lautlos und in voller Rüstung.«

»Du machst Witze«, sagte er.

»Nein«

»Ist er nett?«

»Er ist jedenfalls nett zu dir.«

»Und zu dir?«

»So funktioniert das nicht. Er ist dein Helfer und wird immer dir gehören. Bis du ihn ausleihst. So ähnlich steht es jedenfalls in den alten Sagas. Eine Hamingja ist bewaffnet und gehorcht nur dir. Bis du sie ausleihst.«

»Ist er jetzt hier. Sieht er zu?«

»Keine Ahnung.«

Er zog sie hoch, bis sie auf allen vieren kniete, wartete lange, griff mit beiden Händen nach ihrer schlanken Taille, bewegte sich, ließ sie sich ausruhen und machte vorsichtig weiter.

Sie atmete schwer in das Kopfkissen, griff nach dem Bettgestell und übernahm die Initiative. Der glänzende Körper begann in dem spärlichen Licht zu strahlen, schwarzes Haar peitschte durch die Luft und flatterte vor den Augen umher.

Er warf den Kopf zurück und sah vor sich das Gesicht einer anderen Frau, durch das Rückfenster eines Taxis. Vibeke biss in das Kopfkissen, jammerte und schnappte nach Luft. Der Mund – der Duft von Grethe Lindemans weichem Hals, es gab keinen Weg mehr zurück, er stieß seinen Körper gegen eine Wand aus Zärtlichkeit, gefärbt durch ihre glühenden Blicke, ihre weichen Brüste unter den Schichten ihrer Kleider.

11

Am nächsten Morgen wachte er einsam auf. Zwei schwarze Haare waren auf dem Kopfkissen zurückgeblieben. Sie krümmten sich wie kurvenreiche Straßen auf einer Landkarte. An der Tür hatte Vibeke einen Zettel befestigt, einen Gruß – rote Lippen, gemalt mit einem roten Lippenstift.

Es war fast elf Uhr am Vormittag, als er sein Buch mit den Telefonnummern heraussuchte und die Nummer von Abel Raag wählte. Eine metallische Frauenstimme vermeldete, dass die Nummer nicht in Gebrauch wäre.

Keine Überraschung, dachte er und legte den Hörer zurück. Auf dem Tisch lag der Dolch, den er dem Schläger mit den langen Haaren abgenommen hatte. Er klappte ihn auf und blätterte ein wenig in dem Buch, das Fredriksen ihm geliehen hatte, benutzte dabei das Messer und fand schließlich ihr Gedicht. Las. Verfiel in Gedanken.

Nach einer Weile rief er die Auskunft an und starrte auf seine eigenen Konturen im Spiegel, als er antwortete:

»Ja, ich weiß, dass es ein seltener Name ist. Raag. Mit zwei A.«

Er bedankte sich und legte auf.

Gespräch mit dem Einwohnermeldeamt von Oslo:

»Ein alter Freund von mir ist umgezogen, ich weiß aber nicht, wohin ... Ach so, na dann.«

Er hörte sich geduldig die Erklärung über den Datenschutz und die Rücksichtnahme auf ein ungestörtes Privatleben bis zum Ende an. Dankte.

Zögernd nahm er noch einmal den Hörer in die Hand, rief noch einmal die Auskunft an und bat um die Nummer des Einwohnermeldeamts in Fredrikstad.

Er notierte sich die Ziffern und ging zum Spiegel hinüber, schnitt Grimassen. Es ging darum, die Drecksackvisage zu finden. Danach wählte er die Nummer und stellte sich als Rechtsanwalt Jorfall von der Sozietät Hiorth, Hiorth, Elg og Hiorth vor.

»Es handelt sich um eine Erbschaftsangelegenheit, die Vollstreckung des Testaments von Ingenieur Hammersten, die nun zu Ende geführt werden soll, und wir haben bereits die Namen aller Erbberechtigten vorliegen, einem haben wir allerdings noch keine Adresse zuordnen können ...«

Er hörte zu, unterbrach die Dame mit einem arroganten Lachen. »Selbstverständlich werden Sie die Anfrage auch in schriftlicher Form bekommen, gnädige Frau. Ich versuche nur, ein wenig Zeit und Kosten zu sparen. Für uns ist es einfacher und billiger, einem der Begünstigten eine Mitteilung zukommen zu lassen, als den anderen vierundvierzig Briefe zu schicken, um den Termin abzusagen. Aber ich könnte ja auch das Einwohnermeldeamt einer anderen Gemeinde um Unterstützung bitten?«

Obwohl ihm die Adresse bekannt war, schrieb er sie auf. Anschließend bedankte er sich und legte auf.

Er blieb am Tisch sitzen und spielte mit dem Messer, ein blitzscharfes Fleischermesser mit einer hübschen und rostfreien Blutrille. Er brauchte Unterstützung. Er stand auf und ging zum Fenster. Dort draußen fuhr ein Taxi mit leuchtendem Schild. Der Anblick ließ ihn an Benny Mortensen denken. Er griff nach dem Telefonbuch, suchte die

Nummer von Benny Mortensens Mutter heraus. Es klingelte lange.

Schließlich antwortete eine Frauenstimme. »Wer ist da?«

Hammersten räusperte sich zögernd. Er war sich nicht sicher, ob es so schlau wäre, sich vorzustellen.

»Ist das Anders?«

Hammersten räusperte sich erneut.

»Bist du zu Hause, Anders? Zurück von der Polarexpedition? Grüß die Mama von mir, Anders, sie spricht immer so gut von dir, nennt dich ›mein Anderschen‹, und sie hat so viel Angst um dich gehabt. ›Hab immer so viel Angst um mein Anderschen‹, sagt sie jetzt schon seit vielen Wochen. ›Stell dir vor, er verliert seine Fausthandschuhe!‹ Aber in Gottes Namen sage ich dann, wie soll denn der Junge beim Skifahren seine Fausthandschuhe verlieren können? Und dann fängt sie beinahe an zu flennen, weißt du. ›Wenn er sein Geschäft macht‹, sagt sie. ›Wenn er im Schneesturm sein Geschäft macht und sich die Fausthandschuhe auszieht. Das kleine Anderschen alleine mit dem bösen Wind oben in der Eiswüste!‹«

»Ist Benny zu Hause?«, fragte Hammersten.

»Nein, Anders. Er arbeitet jetzt. Er ist ja auch fort gewesen. Aber er hat gesessen, wie du vielleicht weißt.«

»Jaja, wir haben gleichzeitig gesessen«, entfuhr es Hammersten.

»Du bist also gar nicht Anders?«

»Nein. Hier ist John. Weißt du, wo Benny jetzt ist?«

»Benny arbeitet in einem Videoladen ganz unten in der Vogts Gate. Du wirst doch Benny nicht in irgendetwas Schlimmes hineinlocken?«

Hammersten ließ den Hörer sinken und starrte ihn an. »Nein«, sagte er kurz und unterbrach die Verbindung.

Über der Tür klingelte eine Glocke, als er sie hinter sich schloss. Der Laden führte eine Mischung aus gebrauchten Comics und Videos. Die Wände waren mit Videokassetten bedeckt. Stapel von abgegriffenen Comicheften und zerfledderten Taschenbüchern lagen auf Tischen und Bänken herum. Eine kleine und rissige Holzstatue von einem Neger mit Kugelbauch stand auf der Ladentheke. Aber es befand sich kein Mensch in dem Geschäft. Eine offene Tür führte in einen anderen Raum, der vollständig mit alten Taschenbüchern und mit Kartons zerfledderter Donald-Duck-Hefte zugestopft schien. Plötzlich drang aus einem weiter entfernten Zimmer ein Geräusch, als würde dort etwas zerschlagen. Dem Knall folgte das Schreien einer Frau und das Krachen einer zugeschlagenen Tür. Danach hörte man das klickende Geräusch von Hundepfoten auf Linoleum. Ein kleiner Hund kam angeschossen, er schlitterte durch die Kurve zwischen der offenen Tür und zwei Tischen. Der Hund war weiß, hatte einen runden, wurstförmigen Leib und kurze Beine. Die lange Schnauze wippte gegen den Boden, sodass er mit der Nasenspitze die Türschwelle rammte. Der Schmerz ließ ihn aufjaulen, bevor er panisch zu bremsen versuchte, indem er mit allen vieren nach vorne gestreckt über den Fußbodenbelag schlitterte. Er blieb stehen und spitzte die Ohren.

Eine Frauenstimme hallte von weiter drinnen herüber: »Wo bist du, du verdammter Mistköter?«

Der Hund floh auf kurzen Beinen weiter, er schaufelte und kratzte mit den Klauen über die glatte Oberfläche, als seine Verfolgerin in der Türöffnung auftauchte. Der Hund zuckte zusammen, verlor das Gleichgewicht und fiel auf sein Hinterteil, stemmte sich genau rechtzeitig wieder auf die Beine, um einen ordentlichen Tritt in sein Bauchfell zu bekommen.

Die Frau, die ihn getreten hatte, war jung und außer sich: »Hol dich der Teufel!«, fluchte sie hasserfüllt.

Hammersten beobachtete, wie der Hund unter den Ladentisch rollte, wo er mit einem dumpfen Schlag gegen die Wand knallte und bewegungslos liegen blieb.

Die Frau: »Wo ist der Köter hin?«

Ungewöhnlich hübsche blonde Haare fielen über ihren Rücken hinab. Doch ihre Gesichtszüge waren grob und standen in deutlichem Kontrast zu ihrer femininen Fassade. Die Nase war lang und spitz, die Augen standen hervor, und auf beiden Seiten ihres Mundes befanden sich tiefe Furchen, wie bei einem erschöpften Holzfäller. Sie trat gegen einen Stuhl, der mit einem lauten Krachen umfiel.

»Komm raus, du verfluchter Köter!«

Hammersten räusperte sich.

»Er hat eine Vase für fünfhundert Kronen zerdeppert«, sagte sie, ohne sich umzudrehen, aber in einem eher gedämpften Tonfall. »Dieser Köter frisst alles Mögliche. Er frisst und trinkt alles. Scheiße!« Das letzte Wort unterstrich sie mit einem Schlag auf den Tisch.

»Ist Benny in der Nähe?«

»Benny«, brüllte sie. »Benny, komm her, verdammt nochmal! Hier will jemand mit dir sprechen!«

Hinter der Wand im Nachbarraum schrammte ein Stuhl über den Boden.

Benny Mortensen erschien im Türrahmen.

»Hammers!«

»Hallo, Benny.«

Benny nickte mit dem Kopf zu der Frau hinüber, die sie

beide anstarrte. »Connie, das ist Hammers, wir haben gemeinsam gesessen.«

»Ist er ein schlechter Kumpel?«

Benny grinste. »Bist du ein schlechter Kumpel, Hammers?«

Hammersten: »Wie geht es deiner Mama, Benny?«

»Nicht so gut, sie hat jetzt Angst, dass sie verbrennen könnte, verstehst du?«

Hammersten mitfühlend: »Ist es so schlimm?«

»Nein, es sind nur die Wechseljahre, sie hat Hitzewallungen, und unten in Frankreich haben sich wohl mehrere Frauen über Nacht in Aschehäufchen verwandelt. Und Mama hat so furchtbare Hitzewallungen, dass wir abends alle Wasserbehälter füllen, bevor sie schlafen geht.«

Benny zur Frau: »Ich mach fünf Minuten Pause, Connie!«

Gerade in dem Augenblick, als sie die Tür öffneten, peste der Hund mit der langen Schnauze zwischen Hammerstens Beinen hindurch nach draußen.

»Hast du viel in diesem Saftladen zu tun«, fragte Hammersten, als sie auf der Straße angekommen waren. »Kannst du dir vorstellen, einen Job für mich zu erledigen?«

»Taxi fahren?«, fragte Benny mit Hoffnung in der Stimme.

»Nein, nein, ich suche die ganze Zeit nach einem Typen.«

»Nach wem?«

»Ein alter Bekannter, Benny«, sagte Hammersten. »Abel Raag, er ist verschwunden, während ich im Knast war.«

»Du solltest wieder mit dem Taxifahren anfangen, Hammers.«

Hammersten schwieg.

»Connie meckert so verdammt viel an mir herum, und vor allem an Willy, dem Hund.«

»Er sieht hungrig aus.«

Hammersten nickte zu dem Hund hinüber, der die Straße herunter zur Würstchenbude wackelte. Ein paar Sekunden blieb er vor der Tür stehen und hechelte mit offener Schnauze, bevor er zweimal heiser bellte. Die Tür wurde geöffnet, und der lange, kurzbeinige Körper krabbelte mühevoll hinein.

»Willy liebt Würstchen«, sagte Benny. »Wienerwürstchen, am liebsten mit Senf.«

»Vor kurzem war so ein Wahnsinniger hinter mir her«, sagte Hammersten. »Ungefähr einsfünfundachtzig groß, ausgewaschene schwarze Jeanshosen, lange Haare und Bart, ein kleiner Bauch. Sah aus wie ein Motorradfreak, eine Menge Tätowierungen und dieses Zeug. Der Kerl ging mit dem Messer auf mich los.«

»Klingt wie eines dieser fünfzig Arschlöcher, die mir täglich über den Weg laufen.«

»Aber dieses Arschloch hat garantiert gesessen, er ist einer von uns. Er muss danach in der Notaufnahme oder etwas Ähnlichem gewesen sein, und er müsste eigentlich so mitgenommen gewirkt haben, das irgendjemand aus dem Milieu davon gehört haben muss.«

»Welches Milieu? Sieh dir mal Willy an, Hammers.«

Es gab Krawall in der Würstchenbude. Jemand fluchte. Aus der offenen Tür sprang der Hund mit einer Wurst in der Schnauze. Er verschwand pfeilschnell unter einem parkenden Auto und blieb bewegungslos liegen. Ein kurz gewachsener Mann mit weißer Schürze erschien in der Tür und hielt nach allen Seiten Ausschau.

»Er ist da lang gelaufen«, rief Benny und zeigte in die entgegengesetzte Richtung.

»Das Milieu, in dem wir uns in der letzten Zeit bewegt

haben«, sagte Hammersten. »Das Milieu, das du ein wenig besser kennst als ich.«

»Ach so, das Milieu«, sagte Benny und lachte laut über den Mann aus der Würstchenbude, der resigniert den Kopf schüttelte und die Tür wieder schloss.

»Jemand muss davon gehört haben.«

»Bestimmt«, sagte Benny.

»Ich will wissen, wer er ist.«

»Du hast ihn verprügelt? So ein Typ kann es sich nicht erlauben, dass du ihn mehr als einmal verprügelst.«

»Ich muss mit dem Typen reden.«

»Du warst schon immer etwas speziell, Hammers. Du hast keine Imageprobleme. Du nicht, Hammers.«

»Rede mit ein paar Leuten, Benny«, sagte Hammersten und steckte ihm zwei blaue Scheine zu. »Finde einfach nur heraus, wer er ist.«

12

Ich habe mir schon gedacht, dass du wiederkommst«, sagte der Mann mit der Hasenscharte. Hammersten schnüffelte mit seiner Nase, als er die Küche betrat, musste zu seiner Enttäuschung aber feststellen, dass alle Kochplatten leer standen. »Das war ja eine ziemlich wilde Geschichte, die du mir da über deinen Schwager erzählt hast.«

»Sie ist wahr.«

»Aber er wohnt nicht hier, oder etwa doch?«

»Doch. Er wohnt hier.«

»Und warum hast du dir gedacht, dass ich noch einmal wiederkommen würde?«

Der Mann zuckte mit den Schultern.

»Ich habe mit dem Einwohnermeldeamt gesprochen«, sagte Hammersten. »Nach deren Informationen wohnt hier immer noch ein Mann namens Abel Raag in der Wohnung unterm Dach.«

»Was du nicht sagst?«

»Und nach Abel Raag hab ich das letzte Mal gefragt. Du hast gesagt, dass er nicht mehr hier wohnt.«

»Und ich sage, dass mein Schwager jetzt da wohnt. Und der heißt nicht Abel Raag.«

»Aber das Einwohnermeldeamt ...«

»Scheiß aufs Einwohnermeldeamt. Ruf doch da an und frag, wo mein Schwager wohnt, er wohnt auch hier. In diesem Haus gibt es viele Wohnungen.«

»Darum hast du dir also gedacht, dass ich noch einmal wiederkommen würde. Du hast gewusst, dass Abel immer noch unter dieser Adresse gemeldet ist?«

Der andere nickte.

»Wegen seiner Post?«

»Genau.«

»Aber wir haben letztes Mal auch über die Post gesprochen, da muss noch ein bisschen mehr dahinter stecken?«

»Dann tut es das wohl.«

Hammersten wartete.

»Eigentlich«, sagte der Mann unentschlossen.

»Ja«, sagte Hammersten.

»Eigentlich hatte er mich gebeten, die Post für ihn zu sammeln und sie nach und nach zu verbrennen.«

»Wann hatte er dich darum gebeten?«

»Ein paar Tage bevor er verschwand.«

»Was hast du dafür bekommen?«

»Geld.«

»Du wusstest also, dass er abhauen wollte.«

Der Mann schnitt eine Grimasse. »Na ja, gewusst habe ich es nicht gerade ...«

»Bist du dir darüber im Klaren, dass du gegen das Gesetz verstoßen hast?«

Der andere schüttelte den Kopf. »Er wollte wiederkommen. Die Abmachung galt nur vorübergehend.«

»Und diesmal lügst du nicht?«

»Überhaupt nicht.«

»Wie lange wollte er wegbleiben?«

»Das hat er nie gesagt.«

»Wann solltest du aufhören, die Briefe zu verbrennen?«

»Das hat er auch nie gesagt.«

»Wann hast du damit aufgehört?«

»Ich habe niemals angefangen.«

Der Mann umarmte die Küche mit einer Geste. »Schade, dass du so früh gekommen bist, es ist noch eine Weile bis zum Abendessen.«

Hammersten: »Erzähl mir, was du von Abel hältst, deinen Eindruck.«

Der Mann dachte kurz nach, bevor er schwerfällig zu einem der Holzstühle am Küchentisch hinübertrottete und sich setzte.

»Komm her«, sagte er und zeigte zum Fenster hinaus.

Hammersten setzte sich und schaute hinaus.

»Siehst du die Leine dort, mit den weißen Dingern dran?«

Hammersten nickte.

»Alle haben wir unsere besonderen Seiten«, sagte der Mann. »Alle sind mehr oder weniger ...«

»Exzentrisch«, half Hammersten.

»Genau«, sagte der Mann. »Dieser Alte, der da oben wohnt, er hängt seine Windeln zum Trocknen an der Leine auf, Einwegwindeln sogar, du kannst es von hier nicht erkennen ...«

»Einwegwindeln?«

»Na sicher, manchmal sind sie sogar voller Blut, diese Windeln sind solche Wattedinger, wie es sie für die Kleinen gibt, und die sie auch in Pflegeheimen für die Alten verwenden. Er braucht sie seit seiner Operation, Prostata, weißt du, aber jetzt hängen diese Windeln zum Trocknen an der Wäscheleine. Sie sagen, dass er zu geizig ist, um sich neue zu kaufen, aber ich glaube eher, dass es nur wegen der Aufmerksamkeit ist, die Leute tun so viel, um die Aufmerksamkeit auf sich zu lenken, und dieser Einzelgänger, der zu allem Überfluss auch noch krank wird, er braucht jemanden, dem er das mitteilen kann. Er muss der Welt mitteilen, dass es ihm schlecht geht, aber dass er allein zurechtkommt.«

Hammersten nickte.

Der Mann spielte mit einer Zigarette. »Martin, mein Vetter, der hat immer Kondome zum Trocknen aufgehängt, an der Wäscheleine, einfach nur ausgespült, genau wie die. Ja, das war natürlich gleich nach dem Krieg. Man hat Zigaretten gegen Kondome eingetauscht, wir, die wir jung waren, wir konnten nie genug bekommen, wie man so sagt, und man hatte keine andere Möglichkeit, als seine Kondome mehrfach zu verwenden.«

Hammersten trommelte mit den Fingern auf der Tischplatte herum.

»Ja, es gab keinen schneidigeren Kerl hier in Kampen als den Alten da drüben, seltsam, wie es manchmal enden kann. Aber diesen Anblick werde ich nie vergessen. Martins Gummis, die im Winde flatterten, fein säuberlich aufgereiht, zusammen mit den riesigen Miederhosen seiner Mutter.«

»Und hat das etwas mit Abel zu tun?«, fragte Hammersten nach einer längeren Phase des Schweigens.

»Nein, nein, das hat es wohl nicht. Aber überall verbirgt sich etwas auf der Unterseite. Es muss einem nur erst erklärt werden, genau wie du geglaubt hattest, das da drüben an der Wäscheleine wären Unterhosen, anstatt ausgespülte Wattewindeln voller Blut und Eiter. Jetzt sagen sie, dass eine Krankenschwester in der Polyklinik etwas mit den Patienten hatte und Geld von ihnen erpresst hat. Das Merkwürdigste ist, dass ihr Gesicht wie ein Ziegelstein aussieht. Große Titten hat sie aber, das hab ich ja schon immer gesagt, große Titten machen die dicksten Beulen im Gesicht wieder wett.«

Der Mann malte zwei große Halbmonde in die Luft. Er schüttelte den Kopf und zog an der Zigarette. »Männer sind und bleiben schließlich Männer. Aber die Idee dahinter war ja eigentlich gut, schließlich waren es diejenigen, die am schlechtesten dran waren, denen sie ein paar zusätzliche Freuden bescherte, alte Männer im Rollstuhl, und sie hat ihnen ein bisschen was geblasen, denke ich, und fand wohl, dass sie für die ganze Anstrengung auch ein wenig Geld verdient hätte. Was soll denn daran so verkehrt sein? Das Einzige, was man erreicht, wenn man sich an Recht und Gesetz hält, ist doch, dass die Dinge nur noch schlimmer werden. Wie lange müssen sie jetzt warten, die armen Patienten, bis wieder eine Krankenschwester mit derselben herzensguten Natur angestellt wird? Und dasselbe könnte man ja auch über deinen Kumpel sagen. Abel mit dem merkwürdigen Nachnamen, Raag, das klingt ja fast venerisch.«

Der Mann zündete die Zigarette an. »Du brauchst nichts zu sagen. Ich sehe es dir an, du wartest darauf, dass ich endlich zur Sache komme.«

Hammersten nickte.

»Ein Typ war hier gewesen und hatte nach Abel gefragt, einen Tag, bevor du hier warst.«

»Am Tag davor?«

»Ja. Am Tag davor. Er fragte nach Abel Raag. Ob ich ihn gesehen hätte, etwas von ihm gehört hätte, und so was.«

»Hast du dem Mann Abels Post gezeigt?«

»Ja klar. Deswegen lag doch die Post noch hier.«

»Hat er etwas an sich genommen?«

»Nein, er hat sie nur durchgeblättert. Die Absender gelesen. Im Gegensatz zu dir wusste er anscheinend, wonach er suchte.«

»Aber er hat nichts mitgenommen?«

Der Mann schüttelte den Kopf. »Na ja, mitgenommen und mitgenommen«, sagte er schließlich.

»Sag es schon«, sagte Hammersten.

»Es ist durchaus möglich, dass er ein paar Umschläge mitgenommen hat.«

Der Mann rauchte. »Du erinnerst dich an diese Briefe von der Bank, wegen denen du letztes Mal so einen Wirbel gemacht hast. Sie haben nicht so dagelegen, bevor der Mann gekommen war. Da bin ich mir ganz sicher, bevor der Typ hier war, war noch kein Brief geöffnet.«

»Dieser Typ hat also die Briefe von der Bank geöffnet, sie sich angesehen und hat sie dann liegen gelassen?«

»Genau.«

»Wie sah dieser Typ aus?«

»Ziemlich putziger Kerl. Fett wie ein Amerikaner. Nietenhosen und Lederjacke und so einen lustigen Hut auf dem Kopf.«

»Ein lustiger Hut?«

»Ein bisschen englisch, altmodisch, kariert.«

»Eine Detektivmütze.«

»Ja genau, wie Sherlock Holmes.«

»Warum hast du mir nichts davon erzählt?«

Der Mann atmete schwer.

Hammersten befreite ihn nicht aus der Zwickmühle. »In deinem Stapel befanden sich vier geöffnete Briefe. Du und ich, wir haben dagesessen und uns am Kopf gekratzt und uns über die Bürokratie in den Gemeindeverwaltungen gewundert. Während du die ganze Zeit gewusst hast, wer dahinter steckte. Der Typ mit der Mütze.«

Der Mann lächelte herablassend. »Wenn morgen jemand hier vorbeikommt«, sagte er. »Die Bullen zum Beispiel, würdest du wollen, dass ich denen etwas über dich erzähle?«

Hammersten rief Arnie von der nächsten Telefonzelle aus an.

Eine Frauenstimme antwortete. Die Stimme von Catwoman. Arnie war nicht zu Hause. Sie wusste nicht, wo er sich befand.

Er war spät geworden, und er hatte sich noch nicht mit Grethe Lindeman in Verbindung gesetzt, obwohl sie am Telefon darum gebeten hatte. Sie sollte ruhig noch etwas warten.

Er machte sich auf den Weg nach Hause. Nachdem er sich in der winzigen Küche ein paar Butterbrote geschmiert hatte, setzte er sich neben das Telefon. Er rief Arnie noch zwei Male an. Beide Male antwortete die Frau. Arnie war nicht zu Hause. Beim dritten Mal beantwortete niemand mehr den Anruf. Die folgenden Male ebenso wenig. Hammersten holte sich einen Whisky aus dem Küchenschrank. Im Fernsehen: Ein Mann redete, während er mit den Ohren wackelte. Das Publikum überschlug sich vor Lachen. Ein anderer Kanal: eine Podiumsrunde von aufgeregten Emporkömmlingen, die einander anlachten. Ein anderer Kanal: Reklame. Dann: drei Frauen, die verschiedene Damenhüte anprobierten, sie betrachteten sich im Spiegel und amüsierten sich.

Er drehte die Lautstärke des Fernsehers herunter und rief Arnie an, ohne dass jemand ans Telefon ging.

Mehr Whisky, Zeit der Erinnerung. Ein konkreter, aber gleichzeitig vollkommen zufälliger Moment. Ein Sonnabend oder Sonntag vor langer Zeit, er saß in seinem Taxi auf dem Taxistand vor der Pferderennbahn in Bjerke und las eine Broschüre von Ving-Reisen. So ein Tag, an dem nichts geschah. Ein Tag, an dem man die ganze Zeit darüber im Zweifel war, ob es nicht besser wäre, in irgendeinen anderen Teil der Stadt zu fahren, zum Flughafen hinaus oder ins Zentrum, in der Hoffnung eine Fuhre zu bekommen. Er hatte den Schlüssel bereits umgedreht und den Motor angelassen, als plötzlich draußen das Telefon klingelte. Ein Kunde im *Renna* – Restaurant Rendezvous. Der riesige Kerl wollte zu einer Adresse in Gamlebyen. Hammersten hatte im Taxi gewartet, während der Kunde verschwand und fast zwanzig Minuten auf sich warten ließ. Als er wieder herauskam, hatte der Kerl Wunden an den Fingerknöcheln und war ein wenig außer Atem. Ein Wagen hatte sich anschließend hinter sie gehängt. Hammersten sorgte dafür, dass sie den Verfolger loswurden. Eine Zeit lang standen sie auf einem Parkplatz am Gamle Drammensvei. Das Taxameter tickte auf neunzehnhundert Kronen zu. Sie hatten über Geld geredet, über sichere Branchen. Der Mann nannte sich Abel Raag, und in einem Nebensatz hatte er erwähnt, dass er einen Pakistani kannte, der sein Restaurant verkaufen wollte.

Im Fernsehen: Haar, das in Zeitlupe hinunterfiel. Pfeile, die auf die Saugkraft von Windeln und Damenbinden hinwiesen. Der Fernsehschirm hätte ein Zellenfenster zu einer anderen Welt sein können. Hammersten wechselte den Kanal. Wieder Reklame. Wenn ich Abel finde, dachte er, werde ich mich dann dort draußen befinden, oder werde ich nach wie vor hier drinnen in mir selbst sein und mich nach draußen wünschen? Der Gedanke war deprimierend und nicht so ganz begreiflich, er wurde also langsam betrunken.

Als es fast Mitternacht war, klingelte das Telefon.

Er hörte keinen Laut, nachdem er abgehoben hatte. Allein der Takt seines eigenen Herzschlags verriet sie. Grethe Lindeman.

Er lauschte. Sie sagte nichts. Er war betrunken, konnte lange durchhalten, verlor aber trotzdem. Er griff nach dem Buch, das geöffnet neben dem Telefon lag. *»Verborgen auf einer einsamen Bank ...«*, las er, als er es nicht mehr aushielt.

Grethe Lindeman lachte ihr heiseres Lachen. Die intime Stimmung, die durch das Lachen ausgelöst worden war, breitete sich im Zimmer aus. Er hörte den weichen Laut eines Federbettes, das raschelte, als sie sich auf ihrem Bett bewegte. *»Und niemand außer Gott hörte ihr tröstendes Flüstern«*, flüsterte sie und legte auf.

Ein aufgeregtes Besetztzeichen. Er starrte das Telefon an. Im Gefängnis konnte er mitten in der Nacht aufwachen und die trübe Zellendecke anstarren, auf die die Scheinwerfer von draußen lange Schatten warfen. Stundenlang einfach nur so daliegen und Bilder vor sich sehen, bis er das eine oder andere Mal, resigniert und ohne bitteren Nachgeschmack, zu Fantasien masturbierte, oft mit ihr in der Hauptrolle. Jetzt kam es ihm so vor, als würde sie sich rächen. Gegen Mitternacht Kontakt aufnehmen, sich in der Luft ausbreiten, die er einatmete. Wenn er sein Glas hob, würde sie sich auch darin befinden, in dem, was er trank. Einige Sekunden lang spürte er den Zorn in sich wachsen. Er hatte Lust, das Telefon kurz und klein zu schlagen.

13

Er wachte spät auf. Später als am vorhergehenden Tag. Er war drauf und dran, den Tagesablauf auf den Kopf zu stellen. Zur Mittagszeit fuhr er in die Stadt und rief sie von einer Telefonzelle am Jernbanetorget aus an.

Als sie antwortete, konnte er nichts sagen. Wie erwartet beschwerte sie sich nicht lauthals, sondern begriff, wer dran war, und signalisierte dies, indem sie schwieg. Er wusste, dass sie den Verkehrslärm von der Straße hören konnte.

»Es ist zu spät«, sagte sie schließlich und legte auf.

Er rief noch einmal an.

Sie ging nicht ans Telefon. Er wurde automatisch mit der Telefonzentrale verbunden.

»Ich weiß, dass sie da ist«, sagte er. »Ich habe gerade noch mit ihr gesprochen. Wir wurden unterbrochen.«

Es klingelte erneut.

Dieses Mal nahm sie den Hörer ab.

»Danke für das Angebot«, sagte er.

»Welches Angebot?« Sie wirkte kalt und uninteressiert.

»Ich hatte dich so verstanden, dass du mich zum Mittagessen eingeladen hast.«

»Das war gestern.«

»Ich hatte bis jetzt leider keine Gelegenheit gehabt, zu antworten.«

»Na so was«, sagte sie und zögerte mit der Fortsetzung.

»Du kannst fünf Minuten haben«, sagte sie schließlich. »Punkt ein Uhr. Hier in meinem Büro.«

Er verspürte eine Lust, ihr den Telefonhörer ins Gesicht zu schleudern, verließ blind vor Wut die Telefonzelle, kam an einer Uhr vor einem Uhrmachergeschäft vorbei. Noch eine Stunde totzuschlagen.

Er ging die Treppe zum Abelshaugen im Schlosspark hinauf, ließ sich treiben.

Er entdeckte eine Telefonzelle vor ihrem Bürohaus. Er versuchte erneut, Arnie anzurufen.

Dieselbe Frauenstimme antwortete.

Hammersten stellte sich vor. Die Frau unterbrach sofort die Verbindung.

Er blieb stehen, und die schwere Eichentür fiel lautlos hinter ihm ins Schloss. Der Hausbesitzer hatte offensichtlich einen gewissen Sinn für Nostalgie und Tradition. Die Eingangshalle lag wie eine menschenleere gepflasterte Krypta vor ihm, mit Schieferfußboden und Wänden aus poliertem Granit. Sie endete in einem architektonischen Arrangement, das aus einem mit Glas verkleideten Aufzugschacht bestand, der von einer breiten Treppe mit einem schmiedeeisernen Geländer umwunden wurde. Im Treppenhaus drang das Sonnenlicht zwischen eng beieinander stehenden Sprossen ein und warf schwarze Streifen über Wände und Fußboden.

Der Aufzug summte. Die Umrisse von Kabeln und schweren Gewichten bewegten sich hinter dem Drahtglas im Schacht. Ein roter Pfeil über der Aufzugtür zeigte die Position an. Der Pfeil glitt an der Drei vorüber, weiter nach unten zur Zwei. Hammersten atmete tief durch. Der Aufzug kam mit einem leichten Rumsen zum Stehen. Doppelte

Türen. Die Sicherungstür aus dünnen Gitterstäben traf mit einem trockenen und klickenden Geräusch auf die Wand, als er sie zur Seite schob.

Der Aufzug schlich nach oben. Der mit Teppich ausgelegte Boden schaukelte bedrohlich, als er im siebten Stockwerk hielt. Er trat ohne anzuklopfen ein und kam in eine Art Schalterraum. Ein älterer, pockennarbiger Mann in einem blauen Uniformhemd hob den Kopf und betrachtete ihn über die Brillenkante, bis Hammersten sich die Mühe machte, zu nicken.

»Lindeman«, sagte er.

»Was?«

Der Mann musste weit unten in der Kehle gesucht haben, um den Klang für seine Stimme zu finden, die vollkommen verrostet wirkte.

»Ich habe einen Termin bei Grethe Lindeman – der Anwältin. Jetzt um eins.«

Der Mann verzog seine Lippen zu einem gemessenen Zucken, nickte unmerklich, räusperte sich und schaute wieder in seine Zeitung. Sorgfältig beleckte er seinen Zeigefinger und blätterte um, während er nach dem Telefon auf dem Tisch vor ihm tastete.

»Name?«, fragte der Mann rostig.

»Hammersten.«

»Hammersten für Grethe Lindeman«, sprach er ins Telefon. Und zu Hammersten: »Sie ist beschäftigt.«

»Ich warte.«

Hammersten legte seine Beine übereinander. Von seinem Stuhl aus konnte er den Korridor überblicken. Eine unendliche Reihe von Türen. Keine wurde geöffnet. Eine von ihnen gehörte zu ihr. Er schaute noch einmal auf die Uhr und versuchte seine Irritation darüber, dass sie beschäftigt war, obwohl sie eine Verabredung hatten, zu betäuben. Er nahm sich eine Zeitung vom Tisch. Sie war vom vorhergehenden Tag. Er wandte sich dem Rezeptionisten zu. Ein verschlossenes, vernarbtes Gesicht mit struppigem schwarzen Haar, das zur Seite gekämmt war, Bartstoppeln und dicke Lippen mit dunklen Flecken. Der Mann befeuchtete wieder seinen Finger, schlug langsam eine neue Seite in seiner Zeitung auf. Hammersten lehnte sich in seinem Stuhl zurück und schloss die Augen. Über zwanzig Minuten später wurde eine Tür geöffnet. Eine Frau mittleren Alters in einem rosa Kleid zog sich im Gehen ihre Handschuhe über. Sie verschwand nach draußen. Der Rezeptionist räusperte sich. Es wurde raschelnd in Papier geblättert. Hammersten schaute nach oben auf die Wanduhr. Sie hätte ein Riesenrad sein können, eine sich langsam drehende Installation, die jedes Mal, wenn eine Gondel den Boden berührte, umständlich anhielt, um Passagiere ein- und aussteigen zu lassen. Fünf weitere Minuten krochen dahin. Die folgenden fünf Minuten vergingen noch zäher.

»Könntest du Grethe Lindeman noch einmal anrufen?«, fragte Hammersten.

Der Rezeptionist, tief in die Zeitung versenkt: »Sie wird dich rufen, wenn sie soweit ist.«

Hammersten stand auf und ging ungeduldig zum Fenster hinüber, um hinauszuschauen. Zehn lange Minuten später öffnete sich eine Tür im Korridor. Es war sie. Vierzig Minuten zu spät. Er ballte seine Hände in den Hosentaschen zu Fäusten.

Sie schloss die Tür hinter sich, blieb im Korridor stehen und starrte ihn stumm an. Der manische Blick, dieselbe eingesperrte Wildheit, die er schon im Taxi wahrgenommen hatte. Er ging langsam auf sie zu. Als er beinahe angekommen war, drehte sie sich ohne ein Wort auf dem Absatz um. Sie ging vor ihm her, den Korridor hinunter. Der Teppichboden dämpfte ihre Schritte. Das knapp geschnittene Kleid engte ihre Knie ein. Durch die Bluse konnte man den Riemen ihres Büstenhalters erahnen.

Sie blieb stehen. Ihre Hand schloss sich um einen Türgriff zur Linken. Sie stieß die Tür auf. Er folgte ihr hinein.

Sie befanden sich in einem nackten Zimmer, eine Art Lager, in dem es nach Staub roch. Ein kleiner viereckiger Spiegel hing über einem Waschbecken an der Wand. Eine nackte Glühbirne in der Ecke warf ihm ein stechendes Licht entgegen. Er lehnte sich mit dem Rücken an die Tür und begegnete ihrem Blick im Spiegel. Zwei eisblaue Iris, beinahe grau, und fast schwarze Pupillen, die Reflexion des Spiegels glänzte wie ein winziges Pflästerchen auf dem Schwarzen.

Sie drehte sich um und trat ganz dicht vor ihn.

Hinter seinem Rücken tastete sie nach dem Schlüssel und drehte ihn herum. Der Riegel fiel mit einem leichten Schnappen ins Schloss.

»Du lässt die Leute ungebührlich lange warten«, sagte er.

»Du hast mich gestern warten lassen.«

»Ich bin gekommen, um zu reden«, sagte er.

Mit langsamen Bewegungen begann sie sein Hemd aufzuknöpfen. Er starrte in den Spiegel an der Wand. Sein eigenes Gesicht über ihren runden Schultern, ihr glatt gekämmtes Haar.

Sie hielt ihre Hände einen Augenblick lang still, danach machte sie weiter, indem sie an seinen Hemdschößen zog und das Hemd ganz aufknöpfte.

Sekunden später hielt sie ihre eigene Bluse in der Hand, hob sie hoch und ließ sie in einem Knäuel zu Boden fallen.

Fünf Finger machten sich an seiner Brust zu schaffen. Er starrte auf die klauenartigen Nägel hinunter, beobachtete, wie sie ihre Finger krümmte, und doch kam der Schmerz wie ein Schock, als sie ihn kratzte. Er reagierte automatisch, schlug mit der flachen Hand. Sie wich bis zum Waschbecken zurück. Er starrte auf seine eigene Brust hinunter, das Blut, das die vier Kratzwunden füllte und sich ganz unten in kleinen Tropfen sammelte. Ein Tropfen streifte seinen Bauch auf dem Weg nach unten zur Gürtelschnalle.

In ihrem Gesicht hatte sie einen weißen Abdruck von seinem Schlag. Sie massierte sich die Wange und lächelte verkrampft. Dann wandte sie sich um, drehte den Wasserhahn auf, strich ihr Haar hinter die Ohren zurück und wusch sich die Hände im fließenden Wasser.

Ihr Rücken glänzte im Halbdunkel. Als er an sie herantrat, hielt sie seinen Blick im Spiegel fest und zog sich mit langsamen Bewegungen aus, bis sie nackt vor ihm stand. Danach beugte sie sich über das Waschbecken und spritzte sich Wasser ins Gesicht.

»Ich werde wieder kratzen«, sagte sie.

»Das wirst du nicht tun.«

»Doch.«

Er hatte Lust zuzuschlagen.

Sie sah es. Er las in ihrem Blick, dass sie es sah. Sie hätte ihm ins Gesicht lachen können. Er schwitzte und fühlte sich unwohl.

Ein Streifen weißen Lichts fiel durch ein klitzekleines Loch in der Wand herein, zog eine breite, weiße Narbe über ihre Hüfte und erreichte den Fußboden, wo er in einem schmalen, gelben Ausrufezeichen endete. Er starrte wie hypnotisiert die Wand an. Im Nebenraum wurde eine Tür geschlossen. Sie sahen einander im Spiegel an.

Der Streifen weißen Lichts verschwand. Er ließ seinen Blick umherwandern, fand das Loch in der Wand jedoch nicht wieder.

Er blickte zur Tür. Es waren zwei Meter. Drei Schritte, und er war frei.

»Ich zerkratze dir das Gesicht«, drohte sie mit gepresster Stimme.

Er schüttelte den Kopf und öffnete langsam seinen Gürtel.

Er ließ sich viel Zeit. Sie atmete mit offenem Mund, schloss beide Augen und ließ ihre Stirn am Spiegel ruhen, als er aus seinem Gürtelriemen eine Schlinge drehte. Im Waschbecken brauste das Wasser. Sie bewegte sich ungeduldig und beugte sich tiefer hinunter und nach vorn, legte ihre Ellenbogen auf den Beckenrand.

Nicht ein Laut drang aus ihren aufeinander gepressten Lippen, als der Schlag traf, allein ihr Körper zuckte heftig zusammen.

Er tat es noch einmal. Härter. Und noch einmal, noch härter. Er atmete kontrolliert, schlug kontrolliert. Wieder. Und wieder. Als er aufhörte, presste sie Wange und Lippen an die Wand, mit durchgedrücktem Rücken und weit gespreizten Beinen in Schuhen mit schmalen Absätzen.

Sie befeuchtete ihre Finger im Wasser und schrieb auf den Spiegel: *Abel.* Sie schrieb es noch einmal: *Abel.*

Das Blut auf seiner Brust drang unter seinen Hosenbund. Er spürte den Schmerz und schlug. Wasser sammelte sich im Waschbecken, es rauschte, blubberte und dämpfte das schneidende Knallen des Leders. Er kämpfte, um seine Raserei unter Kontrolle zu halten, verschwand aber in einem dichten Nebel, die Glühbirne in der Ecke wurde zu einem Scheinwerfer auf seine Stirn, und die Lichtreflexe beleuchteten aus einer schwarzen Fläche heraus Abel Raags klassisches Profil, an einem Tisch sitzend, seinem Stammtisch, im *Bliss.* Und ihr Keuchen, das nur grenzenlose Lust auf einen anderen Mann war.

Aus dem dichten Nebel heraus nahm er wahr, wie sie ihren Rücken krümmte und sich ins Handgelenk biss, um nicht loszuschreien. Da packte er sie an der Taille. Sie hielt sich mit beiden Händen am Waschbecken fest. Ihr Nacken bebte, und Sehnen und Adern traten deutlich an ihrem Hals hervor. Ihr Gesicht im Spiegel glich einer Maske, die rotweißen Augen glichen zwei Schnittwunden über einem halb geöffneten Mund, der keuchend nach Luft schnappte.

14

Auf dem Tisch: Das Telefon, vollkommen tot. Sie hatte gesagt, dass sie anrufen würde. Aber sie tat es nicht. Er sollte eigentlich den Telefonstecker herausziehen, konnte sich aber nicht dazu durchringen.

Sie hätte genauso gut eine Puppe benutzen können, hätte Abels Portrait auf das Puppengesicht gemalt und es an sich gedrückt. Aber das spielte keine Rolle. Alles war bedeutungslos angesichts ihrer schlanken Finger, die sich nach seinem Gesicht im Spiegel gestreckt hatten. Innerhalb weniger Minuten war er ein anderer Mann geworden. Jenseits der Flut von Selbstverachtung gab es nur eine einzige Antwort, die Bedeutung hatte: Ob sie zufrieden war, ob es ihm gelungen war, derjenige zu sein, den sie haben wollte.

Quelle der Unruhe: Warum rief sie nicht an?

Weil sie jemand daran hinderte. Der Gedanke war lächerlich, aber er hielt sich trotzdem an ihm fest.

Abel konnte sie daran hindern. Das war wahrscheinlich. Wenn Abel sich versteckt hielt, musste er wissen, dass Hammersten entlassen worden war.

Sich vorstellen: Abel, der wartet, Abel, der ihn verfolgt, Abel, der ihn mit ihr zusammen sieht. Abel, der durch ein Loch in der Wand guckt und danach zu ihr geht, Abel, der sie nicht telefonieren lässt. Ihre schlanken Finger, die sich zitternd nach dem Gesicht eines anderen Mannes ausstrecken. Ein anderer Mann, der endlich da war.

Die Jalousien stießen gegen den Fensterrahmen, und er schaute auf die Uhr. Es war spät.

Es konnte durchaus Abel gewesen sein, der ihn bis zu Arnie verfolgt hatte. Die Möglichkeit existierte. Es konnte durchaus Abel gewesen sein, der ihn überwacht hatte, der ihn bis an andere Orte verfolgt hatte. Stumme Anrufer auf dem Anrufbeantworter. Es konnte durchaus Abel gewesen sein, der ihn angerufen hatte, um festzustellen, ob er zu Hause war. Dass er nicht woanders war.

Er bemerkte, dass seine Hände zitterten. Seine Knie waren steif, als er in die Diele hinausging. Er zog seinen Mantel an.

Er ging geradewegs zu seinem Auto, setzte sich hinein und fuhr weg, ohne sich umzusehen. Er nahm den Ringveien und war schon fast am Ringnestunnel, als ihm einfiel, dass ihm vielleicht jemand folgte. Weit hinter ihm fuhr ein Auto, dahinter noch eines und hinter diesem noch viele. Er beschloss sie zu ignorieren und fuhr weiter wie bisher. Das Auto donnerte unter den Berg. Die orangenen Leuchten im Tunnel flackerten in raschem Takt über das Wagendach hinweg. Ein entgegenkommender Sattelschlepper blendete ihn. Der Sattelschlepper hupte lautstark, doch er hielt seine einhundertzwanzig Stundenkilometer. Das Lenkrad zuckte in seiner Hand, als er in den Sog des Anhängers geriet. Er bremste nicht, sondern hielt den Wagen auf der Mitte der Fahrbahn. Die gelben Streifen auf dem Asphalt wurden unter sein Fahrzeug gesaugt.

Die Kurven über die Nesodden-Halbinsel zwangen ihn, ruhiger zu fahren, die Katzenaugen der Baken am Straßenrand verschwanden in einer makellosen Perspektiveinstellung, es war, als wäre man das Schloss in einem Reißverschluss. An der Abzweigung nach Brevik folgte er einer

Eingebung und hielt an. Es war bald Mitternacht. Kein Autoscheinwerfer zeigte sich im Rückspiegel. Der Sekundenzeiger der Uhr im Armaturenbrett schlug wie ein Hammer, er federte nach jedem Schlag zurück. Er wartete drei Minuten, ohne etwas zu entdecken, bevor er weiterfuhr.

Die Wohnsiedlung lag still und teilweise verdunkelt unter dem nachtgrauen Himmel. Er bugsierte seinen eigenen Wagen unauffällig in die Reihe der geparkten Autos. In ihren Fenstern brannte noch Licht, die Umrisse ihres Dachstuhls waren gerade noch über einer aufragenden Wand mit gelben Vierecken wahrnehmbar. Der Anblick glich einem Propagandaplakat für Verdunkelung im Krieg.

Er zögerte, stieg letztendlich aber aus dem Wagen und ging zu ihrer Tür hinüber.

Er klingelte, musste aber warten. Er klingelte noch einmal, bekam aber immer noch keine Reaktion. Erst als er zum dritten Mal klingelte, öffnete sie vorsichtig die Tür. Sie sagte einige Sekunden lang nichts, starrte nur.

»Störe ich?«

»Es ist spät.«

»Ich störe also.«

»Nein, nein. Komm rein.«

Am Tisch war aus zwei Tassen getrunken worden. Designertassen aus Glas und Aluminium. Sie standen auf je einer Seite eines Serviertellers, der voller Krümel war.

Sie machte eine Show daraus, sich zu setzen. Ein wunder Hintern. Eine klitzekleine schmerzvolle Grimasse – sie biss sich vorsichtig in die Unterlippe, während sie sich auf den Stuhl sinken ließ.

»Vielen Dank nochmal.«

Die direkte Anspielung machte ihn sprachlos.

»Bist du immer so wütend?«, fuhr sie fort.

»Ich bin nie wütend.«

»Warum bist du hierher gekommen?«

»Eine idiotische Idee.«

»Lass hören.«

»Ich habe geglaubt, jemand würde dich daran hindern, mich anzurufen.«

»Wollte ich anrufen? Das muss ich vergessen haben.«

Er hasste die Andeutung eines Lächelns in ihrem Mundwinkel. »Hast du Besuch?«, fragte er.

Sie folgte seinem Blick zu den zwei Tassen auf dem Tisch. »Ich lasse immer meine Sachen hinter mir liegen. Ich bin kein besonders häuslicher Typ.«

Irgendwoher kam ein Geräusch. Es konnte von oben gewesen sein.

»Du hast Besuch.«

Sie schüttelte den Kopf. »Bestimmt nicht.«

»Warum läuft dein Gast weg und versteckt sich, wenn ich komme?«

»Du irrst dich. Ich habe keinen Besuch.«

»Und wer ist dann hier?«

»Niemand.«

Er stand auf und ging zur Treppe. Sie hielt ihn zurück.

»Ist es Abel?«, fragte er.

»Nein.«

»Ich glaube dir nicht. Ist Abel gerade hier?«

»Was ist mit dir los?«

»Als ich das letzte Mal mit dir sprechen wollte, hast du dafür gesorgt, dass wir nicht ein einziges Wort miteinander geredet haben.«

»Nicht? Du bist einfach verschwunden. Ich hatte nicht damit gerechnet, dass du so schnell verschwinden würdest.

Ich war so enttäuscht«, sagte sie und näherte sich ihm. »Sag einfach, was dich so quält.«

Sie streichelte seinen Nacken.

»Du willst mir nichts von Abel erzählen.«

»Aber ich habe dir doch schon beim ersten Mal, als wir uns trafen, gesagt, dass ich überhaupt nicht über Abel zu sprechen wünsche.«

Sie griff nach ihm. »Du brauchst nicht ...«

»Diese Brutalität, macht sie dich geil?«

»Was meinst du damit?«

»Abel hat als Geldeintreiber gearbeitet, er war dafür bekannt, brutal zu sein.«

»Na und?«

»Du behauptest, dass du ihn als Menschen zu Grunde gerichtet hast.«

»Wenn ich das gesagt habe, dann war es eine Floskel.«

»Eine Floskel, die du mir gegenüber offensichtlich unterstreichen musstest.«

»Was versuchst du damit anzudeuten?«

»Ich deute an, dass du von Dominanz erregt wirst.«

Sie, halb spöttisch: »Und was schließt du daraus? Dass ich pervers bin oder so etwas?«

Ihr Gesicht, plötzlich warm und suchend, sie schmiegte sich an ihn. »Was willst du, dass ich dir gestehe? Es ist völlig okay, sei hart, ich kann es aushalten.«

Er befreite sich von ihren Händen und machte eine Kopfbewegung in Richtung der Treppe. »Ist das Abel, der da oben?«

»Bist du eifersüchtig auf Abel?«

»Antworte mir, ist Abel da oben?«

»Ich bin alleine.«

Er begann die Treppe hinaufzusteigen.

Sie hielt ihn zurück.

Er zögerte.

Sie starrte kurz auf ihre eigene Hand, die seinen Unterarm umfasste, bevor sie die Augen wieder hob. »Hast du es bemerkt?«

»Was?«

»Die Vertraulichkeit.«

»Du versuchst dich rauszureden. Ist das Abel da oben?«

»Dort oben ist niemand, hier ist niemand außer uns beiden, und du reißt dich jetzt zusammen. Was würdest du machen, wenn ich die Polizei anrufe?« Sie kicherte. »Würdest du mich verhauen? Bekomme ich die Rute?«

Er packte sie an den Schultern, starrte in ihren halb blinden, halb träumenden Blick, den er nicht begriff.

Sie reagierte, indem sie ihren Körper an den seinen presste, mit ihren Händen über seinen Rücken wanderte. Er ergriff ihre Hand, zog sie mit sich die Treppe hinauf.

»Dort«, kicherte sie mit flüsternder Stimme und zeigte auf eine geschlossene Tür. »Dort drinnen.«

Ihre Augen leuchteten. Sie wirkte nahezu wahnsinnig, überdreht. Ihr Blick flackerte zwischen ihm und der Tür hin und her. »Dort drinnen«, wiederholte sie.

Er griff nach der Türklinke. Drückte sie hinunter.

Sie zog an einem Vorhang. Er erahnte einen Schatten hinter dem Vorhang und fuhr herum. Er starrte direkt auf einen Mann in einem schäbigen Mantel, der ihn angriff. Er schlug zu, mit geballter Faust. Der Mann schlug im selben Augenblick zu. Die Fäuste trafen unter Schmerzen und mit einem knirschenden Geräusch aufeinander. Der Spiegel zerbrach. Er zerfiel in einen Stern von vielen kleineren Spiegeln. In jedem Spiegelstückchen kniete ein Mann mit zerschnittener Faust. Blut strömte aus der Wunde an der

Hand. Aus hundert Wunden an hundert Händen. Langsam färbte das Glas sich rot. Blutende Spiegel. Er saugte die Luft ein und hielt den Atem an.

Sie ergriff seine Hand, fiel auf die Knie und leckte die Wunde. Die Wärme ihres Mundes an seiner Hand, geschlossene Augen und die rosa Zunge, die leckte und leckte, sie ähnelte einem Welpen.

»Keine Glasscherben«, murmelte sie atemlos, »keine Gefahr.«

Der Schmerz in der Hand ging in ein Pochen über. Die Situation war idiotisch. Er musste grinsen und brach zusammen. »Was war der Witz dabei?«, keuchte er. »Was war der Witz?«

»Ich weiß nicht.«

Er starrte sie verständnislos an.

»Verstehst du das nicht?«

»Ich verstehe, dass du nicht ganz bei Trost bist.«

Ihre Hand schoss heraus. Fünf rote Klauen, bereit, seine Haut zu zerreißen. Er duckte sich, packte ihre Hand und zwang sie zu Boden. Sie fluchte. Er drückte ihre Finger in den Teppichboden. Sie versuchte zu treten, verfehlte ihn aber, ihr Knie traf ihn am Oberschenkel. Er stieß sie fort, sie rollte zurück und blieb keuchend liegen.

Er stand auf, machte einen unsicheren Schritt.

Sie setzte sich halb auf, hatte Haarsträhnen im Mundwinkel. Ein hässlicher Blutfleck hatte sich auf ihrer Bluse gebildet. Er schaute auf seine Hand hinunter.

»Glaubst du, ich weiß nicht, was du willst?«, murmelte sie und griff mit beiden Händen in ihre Bluse. In der nächsten Sekunde hatte sie sie aufgerissen. Die Knöpfe trafen die Wand wie Steinschlag. Die Brüste sprangen hervor und fielen zur Seite.

Er schüttelte den Kopf.

Sie schnappte nach Luft und entblößte ihre Zähne in einem verkrampften Grinsen. Sie spreizte die Beine, griff sich in den Schritt und bewegte rhythmisch ihren Unterleib. »Komm schon«, keuchte sie. »Komm endlich.«

»Steh auf«, sagte er beherrscht. »Steh auf, und dann werde ich wieder nach Hause fahren, und wir werden vergessen, dass wir uns überhaupt jemals getroffen haben.«

Sie lachte. Ihr Mund lachte. Die Augen lachten nicht. »Komm schon, wenn du ihn überhaupt hochkriegst«, lachte sie und verstellte ihre Stimme. »Du willst erst schlagen, hm? Das ist okay. Schlag mich nur. Denk dabei an mich, glaubst du etwa, ich habe es dir nicht angesehen, als du geschlagen hast? Glaubst du etwa, ich habe Angst? Wenn du mich gefesselt hast und mit mir machen kannst, was du willst?«

»Zieh dich an«, murmelte er und schaute weg.

»Du Dreckskerl.«

Unten begann das Telefon zu klingeln.

Das Geräusch unterbrach irgendetwas.

Sie stand auf und wirkte durcheinander, verschränkte die Arme über ihren nackten Brüsten und blieb stehen, starrte ihn verwirrt an. Er ging die Treppe hinunter, blieb vor dem Telefon stehen. Es hörte nicht auf.

»Soll ich für dich ans Telefon gehen?«

»Warte«, sagte sie und eilte die Treppe herunter.

Er stieß mit der Hand gegen die Tischkante, die Schmerzen in der Wunde ließen ihn auf das Sofa sinken. Sie griff nach dem Hörer. »Hallo«, murmelte sie. »Hallo, wer ist da?«

Sie stand da, den Hörer an das Ohr gepresst. Als ob sie zuhören würde.

Sie legte auf.

Er schaute hoch.

»Da hat sich jemand verwählt.«

»Günstiger Zeitpunkt für eine falsche Verbindung«, sagte Hammersten sarkastisch und zog seinen Mantel an.

»Willst du gehen?«

»Ja.«

»Musst du?«

»Ich weiß nicht, was ich mit dir anfangen soll«, sagte er schwer. »Ich begreife dich nicht.«

Sie hatte trockene Lippen. Räusperte sich. »Kannst du heute Nacht hier bleiben?«

»Lieber nicht.«

»Warum nicht?«

»Ich habe keine Lust.«

»Kannst du trotzdem hier bleiben?«

Er studierte seine Hand. Die Wunde war nicht so schlimm, wie er im ersten Augenblick gedacht hatte. Über zwei Knöcheln war die Haut abgerissen. Ein kleinerer Schnitt, der nicht mehr blutete. Er stocherte in der Wunde herum und sah zu ihr hinüber. »Wovor hast du eigentlich Angst?«

»Vor einem Mann.«

»Wer ist er?«

Sie zögerte.

»Wer?«, wiederholte er.

»Ich weiß es nicht. Ab und zu bekomme ich solche Anrufe. Das letzte Mal ist aber schon eine Weile her.«

Sie setzte sich. »Es ist widerlich. Er atmet laut und legt auf.«

Er sah zu ihr hinauf. Dachte über das nach, was sie gesagt hatte. Schwer ins Telefon atmen. Er sah ihr direkt in die Augen und sagte: »Er atmet, ohne etwas zu sagen?«

Sie senkte die Augen und fügte hinzu. »Manchmal masturbiert er dabei.«

»Woher weißt du das?«

»Er sagt es, stöhnt und schreit ...«

»Hast du Anzeige erstattet?«

»Nein.«

»Warum nicht?«

»Soweit ich weiß, kann das jeder sein, ein Nachbar oder ein ehemaliger Klient. Und ich habe jetzt eine geheime Telefonnummer beantragt.«

»Lange her, dass er zum ersten Mal angerufen hat?«

»Kann mich nicht erinnern.«

»Das muss doch schon lange so gehen.«

»Ja«, bellte sie ärgerlich. »Ja, es geht schon lange so. Na und? Was jetzt? Was hast du jetzt herausgefunden, nachdem ich dir gestanden habe, dass diese Schweinerei schon verdammt lange geht?«

»War es derselbe, der gerade angerufen hat?«

»Keine Ahnung.«

»Was war denn so Besonderes an dem Anruf, den du gerade eben bekommen hast?«

»Inwiefern besonders?«

»Was war anders als sonst? Warum hast du gerade heute Abend Angst?«

Sie drehte sich zu ihm um, zuckte mit den Schultern. »Ich habe gedacht, du würdest ...«

»Du hast also eigentlich keine Angst?«

»Nein.«

»Dann macht es dir also nichts aus, wenn ich jetzt gehe, oder?«

Sie fuhr sich mit der Zunge über die Lippen.

Er wartete, aber sie sagte nichts.

Er stand auf.

»Bitte, sei so nett!«

Ihr Gesicht leuchtete weiß in der dämmerigen Beleuchtung.

Er ging an ihr vorbei, spürte ihre Finger an seiner Kleidung, aber er riss sich los, ging ganz nach draußen und knallte die Tür hinter sich zu.

Im Auto blieb er zunächst sitzen und beobachtete ihr Haus. Ihre Fenster waren immer noch erleuchtet, als er die Wagentür wieder öffnete.

Er entschied sich für den Umweg, in den Garten hinein. Das Fenster leuchtete gelblich und warf einen grauweißen Schein auf die Rinde eines Apfelbaums, der nahe am Haus stand. Er schlich sich näher heran, nahm jeweils zwei Schritte auf einmal und erstarrte in regelmäßigen Abständen, um keine auffällige Bewegung in der Dunkelheit zu verursachen. An der Hauswand angekommen, ging er langsam zum Fenster. Der Spalt zwischen den Gardinen war zwanzig Zentimeter breit. Er schaute hinein. Ein unbekanntes Zimmer, leer, abgesehen von einem Schrank, der wie eine große Schatulle aussah, und einem braunen Stressless-Lehnstuhl. Er lehnte sich an die Hauswand zurück und horchte nach Stimmen, ohne jedoch etwas anderes wahrzunehmen als die Geräusche der sich bewegenden See, angereichert durch das entfernte Sausen des Windes in den Baumwipfeln. Er schloss die Augen und öffnete sie wieder. Über die erleuchtete Rinde des Baumstammes bewegte sich ein Schatten, und er schaute erneut hinein. Dort stand Grethe Lindeman in der geöffneten Tür. Sie hatte sich umgezogen, trug ein weißes, zerschlissenes Unterhemd und eine ausgeleierte Jogginghose. In der Hand hielt sie ein riesiges

Marmeladenglas. Sie setzte sich in den Stuhl, streckte die Beine aus und aß mit einem Löffel aus dem Marmeladenglas. Ihr Gesicht wirkte mitgenommen, erschöpft. Das Haar war durcheinander, die Gesichtshaut rot erhitzt, sie strich sich mit dem Handrücken über die Stirn und ließ einen Marmeladenstreifen unter dem Haaransatz zurück. Sie starrte perplex in die Luft. Man konnte ein Rumsen hören, als das Marmeladenglas herunterfiel. Sie lehnte sich schwer nach vorne, stützte sich mit den Ellenbogen auf den Oberschenkeln ab und starrte erschöpft zu Boden.

Hammersten konzentrierte sich wieder auf den Garten. Er wollte hinein. Er wollte dort drinnen sein, er wollte entspannt und erschöpft zusammen mit ihr dort sitzen. Er wollte seinen Arm um sie legen, er wollte sie genau so spüren, barfuß in viel zu großen Jogginghosen und einem alten Hemd mit Löchern.

Irgendetwas geschah dort drinnen. Hammersten drehte seinen Kopf und starrte in ihr Gesicht. Sie stand am Fenster. Die Augen waren gerötet, die Lippen angeschwollen, als hätte sie geweint.

Sie sieht mich, dachte er sofort. Aber das war nicht unbedingt sicher. Ein halber Zentimeter Glas trennte sie voneinander. Er stand wie angewachsen, zu kraftlos, um sich zu bewegen. Falls sie ihn sah, dann ließ sie es sich nicht anmerken. Wahrscheinlich ist es draußen so dunkel, dass sie nur ihr eigenes Spiegelbild im Fenster sieht, dachte er verunsichert, beobachtete, wie sie sich abrupt auf der Ferse umdrehte, zum Schrank an der entgegengesetzten Wand zurückging und sich dort auf die Knie sinken ließ. Ein runder Rücken, füllige, nackte Oberarme mit Muttermalen, zerzaustes, blondes Haar. Es lag etwas leicht Steifes und unwiderruflich Gealtertes in diesem gebeugten Körper, der Anblick vermittelte den Eindruck einer tieferen Nacktheit, einer entblößten Schamhaftigkeit, auf die er so gerne Rücksicht nehmen wollte. Sie zog eine Art Koffer unter dem Schrank hervor. Es war ein grauer Koffer, ungewöhnlich dick und an den Ecken mit Leder verstärkt. Sie öffnete den Koffer. Sie hockte auf den Knien und starrte in den geöffneten Koffer hinunter. Hammersten stellte sich auf die Zehenspitzen, um etwas sehen zu können. Sie hob etwas aus dem Koffer heraus. Zunächst konnte er nicht erkennen, was es war, nicht, bevor das Ding einen Ton von sich gegeben hatte. Es war eine Ziehharmonika. Verblüfft beobachtete er, wie sie sich die Ziehharmonika umschnallte. Sie stand auf den Knien, wandte ihm den Rücken zu und begann zögerlich zu spielen. Schließlich konnte sie sich für eine Melodie entscheiden. Sie versuchte ein Lied zu spielen, eine Art Walzer im Zweidritteltakt. Sie spielte furchtbar, konnte nicht einmal den Rhythmus halten, stoppte jedes Mal, wenn sie einen Ton nicht getroffen hatte, und fing verärgert und ungeduldig wieder von vorne an. Holperige Akkorde und dünne, gebrochene Melodieschleifen strömten staccato in den Abend hinaus. Aber es lag eine seltsame Energie in ihrem Spiel. Sie glich einem kleinen Mädchen, das niemals aufgibt, das die ihm gestellte Aufgabe unbedingt lösen will.

Hammersten wandte sich von dem zerbrechlichen Rücken im Zimmer ab. Er hatte erkannt, dass er ihr möglicherweise nie wieder so nahe kommen würde.

15

Nach dem Frühstück beschloss er: Nutze den Tag. Mach eine Einkaufstour, zwing dich, Sachen zu erledigen, denk nicht nach. Nutze die Zeit, bis es Abend wird: Der Anblick des Fernsehbildschirms, des Wohnzimmerfensters, alles Glas ließ ihn an jenen Augenblick zurückdenken, als sie beide einander durch die Scheibe anstarrten, sie ohne zu sehen.

Er am Fenster stehend. Die Zugluft durch den Spalt des geöffneten Fensters ließ seine Zigarre ungleichmäßig herunterbrennen.

Es waren Stunden vergangen.

Das Telefon klingelte.

Er riss sich los und schaltete den Anrufbeantworter aus, bevor dieser reagieren konnte. Er starrte auf das Telefon hinunter und wusste nicht, ob er den Mut aufbrachte, den Hörer abzuheben. Das Telefon hörte gar nicht auf zu klingeln. Als es schließlich schwieg, ging er in die Küche hinaus und löschte die Zigarre im Spülbecken.

Das Telefon klingelte erneut.

Der Geruch von feuchter Asche und Tabak stach in der Nase. Es klingelte weiter. Er ging ins Wohnzimmer hinüber und überwand seine Nervosität, nahm den Hörer ab:

»Hallo.«

»Ich bin's.«

»Hallo, Arnie.«

»Ich bin in der Stadt«, sagte Arnie. »Am Rathausplatz. Kannst du herkommen?«

»Jetzt?«

»In einer halben Stunde«, sagte Arnie. »Die Fontäne im Rathauspark.«

Vor den Kinos in der Roald Amundsens Gate herrschte viel Betrieb. Junge Männer in tiefer gelegten Autos spielten Musik und fuhren langsam die Straße auf und ab. Als er sich dem Rathaus näherte, wurde es ruhiger. Der kalte Lufthauch von der See her sickerte durch die Büsche, die den kleinen Park mit kiesbestreuten Fußwegen und kleinen Quadraten gepflegten Rasens eingrenzten. Er zögerte, bevor er den stillen Garten betrat.

Eine Frau mit Umhang saß mit dem Rücken zu ihm auf einer Bank und meditierte. Zwei Obdachlose mit fettigem Haar und dicken Lippen saßen auf einer anderen Bank und teilten sich einen Becher Schnaps. Das klappernde Geräusch von Jugendlichen auf Skateboards drang über die Hecke herüber, und weiter entfernt schlich sich eine Straßenbahn über den Rathausplatz, eine Reihe weißer Fensterscheiben unterwegs unter den Straßenlaternen.

Arnie stand vor der Fontäne unter dem Reiterstandbild an der Rathauswand. Er stand direkt neben dem Wasserbecken und zielte mit einer Kamera auf die Wasserstrahlen. Er senkte die Kamera, als sich Hammersten näherte.

»Ich habe versucht, dich zu erreichen«, sagte Hammersten.

»Und ich habe versucht, dich zu erreichen.«

»Ich habe gehört, dass du in der Bude von Abel herumgeschnüffelt hast«, fuhr Hammersten fort. »Was hast du dort gefunden?«

Arnie wandte sich der See zu. »Nichts«, sagte er.

»Wonach hast du gesucht?«, fragte Hammersten.

»Lass uns über etwas anderes reden, John.«

»Worüber denn?«

»Den Preis.«

Hammersten: »Ich verstehe nicht, wovon du redest.«

Arnie, lächelnd: »Nenn mir einfach den Preis, John. Dann vergessen wir die ganze Sache.«

»Den Preis wofür?«

»Den Preis für die Negative, die du mitgenommen hast, als du gestern Nacht bei mir eingebrochen bist.«

»Das war ich nicht.«

Sie starrten sich schweigend an. Der Hügelkamm im Westen zog einen Strich unter den Himmel, fiel in einem schlaffen Bogen zu dem Stückchen Horizont ab, der zwischen den Inseln draußen im Fjord lag, eine dunkle Masse, die nur durch die Trauben von Licht in den Schlafstädten und vereinzelten Häusern in der Ferne beleuchtet wurde.

»Ich weiß, dass du es warst, John.«

»Ich habe keine Ahnung, wovon du eigentlich redest«, sagte Hammersten gelassen. »Jemand ist bei dir eingebrochen, in die Villa in Røa?«

»Wer außer dir könnte es denn gewesen sein?«

»Darauf musst du schon selbst eine Antwort finden, Arnie.«

»Ich warne dich, John, spiel keine Spielchen mit mir.«

Eine Straßenbahn überquerte den Rathausplatz, eine kriechende Larve, die aus einer langen Reihe beleuchteter Fenster bestand. Hammersten seufzte und starrte zu den Fenstern im Rathaus hinauf. Das glühende Schimmern von den Landungsbrücken ließ die verdunkelten Glasscheiben in der Dämmerung leuchten.

»Ich verstehe dich einfach nicht«, sagte Hammersten. »Warum zum Beispiel hast du diese attraktive Dame gebeten, sich an mich heranzumachen – diese Vibeke?«

»Mit wem du schläfst, ist deine eigene Sache.«

»Wer hat gesagt, dass ich mit ihr geschlafen habe? Du machst einfach so viele seltsame Dinge, Arnie! Was hast du denn davon gehabt, sie auf mich anzusetzen?«

»Falls ich das getan habe, so hatte ich sicherlich meine Gründe.«

»Sag mir, welche Gründe du hattest.«

»Und wenn ich keine Lust dazu habe?«

»Na gut, Arnie. Du hast also keine Lust, mir zu erklären, warum du mich die ganze Zeit an der Nase herumzuführen versuchst. Aber es sieht so aus, als würdest du die ganze Zeit Löcher in einer Wand zu stopfen versuchen, von der ich nicht einmal etwas weiß. Du besuchst Abels Vermieter am Tag, bevor ich entlassen werde, du blätterst seine Post durch und lässt ein paar kryptische Bankabrechnungen offen liegen. Du entfernst die Umschläge, sodass ich gezwungen bin, den Inhalt zu lesen: Kontoauszüge. Du lässt Vibeke alleine und splitternackt in deinem Studio auf mich warten. Danach sorgst du dafür, dass sie sich an mich heranmacht, ohne dass sie selbst weiß, warum, außer dass sie Geld dafür bekommt. Und wenn ich dann komme und dir ein bisschen zu nahe trete, hetzt du mir diesen Motorradfreak auf den Hals, um mich zu verprügeln.«

»Ich habe doch gesagt, dass ich mit diesem Typen nichts zu tun hatte.«

»Mit all dem anderen hattest du also zu tun, nur nicht mit diesem Schläger?«

»Du versuchst mich abzulenken«, sagte Arnie verärgert.

»Na ja, wie auch immer, es scheint doch ein System hinter deinen Einfällen zu stecken, und ich werde langsam verdammt neugierig auf dieses System.«

»Vielleicht gibt es gar kein System. Vielleicht solltest du endlich aufhören, nach irgendwelchen Systemen zu suchen, und lieber mal das zurückgeben, was du gestohlen hast.«

Hammersten kopfschüttelnd: »Genau, und jetzt habe ich also bei dir eingebrochen?«

»Nenn den Preis, John.«

»Jemand hat ein paar Negative stibitzt, und du kommst dann einfach zu mir und fragst nach dem Preis? Das klingt interessant, Arnie. Das hat nicht zufälligerweise etwas mit mir und Abel zu tun?«

Arnie antwortete nicht sofort. Aber er atmete schwer. »Ich warne dich, John. Ich habe immer noch Abzüge. Negative wie die, die du mitgenommen hast, sind eigentlich überhaupt kein Geld wert. Ich kann innerhalb einer Stunde neue Negative machen. Der Punkt ist, dass sie gefährlich für dich sein können.«

»Ich habe keine Negative genommen.«

»Eines solltest du mir auf alle Fälle glauben, John. Du weißt nicht, wie gefährlich das alles ist.«

»Ich glaube dir gar nichts, bevor du nicht langsam ein bisschen mitteilsamer wirst.«

Arnie schüttelte resigniert den Kopf.

»Fahr doch zur Hölle«, sagte Hammersten und wandte sich ab. »Du bist so angenehm wie die Erinnerung an einen schlechten Tag vor vielen Jahren.«

»Ich bin noch nicht fertig«, sagte Arnie irgendwo hinter seinem Rücken. »Ich habe noch mehr Abzüge, habe ich gesagt.«

Du wirst immer etwas auf Lager haben, dachte Hammersten und ging zurück zum Auto.

Er blieb erst sitzen, die Hände auf das Lenkrad gelegt, und starrte einfach geradeaus. Weiter vorne überquerte Arnie die Straße. Ein dicker Mann mit einem überraschend geschmeidigen Gang. Die Hosen waren weit oben befestigt, Hammersten dachte daran, wie schwierig es war, einen Faden so um einen Apfel zu schlingen, dass er hielt. Der Dicke blieb mitten auf dem Fußgängerüberweg stehen. Sie tauschten Blicke. Arnie, plötzlich der große Strippenzieher. Jemand hatte eine paar Negative von König Arnie gestohlen, hatte aber nicht die Abzüge mitgenommen. Der große Junge behauptete, er hätte noch Abzüge auf Lager.

Eine Glühbirne über dem Kopf: Eine Idee nahm Gestalt an. Hammersten drehte den Zündschlüssel um und jagte den Motor im Leerlauf hoch. Er winkte Arnie zu und fuhr los.

Zu Hause holte er sich die notwendige Ausrüstung aus dem Keller und zog sich andere Schuhe und Kleider an. Danach machte er sich auf den Weg zu Arnies Fotostudio. Es war eine Nacht im September. Nicht vollkommen dunkel, weil ein bleicher Mond dort einsprang, wohin die Lichter der Stadt nicht vordringen konnten, unter Nadelbäume und in die Spalten zwischen ausgesprengten Felswänden. Er stoppte den Wagen vor einem Mülleimer und manövrierte ihn rückwärts zwischen ein paar Bäume, sodass die Vorderseite des Wagens zur Straße hin zeigte. Von dort ging er zu Fuß weiter. Als er sich dem Industriegebiet näherte, dröhnte ein Transportfahrzeug heran. Er beugte den Kopf, um nicht von dem Licht geblendet zu werden, drei starre Scheinwerfer, die auf einen Traktor montiert waren. Eine Warnlampe rotierte, warf orangene Lichtflecken in die Nacht hinaus, Flecken, die sofort wieder verschwanden, sobald sie den Boden getroffen hatten. Er drehte sich um und starrte dem Traktor nach. Die Fahrerkabine zeichnete sich als Silhouette vor den Scheinwerfern ab. Er verschwand um die Kurve.

Die niedrigen Gebäude des Industrieparks mit ihren flachen Dächern ruhten ungestört hinter dem hohen Maschendrahtzaun. Die Außenbeleuchtungen über den Eingangstoren wiesen den Weg hinein und zwischen die Hallen. Er folgte weiter dem Zaun. Auf dem Torgitter hatte die Wachgesellschaft ihre Schilder befestigt. Er zögerte einen Augenblick und dachte an das Gespräch mit Arnie zurück und an das plötzliche Bedürfnis des Fotografen, Kontakt mit ihm aufzunehmen. Das Gerede von den Negativen. Könnte Arnie ihm eine Falle gestellt haben?

Er ging weiter zu einer ungestörten Ecke, sah sich nach allen Seiten um und lauschte. Nicht ein Laut war zu hören, außer dem weit entfernten nächtlichen Brausen des Verkehrs. Kein Mensch war zu sehen.

Er fasste einen Beschluss, warf den Rucksack mit dem Seil und der Brechstange über den Zaun und kletterte hinterher. Der Maschendraht beulte sich aus, als er seine Beine dagegenstemmte. Es lärmte. Auf der anderen Seite ließ er sich hinunterfallen, blieb eine Weile in der Hocke sitzen und lauschte, bevor er den Rucksack griff und sich an eine Hauswand drückte. Der bleiche Mond warf genug Licht, dass die Pfosten des Maschendrahtzauns sich wie breite Gürtel auf dem Asphalt abzeichneten. Er bewegte sich im Laufschritt an den Wänden entlang, bis er die Reihe der Gebäude erreichte, die Arnies Studio beherbergte. Er lief an der Tür vorüber, bis zum Ende des Gebäudes, wo ein riesiger Stapel von Transportcontainern in die Luft ragte. Die Stahlrohre, mit denen die Containertüren verriegelt waren, gaben seinen Füßen einen guten Halt. Er kletterte hinauf, erst einen, dann noch einen. Der oberste ragte ein Stück über das Dach des nächstgelegenen Gebäudes hinaus. Er ignorierte die Gefahr, gesehen zu werden, nahm Anlauf und sprang. Das flache Dach war mit einer Art Teerpappe bedeckt. Es klebte unter den Füßen. Er schlich sich bis zum nächsten Absatz, mit gebeugten Knien, wie ein Arzt, der aus einem Hubschrauber steigt. Er peilte die Fenster von Arnies Fotostudio an, von den Fenstern waren es ungefähr acht, neun Meter hinunter zum Boden. Ein Sims lief unter ihnen entlang, breit genug für einen Fuß oder eine Schuhspitze. Aber es gab keinen Halt für seine Hände. Er blieb stehen und dachte nach. Es gab nur eine Lösung. Er musste von oben kommen. Er musste noch ein Stockwerk höher. Er nahm Anlauf und sprang zur Kante des nächsten Absatzes hinauf, aber das Dach gab keinen Halt. Er glitt mit wunden Fingerspitzen wieder hinunter. Er holte seine Handschuhe aus dem Rucksack und nahm erneut Anlauf. Diesmal fanden seine Finger Halt. Er schaukelte mit dem Körper, um einen Unterarm über die Kante dort oben bekommen zu können. Mit einer Kraftanstrengung zog er seinen Körper so weit nach oben, dass er ein Bein über die Kante bugsieren konnte, und rollte sich selbst hinterher. Er blieb auf dem Rücken liegen, um wieder zu Atem zu kommen. Anschließend musste er bis zur Dachkante robben. Er schaute hinunter. Zehn Meter, vielleicht zwölf. Aber nur drei Meter bis zu dem Sims. Er befreite sich von dem Rucksack, öffnete ihn und holte das Seil heraus. Dieses legte er in einer Laufschlinge um eines der Belüftungsrohre. Er zog am Seil. Es hielt. Jetzt musste er sich nur noch hinunterlassen. Er schnallte sich den Rucksack mit der Brechstange wieder um, legte sich ein Sicherungsseil um den Leib und begann den Abstieg. Es war nicht die beste Ausrüstung der Welt. Aber er hatte es auch nicht weit. Auf dem Sims stehend, hielt er das Seil mit einer Hand fest und schob die Brechstange mit der anderen unter die Kante des Fensters. Das Fenster gab erst nur ein wenig nach. Also musste er die Brechstange noch ein paar Zentimeter weiter hineindrücken und noch etwas kräftiger hebeln. Freie Bahn. Er kroch hinein. Arnies Fotolampen waren mit verschiedenen Kleidungsstücken behängt und ragten wie stumme, Kutten tragende Mönche in den Saal. Das Licht der Taschenlampe schnitt durch den Raum und traf die rote Metalltür. Die runde Lichtfläche wanderte weiter die Wände entlang. Er ging quer durch den Raum, an der Sitzgruppe vorbei und zu den Glaswänden hinüber, die den Büroraum abteilten. Die Glastür bewegte sich auf einer Schiene und rumpelte leise, als er sie aufzog. Im Büro roch es säuerlich nach alter Asche und Zigaretten. Er ließ den Strahl seiner Taschenlampe langsam über die Wände gleiten. Plakate, Titelseiten verschiedener Magazine. Ein modern aussehender Mann mit Ziegenbart und Zähnen wie Dracula posierte schreiend und mit zerbrochener Gitarre. Ein Plakat zeigte Vibeke, wie er sie zuallererst gesehen hatte. Amazone mit Schusswaffe. Ein anderes Plakat zeigte eine nackte Blondine mit Pythonschlange. Hammersten ging näher heran. Die Pythonschlange sah unnötig lebendig aus. Eine andere Frau in zerrissener Ballerinamontur, Wollstrümpfen mit Löchern an den Schenkeln. Erotische arbeitslose Balletttänzerin in dunklen Blautönen. Ein Plakat, das einen Ausschnitt eines knallroten, halb geöffneten Mundes zeigte, zweier sehnsüchtiger Augen und schwarzen, unbändigen Haares. Modell unbekannt. Hammersten ließ das Licht über den Schreibtisch fegen. Unbezahlte Rechnungen, Faktura, ein Taschenrechner. Er setzte sich in den Drehstuhl und öffnete langsam die oberste Schublade. Filmrollen und Linsenpapier, Stangen mit Zwanzigerpackungen Marlboro, manche versiegelt, einige halb voll, andere vollkommen leer. Er öffnete die nächste Schublade. Geld. Lose Scheine. Zweihunderter und Fünfhunderter. Er steckte sich die Scheine in die Hosentasche und hob einen Block mit Rechnungen hoch, ein zerknülltes Kohlepapier und eine kleine Geldkassette. Hammersten nahm sie in die Hand und schüttelte sie, hörte ein klirrendes Geräusch. Er brach die Kassette mit dem Stemmeisen auf. Ein Zehnkronenstück und zwei Fünfkronenstücke. Einige lose Büroklammern und ein Schlüssel.

Er stand auf und ging zum Aktenschrank hinüber. Die Schubladen klemmten. Die erste öffnete sich mit einem leichten Scheppern. Die Schublade fungierte als Hausbar. Drei Flaschen im Wikingerschiff-Look mit Larsen-Cognac. Alle waren bereits angebrochen.

Die nächste Schublade war voll gestopft mit Bündeln von braunen Umschlägen. Das war das Archiv. Er öffnete den obersten Umschlag. Ein männliches Modell in einer dunklen Jacke. Derselbe Mann mit einer Pfeife im Mund. Er versuchte es mit dem nächsten Umschlag. Ein Portrait. Nächster Umschlag. Ein Mädchen führte ein Striptease auf dem Ledersofa vor. Eine Cognacflasche auf dem Tisch. Im Wikingerschiff-Look. Das Mädchen, wie es auf dem Rücken lag, die Beine gespreizt, nichts an außer Cowboystiefeln. Er schnappte sich den nächsten Umschlag. Noch mehr Damen. Hintern, frisiertes Schamhaar und sonnengebräunte Brüste. Nächster Umschlag. Noch mehr Modefotos und Softpornos. Der nächste Umschlag war allein der Kleidung gewidmet, Blondinen in zeitgemäßer Ausstattung starrten einen neckisch von den Bildern an und nuckelten an einem Finger. Mitten in dem Stapel traf er Catwoman wieder, mit Ringen durch ihre Brustwarzen.

Er versuchte es mit der nächsten Schublade.

Sie war abgeschlossen. Er schob das Brecheisen in den Spalt zwischen dem Rahmen und der Schublade. Er dachte noch einmal nach, löste das Brecheisen wieder, ging zur Kassette zurück und nahm den Schlüssel. Er passte. Er drehte den Schlüssel herum und zog die Schublade auf. In der Schublade lagen ein aufgerolltes Druckerkabel und eine andere Kassette. Eine schwarze, massiv aussehende Kassette mit Kombinationsschloss.

Plötzlich klang aus weiter Entfernung ein metallenes Scheppern herüber. Er schaltete die Taschenlampe aus und schlich sich zum Fenster zurück. Draußen beschleunigte ein Automotor. Zwei scharfe Lichtkegel schnitten durch die Nacht. Hammersten ging mit schnellen Schritten zum Büro zurück. Er blieb stehen und betrachtete die offenen Schubladen. Überall jede Menge Umschläge. Er schob die Schubladen wieder zu, zögerte ein wenig, zog die unterste Schublade wieder auf und starrte die Kassette an, fasste einen Beschluss, nahm die Kassette und steckte sie in seinen Rucksack. Mit dem Sack auf dem Rücken durchquerte er zügig den Raum und kletterte aus dem Fenster. Ein leichter Wind strich über sein Gesicht. Er balancierte auf dem Sims. Das Seil hing gerade hinab und reichte fast bis zum Boden hinunter. Irgendwo links flackerte der Widerschein eines

Autoscheinwerfers. Er schwitzte, zog das Seil hoch und wand es sich Schlinge für Schlinge um den Leib. Links wanderte ein Lichtkegel über den Maschendrahtzaun. Irgendwo knarrte das Getriebe des Autos, als der Rückwärtsgang eingelegt wurde. Es war leichter gesagt als getan, denselben Weg wieder hinaufzuklettern. Er zerrte am Seil und zappelte mit den Beinen. Er zog sich ein Stückchen hoch – und noch ein weiteres Stückchen. Arm und Wange schrammten über die Wand. Oben. Er saß auf dem Dach und schnappte nach Luft, versuchte den Rucksack abzunehmen, ohne dabei Lärm zu machen. Er spitzte die Ohren. Da war ein seltsames Geräusch. Und da war jemand, der pfiff. Ein Hund gab ein Winseln von sich. Er war direkt unter ihm. Gespannt wie eine Stahlfeder legte er sich auf den Rücken.

Der Hund hechelte. Das war kein idiotischer Köter, der bellte, um festzustellen, ob er selbst noch am Leben war. Dies war ein ausgebildetes Tier. Der Wachmann pfiff noch einmal. Der Hund hechelte, und plötzlich hechelte er nicht mehr. Er blieb liegen und lauschte. Er aalte sich an die Dachkante heran. Der Wachmann dort unten hatte gebeugte Schultern, trug einen dunklen Overall. Ein Schlagstock baumelte neben seinem Oberschenkel. Der Schäferhund schnüffelte herum. Der Mann öffnete eine Tür im gegenüberliegenden Gebäude und ging hinein. Das Licht einer Taschenlampe schimmerte wie ein gelber Nebel durch das Drahtglasfenster in einem Garagentor. Der Mann kam wieder heraus. Ein Radio krächzte. Hammersten rollte sich auf den Rücken. Es galt einfach zu warten. Aber seine Nerven trieben ihn wieder hoch. Er versuchte, den Wachmann nicht direkt anzustarren, als dieser den Platz überquerte, wobei der Hund locker neben ihm hertrabte. Der Mann musste sich auf einer Art Runde befinden. Irgendein System musste schließlich hinter dem stecken, was geschah.

Der Mann ging direkt auf ihn zu. Der Kerl klirrte mit seinem Schlüsselbund. Hammersten starrte auf einen kurz geschorenen Hinterkopf hinunter, der sich über das Türschloss beugte. Das Radio krächzte erneut. Der Kerl öffnete die Tür und verschwand nach drinnen, der Hund folgte ihm auf dem Fuße. Hammersten schwitzte. Dort drinnen, in dem Stockwerk direkt unter ihm, stand ein Fenster offen, aufgebrochen.

Hammersten sah auf die Uhr. Es dauerte. Es dauerte viel zu lange. Endlich fiel die Tür unter ihm ins Schloss. Der Hund kam in Sicht, locker trabend. Plötzlich blieb er wie festgefroren stehen, winselte und ging in Gib-Acht-Stellung. Man konnte keinen Laut hören, als der Hund erstarrte. Hammersten versuchte zu sehen, ob sein eigener Kopf zu erkennen war, wo das Mondlicht die Silhouetten der Belüftungsrohre an die entgegengesetzte Wand warf. Langsam senkte er den Kopf, bis er auf der Dachkante ruhte. Der Wachmann ging mit gebeugtem Rücken auf den Hund zu. Der Mann flüsterte dem Hund etwas zu. Dieser reagierte mit einer plötzlichen Anspannung seiner Nackenmuskeln. Beide standen vollkommen bewegungslos da. Der Wachmann befestigte die Leine am Halsband und gab einen Befehl. Mit straffer Leine begann sich der Hund wegzubewegen. Er winselte erneut. Beide blieben stehen.

Plötzlich löste sich etwas aus dem Schatten der gegenüberliegenden Wand. Eine ungewöhnlich zerzauste und gleichgültige Katze trottete schwerfällig über den Platz. Der Hund bellte zweimal. Die Katze ließ sich davon nicht im Geringsten irritieren. Sie verschwand.

Hammersten beobachtete, wie sich der Wachmann in das Auto setzte.

Konnte die Wachrunde des Mannes nur so kurz gewesen sein?

Das Auto rollte langsam zum Gittertor.

Er stand auf und löste das Seil vom Belüftungsrohr, rollte das Seil auf und hängte es über die Schulter. Er überquerte das Dach und sprang auf den nächsten Absatz hinunter. Er nahm Anlauf und sprang zu den Containern hinüber. Es wirkte weit bis nach unten. Er begann hinunterzuklettern und erinnerte sich plötzlich daran, dass er das Tor nicht quietschen gehört hatte. Als er auf dem Asphalt gelandet war, entschied er sich, zur Sicherheit in die andere Richtung, weg vom Tor, zu laufen. Erst als er begann, den Zaun hinaufzuklettern, hörte er den Hund bellen. Sobald der Maschendraht anfing zu scheppern, begann er kräftig und kehlig zu bellen. Hammersten warf sich über den Zaun und hoffte, dass der Wachmann den Hund im Zaum halten würde. Er blieb hängen und fiel auf den Bauch. Der Rucksack fiel vornüber, die Kassette rutschte wie ein großer Ziegelstein nach vorn und knallte ihm gegen den Hinterkopf. Er rappelte sich auf und fasste den Hügelkamm weiter vorne ins Auge. Im selben Augenblick entdeckte er die funkelnde blaue Lichtorgel eines Polizeiautos, das über den Kiesweg auf das breite Tor zufuhr. Er konnte den Wachmann erkennen, der die Leine des kläffenden Hundes mit letzter Kraft festhielt, der Mann bewachte den Eingang, während er auf die Bullen wartete. Hammersten lief zusammengekrümmt im Schatten eines Erdwalls. Sein Atem wurde schwerer. Er erreichte den Wald. Er lief zwischen die Bäume, ohne sich umzusehen. Bald hatte er Blutgeschmack im Mund. Er kletterte Felsen hoch, drehte sich um und konnte einen Teil des Industriegebietes erkennen. Es lag da wie ein erobertes Fort. Blaue Lichtblitze vom Streifenwagen flackerten zwischen den Mauern. Hammersten sprintete dorthin, wo er seinen Wagen abgestellt hatte. Etwas war anders. Sofort wurde ihm klar, was. Der Köter hatte aufgehört zu kläffen. Dieser verdammte Wachmann hatte den Hund losgelassen. Er trat falsch auf und stolperte vornüber. Die Kassette glitt wieder den Rücken hinauf. Er taumelte, ohne das Gleichgewicht wiedererlangen zu können. Er fiel auf die Knie und stand wieder auf. Er schnappte nach Luft. Er trat in ein Morastloch, holte sich einen klatschnassen Fuß, erreichte den Kiesweg und sah den Wagen in weniger als fünfzig Meter Entfernung. Er befreite sich von einem Handschuh und fischte in der Hosentasche nach dem Autoschlüssel, während er lief. Er zog den Schlüssel heraus und steckte ihn ins Schloss, drehte sich um, weil er wusste, dass der Schäferhund da war.

Er wollte schon mit dem Rucksack zuschlagen, als er innehielt.

Der Schäferhund stand wie angewurzelt. Sein Maul bestand einzig aus Höllenlauten und einem rotweißen Schlund. Der Hund stand mitten auf dem Weg und bellte wie verrückt. Doch plötzlich gingen die Geräusche in ein Wimmern über. Der Schäferhund legte sich unterwürfig auf die Erde und winselte. Hammersten atmete schwer, riss sich los und öffnete die Tür.

Er setzte sich und ließ den Motor an.

Der Schäferhund schlich sich vom Acker. Die Ohren waren dicht an den Kopf gelegt, und der Schwanz steckte zwischen den Hinterbeinen.

Er verfluchte, dass die Autoscheinwerfer von selbst angegangen waren, als die Reifen in den Kies griffen. Im

Rückspiegel sah er kein Blaulicht. Auf der Autobahn vibrierte sein Fuß auf dem Gaspedal.

Kein Blaulicht.

Er bog bei Gjelleråsen ab und fuhr allzu schnell die kurvenreiche Strecke nach Hellerud hinunter. Er ging allerdings nicht das Risiko ein, vor seiner eigenen Wohnung zu parken, stellte den Wagen stattdessen in einer Nebenstraße in Hasle ab und lief die grünen Hügel nach Ola Narr hinunter. Die Straße war voller dunkler Autos. Zögernd ging er zum Kellereingang hinunter und schloss auf.

Die Spannung legte sich erst, als er in der Wohnung angekommen war und auf seinem grünen Sofa saß. Er nahm die Kassette heraus und versuchte sie aufzubrechen. Es war leichter gesagt als getan. Er musste aufstehen und die Kassette mit einem Fuß festhalten, während er das Brecheisen ansetzte. Das Schloss war kräftig und weigerte sich aufzugehen. Das Stahlblech war dick, aber allmählich begann das Schloss nachzugeben. Bald gähnte ihn die Kassette wie ein hungriger Haifisch an. Er schüttete den Inhalt auf dem Tisch aus, schaute in die Kassette, schüttelte noch einmal und schaute wieder hinein. Aber das Einzige, was sich in der Kassette befand, war ein Umschlag. Er nahm den Umschlag in die Hand und starrte ihn eine Weile an. Ein weißer Umschlag, zugeklebt und ohne irgendwelche mit Bleistift oder Tinte geschriebenen äußerlichen Hinweise auf den Inhalt. Er benutzte den kleinen Finger als Brieföffner und riss den Umschlag auf. Ganz unten im Umschlag lag ein Stapel Fotografien.

Der Augenblick der Wahrheit: überall nur ein einziges Motiv. In Technicolor. Datum und Uhrzeit in der linken unteren Ecke. Arnie Fratang präsentiert: Abel Raag, auf dem Rücken, tot.

Der Beweis. Abel lag ausgestreckt da, unbekleidet. Den Kopf in einer verdrehten Position. Ein großer Fleck unter dem Kopf. Roter Saft in Streifen über Abels Stirn und neben dem Ohr.

Hammersten mit geschlossenen Augen: eine Meditation, für diesen Ausgang aufgehoben. Das Verschwinden, das Schweigen. Aber es war schwer zu akzeptieren, den Gedanken aus der Versenkung zu holen, ihn vom Staub zu befreien. Es galt, auch gegen den Wind weiterzugehen, das auszusortieren, was wichtig war. Zwei Dinge: die Masse der Abzüge und der Zeitpunkt in weißer Schrift, ein konkreter Augenblick. Die Nacht zum fünften Februar vor beinahe drei Jahren, um 02.15 Uhr. Ein paar Stunden zuvor hatte er zum letzten Mal mit Abel Raag gesprochen. Er hatte im Auto gesessen, abgestellt an einer Parkbucht für Busse an der Schnellstraße zwischen Halden und Fredrikstad.

Er stand auf und holte die Kontoauszüge, die er in Abels Post gefunden hatte. Jedes Mal kam derselbe Betrag hinzu. Jemand zahlte in regelmäßigen Abständen Geld ein.

Sich vorstellen, wie Arnie mit seiner Detektivmütze dasitzt und eine Chance nutzt: die Umschläge zu öffnen, um den Eindruck zu vermitteln, dass Abel noch lebte und Geld verbrauchte. Aber in Wirklichkeit war es so, dass jemand Arnie bezahlte, damit er den Mund hielt. Arnie hatte fotografiert, Arnie war Zeuge und wusste womöglich, wer hinter dem Mord steckte. Darum: Arnie brachte jemanden dazu, Geld auf ein Konto einzuzahlen, auf das er Zugriff hatte. Gegenargument: Schweigen.

Aber wie konnte Arnie über Abels Konto verfügen? Entweder hatte er eine Vollmacht, oder er konnte eine von Abels Karten nutzen – oder er gab sich als Abel aus. Es spielte eigentlich keine Rolle. Für Arnie war es jetzt das Wichtigste, die Negative zu finden. John Hammersten hatte viel mit Arnie zu besprechen.

16

Jedes Mal, wenn er an einem Telefon vorbeikam, hielt er an und wählte Arnies Nummer. Nicht ein einziges Mal hatte jemand geantwortet. Als er den Eingang zum Café erreichte, zögerte er vor dem Münztelefon, unterließ es aber, ein weiteres Mal anzurufen.

So früh am Vormittag gab es nur wenige Gäste. Ganz hinten, am Fenster, saßen vier Stammgäste des Etablissements, jeder mit seinem halben Liter. Es waren etwas übergewichtige Männer, alle hatten leicht blutunterlaufene Wangen und Augen und konnten mit verblüffter Miene feststellen, dass man die Welt immer noch durch den Schleier der vergangenen Nacht hindurch betrachten konnte. Die Serviererin hatte sich zu ihnen an den Tisch gesetzt. Sie rauchte eine Zigarette.

Hammersten trank Kaffee und starrte gedankenverloren aus dem Fenster.

Ein Auto rollte vorüber, trockene Reifen auf trockenem Asphalt. Sich vorstellen: ein Paar. Grethe und Abel, an einem Tisch, in ein Auto einsteigend. Abel, der Grethes Arm ergreift.

Er schaute zum Stammtisch hinüber. Ein Mann mit einem Gesicht voller geschwollener roter Pickel seufzte schwer und redete mit gedämpfter Stimme auf die Serviererin ein. »Ja, so ist das, die sind vollkommen verrückt. Ich habe von einem Mann gehört, der barfuß in Ameisenhaufen herumgestapft ist, bis über die Knie in wild gewordenen roten Scheißameisen gewatet, die ihn bissen und bissen, und am Schluss ist er dagestanden und hat in Ameisen gebadet, wie sich andere den Leib waschen, das sollte gegen sein Rheuma helfen – er hatte echtes Glück, dass er nicht in den Haufen gefallen ist, er wäre glatt als Ameisenfraß liegen geblieben, so schlimm, wie er es am Rücken hatte ...«

»Ich weiß von einem, der sich Kohlblätter in den Hintern steckt«, sagte die Frau.

Pickel griff nach seinem halben Liter. Sagte: »Wenn es nicht das eine ist, dann ist es etwas anderes, Mülltüten unter dem Bett, zum Beispiel ...«

»Davon habe ich ja noch nie gehört, aber das war wegen der Hämorrhoiden, Kohl in den Hintern und fest verbinden, die Nacht gut durchschlafen, der Mann sagt, dass ihn danach nie wieder der Hintern gejuckt hat.«

»Wenn es nicht das eine ist, dann ist es etwas anderes, die Mülltüten unter dem Bett waren gegen Schlaflosigkeit. Dieser Sack schützt gegen die Strahlung. Du weißt doch, entweder ist es eine Wasserader, oder es sind fliegende Untertassen, heute gibt es ja überall diese Strahlen. Sogar die Ozonschicht geht langsam drauf.«

»Ich dachte immer, es wäre ein Wollfaden um den Fuß. Ein roter Wollfaden.«

»Nein, das ist auch gegen Rheuma. Ein roter Wollfaden, nach Süden gerichtet.«

Die Tür klapperte. Hammersten sah auf. Ein Kerl in einem weiten, kurzen Mantel, einem Seeräubertuch auf dem Kopf und mit Sonnenbrille stützte sich auf einen Stock. Der Mann wirkte zu jung, um die Hilfe eines Gehstocks nötig zu haben. Sein Kinn war glatt, mit Ansätzen leichten Flaums.

»Hammers!«

»Benny«, rief Hammersten überrascht aus. »Was machst du denn in diesem Aufzug?«

Der andere humpelte zum Tisch und setzte sich.

»Du siehst aus wie ein alter Mann.«

»Image«, sagte Benny und ließ sein Kinn auf dem Knauf des Stocks ruhen.

Zu der Serviererin, die aufgestanden war und ein Tablett in den Händen wiegte: »Cola.«

Danach, einen Strohhalm zwischen den Zähnen: »Der Typ, den du vermöbelt hast, ist ein Kollege, er hat eine ganze Weile wegen Hehlerei und Raub gesessen, fährt Motorrad, Harley Davidson, haust draußen in Hvervenbukta, und er heißt Walter.«

»Originell.«

»Ein Kollege von dir.«

Hammersten: »Von mir?«

»Hat Rauschgift geschmuggelt.«

»Was für Rauschgift?«

»Rate mal.«

»Spuck's schon aus«, sagte Hammersten müde.

»Amphetamine, Kokain, dasselbe wie du.«

Hammersten sagte nichts.

»Putzig, nicht wahr?«, fragte Benny.

»Erzähl weiter.«

Benny zuckte mit den Schultern. »Er ist ein richtiger Schlägertyp.«

Die Serviererin kam zu ihnen und wischte mit einem Lappen über den Tisch. »Noch etwas? Kaffee? Bier?«

»Kaffee«, sagte Hammersten.

Benny kaute krachend auf den Eiswürfeln herum. Er sagte: »Gestern, nicht wahr. Ich hatte die Alte ins Bett gesteckt, nicht wahr, alle Eimer mit Wasser gefüllt und dieses ganze Theater. Wollte mir zum vielleicht fünfundzwanzigsten Mal *Star Wars* angucken. Verdammt gute Filme, werden nie langweilig, diese Filme. *Star Wars* und *Blade Runner.* Hast du *Blade Runner* gesehen?«

»Nein.«

»Harrison Ford, Han Solo in *Star Wars,* und *Blade Runner* ... der Sinn des Lebens und solche Sachen.«

»Doktor Kimble«, sagte Hammersten gedankenverloren.

»Häh?«

»Harrison Ford, er spielt Doktor Kimble in *Auf der Flucht.* Ein Typ, der unschuldig verurteilt worden ist.«

»Ach so, der, ja. Wo er durch eine Röhre läuft, nicht wahr, so wie Orson Welles in *Der dritte Mann* durch den Abwasserkanal.«

»Was ist dann passiert?«, fragte Hammersten ruhig.

»Häh?«

»Du hast dir gestern Filme angeguckt, und dann?«

»Ach so, das Telefon klingelt. Ein Kumpel, nicht wahr. Total besoffen ...«

Benny imitierte die Telefonstimme:

»›Oh je ... Jetzt bin ich die halbe Nacht wach geblieben, nur um von einem Taxifahrer im Smoking nach Hause gefahren zu werden, und dann bist du nicht zu Hause?‹«

Benny grinste.

Hammersten schaute nach draußen. »Und die Pointe?«

»Mir fehlt das Taxifahren.«

»Aber du magst doch so gerne Filme, da muss es für dich doch genau das Richtige sein, mit Videos zu arbeiten?«

»Schon, wenn nur Connie nicht wäre. Sie ist ...«

»Wenn ich mir irgendwann einen Wagen leisten kann, wirst du für mich fahren, Benny.«

Der nickte. »Du und ich, wir sollten vielleicht ein anständiges Ding drehen«, sagte er und klirrte mit dem leeren Glas. »Einen ordentlichen Einbruch, einer, der ein bisschen was abwirft.«

»Später vielleicht. Ich muss erst einen Typen finden.«

»Walter?«

»Nein. Du kennst ihn nicht. Aber er ist ... oder war auf jeden Fall ein verflucht anständiger Bursche, der ziemlich hitzig sein konnte, aber auch kalt, verdammt kalt, aber eigentlich nur, wenn er voll war. Ein Gold- oder Silberzahn im Mund, ein Eckzahn, glaube ich. Schwarzes Haar, das auf eine fantasievolle Art zurechtgemacht war, keine Locken, aber Wellen, die nicht echt waren. Und jetzt ist er tot.«

»Warum suchst du ihn, wenn er tot ist?«

»Genau darüber bin ich mir selbst auch nicht im Klaren, Benny.«

Benny machte Anstalten zu gehen, er lärmte mit seinem Stock. »Du solltest öfter mal nach hinten schauen.«

»Warum?«

»Du hast doch gesagt, dass du nicht wusstest, woher das Speed kam, für das sie dich als Schmuggler verknackt haben.«

Hammersten nickte.

»Und du hast sicherlich auch keine Ahnung, was aus dem Speed geworden ist, nachdem du verhaftet worden bist.«

Hammersten schaute auf.

»Ich habe gehört, dass dieser Walter immer ziemlich scharf darauf ist, offene Rechnungen zu begleichen«, sagte Benny.

»Na und?«

»Ja, er hatte wohl anscheinend einen Grund dafür, dass er

dich das erste Mal angegriffen hat«, sagte Benny. »Ja, und das hat dann damit geendet, dass Walter Prügel bezogen hat, und deswegen hat er wohl jetzt einen Vorwand, um sich zu rächen, nicht wahr?«, sagte Benny und ging.

Hammersten sah sich in dem dunklen Lokal mit der Atmosphäre vormittäglichen Suffs um. Er sog das Aroma verschütteten Biers und alter Zigaretten, das in den Wänden saß, in sich auf, das leise Brausen von der Straße, das durch die gekippten Fenster hereindrang, die Stimmen und das Lachen.

Ein afrikanisch aussehender Typ in weißen Kleidern kam aus der Küche, stellte sich in die Tür und zündete sich eine Zigarette an.

Hammersten bat höflich um die Rechnung. Als er an dem Münztelefon vorbeikam, blieb er stehen und rief Arnie an. Als der Fotograf antwortete, unterbrach Hammersten die Verbindung. Es war am besten, sich von Angesicht zu Angesicht zu treffen.

17

Er schlief, als das Telefon klingelte. Er tastete über den Nachttisch und ließ den Telefonhörer fallen. Das Telefon fiel hinterher, polterte zu Boden, als er den Hörer in der Luft auffangen konnte. »Ja«, stöhnte er.

»Andersen«, sagte die Stimme gerade leise genug, dass er sie nicht sofort einordnen konnte. »Ja«, wiederholte er, zu müde und zu angetrunken, um den Namen zu korrigieren.

»Du warst doch an diesem Abel interessiert?«

Die nördliche Sprachmelodie. Hammersten stellte seine Beine auf den Boden. Er hustete, um wieder zu Stimme zu kommen.

»Kjemperud«, sagte er.

»Du hast so interessiert gewirkt«, sagte Ivan Kjemperud, »also habe ich jetzt einfach mal die Gelegenheit wahrgenommen, dich anzurufen, auch wenn der Zeitpunkt vielleicht etwas unpassend ist. Ich habe etwas gefunden, für das du, glaube ich, gerne in der Nacht aufstehst.«

»Na sag schon.«

Der Ex-Geldeintreiber lachte gedämpft. »Ich sagte, ich hätte etwas Interessantes gefunden, und wenn man den Richtigen für etwas Interessantes gefunden hat ...«

»An wie viel hast du gedacht?«

»Verdammt nochmal, Kerl, das hab ich mir doch gedacht, der Andersen kommt ohne Umschweife auf den

Punkt. Aber lass uns am Telefon nicht über Geld reden, ich sehe den Leuten gern in die Augen, wenn ich über den Preis diskutiere.«

»Wann und wo?«

»Tja, bist du im Augenblick sehr beschäftigt?«

»Nur mit Schlafen.«

Ivan Kjemperud lachte wieder. »Wenn du Interesse hast, kannst du zu dem Restaurant kommen, wo wir uns letztes Mal gesehen haben, den Weg kennst du ja.«

Hammersten schaute auf die Uhr. Er konnte die Zeiger nicht sehen und streckte seinen Arm nach der Nachttischlampe aus. Das Licht war gelb und die Zeit 02.15 Uhr. Nicht gerade ein angenehmer Zeitpunkt, dachte er, sich anzuziehen, raus in die Nacht, im Auto zu sitzen. Fahren. »Jetzt? Sofort?«

Ivan: »Wie lange wirst du brauchen?«

»Eine halbe bis eine dreiviertel Stunde.«

»Lass dir auf jeden Fall eine Stunde Zeit«, sagte Ivan und fügte hinzu: »Ich muss erst noch etwas vorbereiten.«

Die Nacht war schwarz, und wenige Autos unterwegs. Die Ampeln in Grønland blinkten gelb. Vor Oslo City, unter einer blinkenden Neonreklame, saß ein magerer Junge mit nacktem Oberkörper und spannte einen Gürtel um den Oberarm, in der anderen Faust steckte eine Spritze.

Anderthalb Stunden, nachdem er vom Telefon geweckt worden war, stand er ein weiteres Mal auf dem Bürgersteig vor dem Restaurant mit den abgedeckten Fenstern. Das Vorhängeschloss steckte offen in den rostigen Beschlägen.

Hammersten öffnete die Tür aus Furnierholz und ließ sie hinter sich zuscheppern. Drinnen blieb er ruhig stehen. Die

Räumlichkeiten waren kaum beleuchtet, und von Ivan Kjemperud war nichts zu sehen. Der Laden sah fast genauso aus wie letztes Mal. Die Theke, auf der er seine Halbmonde in den Staub gemalt hatte, reflektierte das Licht der spärlich bemessenen nackten Glühbirnen an der Decke. Jetzt war es nicht die Sonne, die in Streifen durch die Ritzen in dem Packpapier drang, das die Fenster bedeckte, sondern der Widerschein blinkender Reklameschilder. Jemand lachte betrunken draußen auf der Straße. Das Hallen von Schritten pflanzte sich entlang der Fenster fort und verschwand.

»Hallo.«

Keine Antwort.

Sich einen Walter Harley mit Rachegelüsten vorstellen, der mit dem Kollegen Kjemperud spricht: Kannst du mir mal behilflich sein. Einen bestimmten Mann in die Ewigkeit zu befördern.

Hammersten schwitzte und sah sich nach etwas um, mit dem er sich verteidigen könnte.

Auf dem Boden verstreut lagen nach wie vor die Reste von Leitungskabeln, Nägeln und Isoliermaterial herum. Jemand hatte eine schützende Decke über den gelben Flügel gelegt.

Ein entferntes Geräusch. Er konzentrierte sich. Es war ein schwaches Brummen, und es kam von weiter drinnen. Er stand in der Mitte des Raums. Die Entfernung zurück zur Tür war die gleiche wie die nach vorne zur Theke. Er schlich auf Zehenspitzen hinter die Theke. Sein Fuß stieß gegen einen Stuhl, und der Lärm des Zusammenstoßes ließ ihn erstarren. Er atmete mit offenem Mund und schlich vorsichtig zu der Schwingtür hinüber, die in die Küche führte. Von dort kam das Brummen. Dort drinnen brannte

Licht. Er schob die Tür auf, hielt sie fest und wagte sich schließlich in die Küche hinein, die nach frischer Farbe roch. Die Schwingtür schwang zurück, schwang wieder ein wenig auf, schwang zurück und kam schließlich zur Ruhe.

Er spürte einen Lufthauch im Gesicht, wie von einem geöffneten Fenster. Das Brummen wurde lauter. Unter der Decke flackerte eine Leuchtröhre. Sie sandte gelbe Blitze über Aluminiumspülen hinweg, über eine Spülmaschine und eine Küchenbank, auf der ein ungeöffneter Pappkarton mit großen blauen Buchstaben erzählte, dass er einen Mikrowellenherd beinhaltete. Hammersten ging langsam weiter über den gefliesten Boden. Er blieb stehen und sah über die Schulter zurück. Aber die Schwingtür war ruhig geblieben. Die Küche endete in einer braunen Tür, die nur angelehnt war. Auf dem Fußboden vor der Tür lag eine elektrische Bohrmaschine. Sie war grün und schwarz und lief auf vollen Touren, bohrte ein Loch in die Luft.

Er beugte sich zu der Bohrmaschine hinunter und schaltete sie aus.

Die Stille war unangenehm. Er blieb stehen und starrte den Bohrmeißel an. Er war feucht in den Rillen. Eine Feuchtigkeit, die sich in winzigen roten Tröpfchen angesammelt hatte.

Er drehte seinen Kopf zur Tür. Der Luftzug kam von dort. Der Grund dafür, dass die Tür nur angelehnt war, war ein Fuß, der sie am Zufallen hinderte. Der Fuß war mit einer Herrensocke bekleidet. Eine weiße und etwas schmutzige Tennissocke.

Hammersten starrte die Fußsohle an und überlegte, dass, wenn er den Fuß aus dieser Perspektive wahrnehmen konnte, der dazugehörige Körper flach auf dem Boden liegen musste. Zögernd ging er näher heran. Er schaute durch die Tür hinein. Die Schlussfolgerung war richtig. Ivan Kjemperud lag auf dem Rücken. Er hatte eine Wunde in der Brust. Sein Kopf war entstellt und blutig, die Augen starrten blind in die Luft. Er war mehrere Male geschlagen worden, sein Hinterkopf badete in einer dunklen Pfütze, der ständig mehr Flüssigkeit zugeführt wurde, es rann Blut aus beiden Mundwinkeln. Er trug weiße Tennissocken und eine schwarze winzige Unterhose.

In der Wand direkt geradeaus stand ein Fenster weit offen.

Eine blaue und etwas fette Fliege kreiste durch die Luft, sie landete am Rand der Wunde, die der Mann auf der Stirn hatte, wanderte ein wenig herum, blieb stehen und putzte sich ihre Vorderbeine. Die Fliege rieb sich mit beiden Vorderbeinen über ihren Kopf und putzte sich erneut. Sie hob ab, flog eine Runde über Kjemperuds Kopf und landete noch einmal am Rand der Wunde.

Hammersten schaute über die Schulter zurück. Nichts war geschehen. Niemand war dort. Nur die Leuchtröhre flackerte an der Decke, sandte dieselben Blitze über die Wände. Kjemperuds Augen leuchteten bei jedem Blitz auf. Bei jedem Blitz verrieten sie, dass der Mann nicht mehr lebte.

Das Merkwürdige war, dass eine Brieftasche auf dem Boden lag. Dort lagen zusammengerollte Papiere und ein Zigarettenpaket, ein paar Schlüssel und zwei Münzen. Irgendein Kleidungsstück lag auf dem Boden. Hammersten erkannte Kjemperuds Overall wieder. Die Taschen des Overalls waren nach außen gedreht. Jemand hatte die Taschen in der Kleidung des Mannes durchsucht.

Das Telefon. Das letzte Gespräch mit ihm selbst war auf diesem Telefon gespeichert.

Sich Ivan Kjemperud mit dem Telefon am Ohr vorstellen.

Warum?

Weil hier nicht ein einziges Telefon zu sehen war.

Die ganzen Räumlichkeiten durchsuchen, um ein Telefon zu finden?

Er fand eine Rolle Küchenpapier auf der Küchenbank und schützte seine Finger mit dem Papier. Anschließend hockte er sich mit aufgekrempelten Ärmeln hin und klappte Kjemperuds Brieftasche auf.

Blaue Fragmente großer Geldscheine ragten aus der Brieftasche heraus. Kreditkarten. Viele Kreditkarten. Darum hatte sich der Angreifer nicht gekümmert.

Die Fliege landete auf seiner Schulter und rieb ihre Vorderbeine aneinander. Er verscheuchte die Fliege.

Er klappte die Brieftasche zu.

In den Augenwinkeln entdeckte er Kjemperuds geballte Fäuste. Er hob die eine Faust an. Keine Starre. Er holte mehr Papier und öffnete langsam die Hand des toten Mannes, Finger für Finger. Nichts.

Er fasste Mut und starrte in Kjemperuds Gesicht hinunter. Ein Schmuckstück im Ohr, das Goldkettchen um den Hals, alles unberührt. Leblose Lippen, das Grinsen entblößter Zähne. Die rechte Wange des Mannes war ausgebeult. Er sah aus, als hätte er etwas im Mund.

Er bückte sich, fasste den Mann am Kinn und zog.

Es war etwas im Mund.

Er ging zwei Schritte zurück, um nicht in das Blut zu treten, kniete sich hin und presste seinen Kopf an den Fußboden, um in Kjemperuds Mund hineinzusehen.

Etwas im Mund. Etwas Schwarzes.

Der Mund des Mannes schien eine mechanische Einrichtung zu sein, und als sähe man Scharniere in seinem Maul.

Hammersten hob die Hand. Zwei Finger, Zeige- und Mittelfinger. Die Finger zitterten.

Er versuchte es noch einmal. Zwischen den Lippen hinein. Er bekam es zu fassen und zog es langsam mit zwei Fingern heraus. Die Zähne waren hart, und es kratzte.

Er legte das Ding in die andere Hand und betrachtete es. Auf der Handfläche lag ein Streifen mit Negativen. Bilder. Der Streifen mit den Negativen entrollte sich langsam auf der Handfläche.

Er hielt die Negative gegen das Licht. Menschen. Gelber und grüner Farbwirrwarr. Schwarze Zahnreihen und durchsichtiges Haar.

Sich vorstellen: Kjemperud, der sich ein Stück Fotonegative in den Rachen schiebt.

Hammersten trocknete die Negative an seiner Jacke ab, steckte sie in die Tasche und stand auf. Er wischte den Handgriff ab, an dem er die Bohrmaschine angefasst hatte. Aber er hatte keine Lust, dem Toten den Rücken zuzukehren. Er ging mit langen Schritten rückwärts und sah ab und zu über die Schulter nach hinten, um nicht mit irgendetwas zusammenzustoßen. Drinnen im Restaurant wischte er sich den Schweiß mit dem Hemdsärmel von der Stirn, während er sich zu erinnern versuchte, was er alles mit seinen Händen berührt hatte, jetzt oder das letzte Mal. Er benutzte Papier und seinen Hemdsärmel. Er wischte Tischkanten und Sitzflächen ab. Er sah sich nach dem Stuhl um, auf dem er gesessen hatte. Er wischte den nächststehenden Stuhl ab und den daneben. Er betrachtete alle Holzstühle und sah ein, wie hoffnungslos das alles war. Er erinnerte sich, dass er ein Bier getrunken hatte. Er ging zur Spüle hinüber, konnte aber nirgendwo leere Flaschen finden.

Das klickende Geräusch der flackernden Leuchtröhre in der Küche zerrte an seinen Nerven. Er ging hinaus, denselben Weg, den er gekommen war. Die Luft war kühl und nächtlich dunkel. Lichtblitze von Reklameschildern jagten seinen Schatten, als er mit gesenktem Blick über den Bürgersteig hetzte. Er blieb an einer Telefonzelle stehen und starrte auf seine Hände. Sie zitterten.

Nachdem er sich gefasst hatte, suchte er den Zettel mit Ivan Kjemperuds Telefonnummer heraus. Er rief an. Die Klingeltöne reihten sich einer an den anderen, wie blinde Signale von Feuerschiffen in öden Gewässern. Er legte auf. Er hielt den Telefonhörer in der Hand, hob ihn an sein Ohr und rief dieselbe Nummer noch einmal an. Dieses Mal klingelte es überhaupt nicht. Stattdessen erklang eine blecherne Stimme:

»... das Telefon ist entweder abgeschaltet oder ...«

Jemand hatte also das Telefon ausgeschaltet. Er versuchte es sich vorzustellen. Ivan Kjemperuds Telefon wird ausgeschaltet, nachdem Ivan Kjemperud gestorben ist.

Hammersten legte wieder auf, hob den Hörer erneut ab und rief den Notruf an, um zu melden, dass in dem geschlossenen Restaurant ein Unfall passiert war.

Er setzte sich ins Auto und fuhr durch das Viertel. Er parkte hinter einem grünen Mercedes und ließ den Motor laufen. Er starrte das Auto an der Bürgersteigkante an und erinnerte sich an seine erste Fahrt zu Arnie, als ein grüner Mercedes die schlechte Angewohnheit hatte, immer wieder im Rückspiegel aufzutauchen. Bald konnte er die Sirenen hören. Er fuhr von der Bürgersteigkante weg und blieb an einer roten Ampel stehen. Die Sirenen wurden lauter. Als der Krankenwagen kam, fuhr er höflich zur Seite und ließ ihn vorbei.

18

Die Sonne strahlte von einem klaren Himmel herab, als er erwachte. Nachdem er aufgestanden war, durchsuchte er als Erstes die braunen Pappschachteln, bis er einen Umschlag fand. Danach steckte er die Negative in den Umschlag. Er klebte ihn zu und schrieb die Adresse mit Blockbuchstaben.

AN:
JOHN HAMMERSTEN
POSTLAGERND
0130 OSLO

Anschließend rief er die staatliche Kraftfahrzeugzulassungsstelle an und präsentierte sich als Hausmeister eines Mietshauses. Er musste dringend den Besitzer eines grünen Mercedes feststellen, der die Einfahrt zu seinem Hof blockierte. Das war schnell erledigt. Er diktierte das Autokennzeichen. Der Besitzer hieß Ivan Kjemperud.

Er zog sich an und lief die Treppen hinunter und nach draußen. Der Kiosk am Carl Berners Plass verkaufte Briefmarken. Er warf den Brief ein und verspürte eine unbeschreibliche Erleichterung, schlenderte zur U-Bahn hinunter, nahm den ersten Zug und stieg in Grønland aus.

Sofort suchte er sich eine Telefonzelle und rief Grethe Lindeman an.

»Es ist etwas geschehen ...«

Er fand nicht gleich die richtigen Worte. Und er entdeckte zu seinem Schrecken, dass er in den Telefonhörer flüsterte, als gelte es, bloß nicht von jemand anderem belauscht zu werden.

»Ivan Kjemperud ist tot.«

»Wovon redest du?«

Auch sie flüsterte fast. Die Situation war lächerlich.

»Ivan Kjemperud ist umgebracht worden«, sagte er mit normaler Lautstärke.

»Kjemperud? Warum erzählst du mir das? Es ist mir doch vollkommen egal, ob jemand Ivan Kjemperud umbringt!«

Ihre Stimme wirkte jetzt kühler. Sprechpausen.

Er schaute sich um. Ein normaler Nachmittag. Zwei türkisch aussehende Männer in dunklen Hosen und grauen Tweedjacken unterhielten sich miteinander und lächelten. Dem einen fehlte ein Schneidezahn. Ein dicker Teenager überquerte das Grønlandsleiret, ohne sich mit etwas anderem zu befassen, als eine Wurst mit Krabbensalat zu verschlingen. Ein Bus hielt vor einer roten Ampel.

»Na dann«, sagte er und legte auf.

Er starrte das Telefon an. Die Wut baute sich in ihm auf. Er wollte noch einmal anrufen. Er wollte zu ihr gehen. Er wollte ... Nein, nicht zu ihr gehen, sich nicht von ihr provozieren lassen. Jetzt war die Zeit gekommen, Arnie zu stellen, ihm die Wirklichkeit in sein fettes Gesicht zu hämmern.

Er schlich sich ohne den geringsten Laut zu verursachen durch die Metalltür in Arnies Fotostudio.

Der Fotograf werkelte an einer Fotolampe herum, die

ein scharfes und hartes Licht auf eine junge blonde Frau warf, die nur mit Unterwäsche bekleidet war. Keiner von beiden schien Hammersten entdeckt zu haben, der im Schatten an der Tür stehen geblieben war.

»Du solltest aufhören zu rauchen«, sagte Arnie zu der Frau. »Du bekommst hässliche Haut.«

»Und du solltest aufhören zu essen«, antwortete sie.

Arnie gackerte und schlug sich auf den Bauch. Er kniff sich in einen der Rettungsringe und versetzte ihn in kräftige Schwingungen. »Körper, was? Du guckst auf meinen fetten Bauch, auf meinen fetten Arsch und denkst irgendwie: Großer Gott, gibt es jemanden, der diesen Fleischberg bumst? Nicht wahr, du bist neugierig auf die Rettungsringe? Was? Du lachst. Aber ich sage dir: Es ist nur eine Zeitfrage, entspann dich, es wird geschehen, es wird geschehen. Entspann dich, wir müssen die Zeit nutzen, dies ist earth, nicht wahr, basic, the real thing.«

»Basic? Dein fetter Bauch?«

Er fuhr mit der Hand seinen Körper hinunter.

»Warum tauschen wir nicht die Plätze, wenn dein Speck so verdammt viel besser ist? Zieh dir die Hose an und zieh den Bauch hoch, dann kann man ihn sogar auf den Bildern sehen.«

Arnie beugte sich über das Kamerastativ, verzog das Gesicht und visierte. Er richtete sich auf und schraubte die Kamera wieder zu. Machte zwei Schritte zur Seite und nahm sich eine andere Kamera, die neben ihr auf einem Tisch lag. Er hockte sich hin. »Wenn du in diesem Fach Erfolg haben willst, musst du begreifen, dass die Männer, die sich Bilder von nackten Mädchen oder von dir angucken, nicht wirklich dich sehen. Sie sehen das, was du nicht bist.«

Arnie stand aufrecht. »Dein Körper besteht nur aus

Buchstaben, die Botschaft ist das, was du mit diesen Buchstaben sagst, Männer wollen das Tier in dir sehen, die Katze, die sich auf dem Rücken liegend räkelt, die sich ihre Pfoten leckt. Der Punkt ist, dass solche Bemerkungen, wie du sie machst, gegen das Gesetz verstoßen, das in dem sozialen Paket von Mann, Frau, Kinder und Wohnwagen gilt. Dein Job vor der Kamera ist es, deine Buchstaben außerhalb der Wirklichkeit zu platzieren. Du sollst nicht natürlich sein. Du sollst unnatürlich sein, du sollst ihnen alles andere geben als dich selbst. Du sollst ihnen das geben, was sie in dir sehen wollen. Wenn du das so weit begriffen hast, kannst du ein gutes Fotomodell werden. Dann begreifst du nämlich, dass dein Körper bekleidet, unbekleidet, teilweise bekleidet, lang, kurz, fett wie meiner, fetter als mein Körper sein kann. Er kann dünn sein. Der Körper kann sein, wie er will, weil er einfach nur ein Ladenregal ist, in dem du deine Sehnsüchte ausstellst, und das sind nicht schlechte Tage, allgemein schlechte Verhältnisse, Magen-Darm-Grippe und streitsüchtige Weiber. You see?«

»Gott, ja.«

»Und dann wirst du selbst das Bedürfnis danach bekommen. Earth. Komm zu Mama«, sagte Arnie. »Wenn ich dich knipse, bist du Mama und sagst *Komm zu mir*.«

Sie atmete höhnisch aus.

»Sieh her«, sagte Arnie.

»Sieh her«, wiederholte er, als sie nicht reagierte. Er trommelte mit dem Zeigefinger an die Kameralinse. »Du bist jetzt nicht in diesem Raum. Du bist in einem Dschungel. Du bist eine Katze. Und diese Linse ist ein Kater. Du willst ihn haben, vielleicht, aber du musst erst testen, ob er gut genug ist, und darum musst du mit ihm kämpfen, mit scharfen Krallen musst du kämpfen, bis das Blut spritzt, selbst wenn du genau weißt, dass der Kater gewinnen wird, denn er wird am Ende gewinnen, der Witz ist, dass du jetzt schon weißt, dass er gewinnen wird, du weißt, dass er sich nichts anderes wünscht, als zu gewinnen, er kommt zu dir, um zu gewinnen, und deswegen, nur deswegen willst du mit ihm kämpfen, verstanden?«

Sie verdrehte die Augen zum Himmel und kniff die Lippen zusammen.

»Verstehst du?«, brüllte er.

Sie seufzte und nickte unbeteiligt.

»Verdammt nochmal, verstehst du das?«

»Ja«, wiederholte sie verärgert.

Arnie brüllte noch einmal: »Verstehst du das, du dumme Kuh?«

»Ja, hab ich gesagt!«

Sie brüllte zurück. Rot im Gesicht.

»Dann zeig mir, dass du es verstanden hast, zeig mir, dass du Stoffwechsel in der Birne hast!«

Sie schlug zu. Langte nach ihm mit fünf gestreckten Fingern. Der Fotograf zuckte zurück und knipste. »Mach weiter«, brüllte er mit Fistelstimme. »Schlag zu!«

Sie langte nach ihm.

»Mehr!«

Fünfmal schnell hintereinander der Auslöser.

»Du Scheißkerl!«

»Fletsch die Zähne, sei wütend!«

Sie nahm Anlauf, wollte ihn treten.

Am Ende trat Arnie sie. Zog ihr die Beine weg. Sie fiel auf den Rücken, wobei ihr Kopf hässlich auf den Fußboden knallte. Sie riss den Mund auf, und die Luft entfuhr ihren Lungen mit einem hohlen Pfeifen. Ihr Gesicht war eine einzige schmerzverzerrte Grimasse, sie krümmte sich zusammen und griff sich an den Hinterkopf, während der Auslöser wie ein Motor weiter klickte. Arnie umkreiste sie.

Sie lag auf den Knien und heulte: »Verdammtes Arschloch!«

»Genau so, ja, so!«

Sie spuckte, Speichel lief ihr über das Kinn, und sie schrie, kam auf alle viere hoch, krabbelte und warf sich mit geballten Fäusten auf ihn.

»Au«, sagte Arnie und ließ die Kamera sinken.

Sie stöhnte vor Schmerz und wischte den Zementstaub von ihren Knien.

Arnie tauchte hinter einem riesigen Regal ab, tauchte, den Kopf mit einem grünen Tropenhelm geschmückt, wieder auf. »Kämpfe, verdammt nochmal«, bellte er staccato. »Sitz nicht da und glotz rum. Tu was! Du blöde Kuh!«

Sie stieß ein schrilles Kreischen aus, schwang sich herum, schnappte sich ein Lampenstativ und warf damit nach ihm. Arnie sprang zur Seite. Die Lampe traf die Wand, und die Birne explodierte mit einem scharfen Knall.

Sie schrie erneut auf. Hammersten hielt es nicht länger aus. Er applaudierte. Er schlug die Hände zusammen und klatschte.

»Scheißkerl«, heulte die Frau, zu ihm, nicht zu Arnie. »Dreckschwein, Scheiße, Scheiße, Scheiße!«

Sie drehte sich auf dem Absatz um und fand ein paar Kleider, hinter denen sie sich verstecken konnte. »Scheiße!«, schrie sie noch einmal.

Arnie starrte Hammersten durch die Kameralinse an. Er schoss Fotos von Hammersten. »Ich schieße das Nashorn«, schrie er. »Das verdammte, schäbige Nashorn, das die Menschen bestiehlt, das einbricht und alles zerstört. Sieh es dir an.«

Hammersten wurde vom Blitz geblendet.

»Ich bin bereit zu verkaufen«, sagte er. »Ich habe die Fotos von Abel.«

»Und der Preis?«, fragte der Großwildjäger. Er knipste weiter.

»Wie viel sind sie dir wert?«

Arnie, geharnischt: »Was sie wert sind? Verdammt, diese Bilder waren meine Zukunft. Mein Auskommen.«

Hammersten: »Sieh es positiv. Ohne diese Bilder hast du die Chance, ein anständiges Leben zu führen, dich von harter Arbeit zu ernähren.«

»Nenn deinen Preis, du schäbige Laus.«

Hammersten zeigte auf die Frau, die sich mittlerweile angezogen hatte.

»Sie haut ab«, sagte Arnie.

»Und ich werde nie mehr wiederkommen!«, rief sie mit schriller Stimme.

»Jaja«, sagte Arnie und klatschte ihr auf den Hintern, als sie an ihm vorüberging. Er schmatzte. »Miezemiezemiez! Du willst doch dein Geld haben, nicht wahr, Mieze?«

Er grinste, als sie ohne ein Wort die Tür hinter sich zuschlug.

»John«, sagte Arnie etwas ruhiger. »Der Preis?«

»Du bist nicht mehr im Dschungel, Arnie.«

»Das ist wahr«, sagte der Fotograf und setzte den Tropenhelm ab. Er verschwand wieder hinter dem langen Regal. Er grinste. »Das hier wird keine leichte Sache«, murmelte er.

»Ich kann alles akzeptieren«, sagte Hammersten, »nur nicht Batman.«

»Hier«, sagte Arnie und setzte sich eine Traktormütze mit Sonnenschirm auf.

»Bauer?«

»Nein, Genosse.«

Arnie zeigte auf das Logo. »Gewerkschaft. Es geht um Verhandlungen. IG Metall.«

»Das wird bestimmt das am leichtesten verdiente Geld, das du jemals bekommen hast«, sagte Hammersten. »Ich will die ganze Geschichte. Wen du damit erpresst, und wie du überhaupt die Fotos schießen konntest.«

»Ich? Ich soll jemanden erpressen?«

»Den Namen, Arnie.«

Arnie, ernst: »No deal, John.«

Hammersten: »Also werde ich die Bilder behalten.« Er wandte sich zur Tür.

Arnie, hinter ihm: »Dann wird das dein Problem sein, John. Dein Problem.«

Hammersten drehte sich um. »Bist du nicht daran interessiert, wie ich in ihren Besitz gekommen bin?«

»Ich weiß es«, sagte Arnie.

Hammersten lehnte sich gegen die Tür. »Ich bin hier eingebrochen, und nur hier. Ich bin nicht bei dir zu Hause eingebrochen.«

Er beobachtete Arnie, der auf dem Weg in die entgegengesetzte Richtung war, aber wie erstarrt stehen blieb und sich auf dem Absatz umdrehte. Blass. »Meinst du das ernst? Warst das nicht du, beim ersten Mal?«

Hammersten schüttelte den Kopf.

»Ich glaube dir nicht«, sagte der Fotograf.

»Ich bin bei dir eingebrochen, gleich nachdem ich mit dir gesprochen hatte, weil du behauptet hattest, dass du noch weitere Abzüge besäßest. Ich wollte diese Abzüge sehen. Ich fand sie in einer Kassette in deinem Archivschrank.«

»Aber zuerst hattest du die Negative geklaut«, wiederholte Arnie, kleinlauter.

»Nein«, sagte Hammersten und wandte sich zum Gehen.

»Warte!«

Arnie kam näher. »Wenn du die Negative nicht gestohlen hast, wer war es dann?«

»Jemand anderes hat sie geklaut, aber du brauchst mir nichts vorzuspielen, Arnie, du brauchst dich nicht zu verstellen.«

»Wer hat es getan?« Arnie räusperte sich. »Und wo befindet sich derjenige jetzt?«

»Er ist tot.«

Arnie starrte in die Luft. Lange.

Hammersten: »Machst du dir Sorgen, Arnie?«

»Willst du mich verarschen?«

»Abel ist tot, der Kerl, der deine Negative geklaut hat, ist tot. Du lebst noch.«

Arnie nachdenklich, ohne Traktormütze auf dem Kopf: »Das hier ist nichts für dich, John. Hier wird in einer anderen Liga gespielt. Wenn das, was du sagst, wahr ist, dann ist es insbesondere für *dich* interessant, dass der Sauhund, der die Bilder geklaut hat, nicht mehr lebt. Du solltest dich schleunigst aus dem Staub machen, John.«

»Falsch, Arnie.«

Hammersten griff nach der Türklinke. »Das hier ist in Wirklichkeit mein Spiel. Ich habe es in Gang gesetzt, schon vor langer Zeit. Auf den Bildern waren Datum und Uhrzeit angegeben.«

»Das weiß ich«, sagte Arnie. »Ich war derjenige, der sie gemacht hat.«

»Wer hat Abel getötet?«

Arnie schüttelte nachdrücklich den Kopf.

»Warst du es?«

Arnie winkte ab. »Lass es sein. Das ist nichts für dich.«

»Abel wurde wenige Stunden, nachdem er mit mir gesprochen hatte, getötet. Wenige Stunden, nachdem er den Bullen gesteckt hatte, dass ich Drogen im Auto hatte und sie mich einfach nur einzusammeln brauchen. Ich bin in allerhöchstem Grad darin verwickelt.«

»Es ist trotzdem nicht deine Liga.«

Hammersten grinste. »Spielst du etwa in einer höheren Liga als ich?« Er öffnete die Tür. »Du solltest dein Augenmerk auf die Tatsache lenken, dass Leute sterben. Entweder hast du Abel selbst umgebracht, oder du weißt, wer es war. Wenn du schlau bist, arbeitest du mit mir zusammen. Das ist ein ehrliches Angebot. Du erzählst mir, was du weißt, und wir arbeiten von jetzt an zusammen.«

Arnie schüttelte den Kopf. »Erinnerst du dich, dass ich dich gebeten hatte, ein wenig nachzudenken?«

Hammersten blieb stehen, die Metalltür lehnte an einem Arm.

»Du hast gesagt, dass du kein Speed geschmuggelt hast«, sagte Arnie und fuhr fort: »Du hast gesagt, dass du *Etwas* geschmuggelt hast. Nun ja, dieses *Etwas* verschwand deiner Meinung nach zusammen mit Abel. Abel ist tot. Aber wo ist dieses *Etwas*? Standen irgendwann Leute vor deiner Tür, die dich gefragt haben, wo diese Sachen geblieben sind?«

»Sag's mir, Arnie.«

Dieser schüttelte den Kopf. »Ich habe dich gebeten, nachzudenken. Wenn du dazu schon nicht in der Lage bist, dann solltest du wenigstens begreifen, dass dieses Spiel nichts für dich ist. Hau ab. Geh nach Hause und denk nach.«

»Denk du auch ein bisschen nach«, sagte Hammersten. »Nachdem derjenige, der deine Negative geklaut hat, jetzt tot ist, solltest du dir nicht vielleicht Gedanken darüber machen, wo diese Negative geblieben sind?«

19

Nachdem er gegessen hatte, blieb er sitzen und starrte an die Wand. Gedanke: losgehen und suchen. Problem: wo suchen?

Er ging zum Telefon und wählte die Nummer von Benny Mortensen. Benny war nicht zu Hause. Benny war ausgegangen.

Er zog sich an, und als er sich die Schuhe schnürte, klingelte das Telefon. Das gewohnte Schweigen schlug ihm entgegen, als er den Telefonhörer abnahm. Er beugte sich schließlich über das geöffnete Buch und las mit leiser Stimme: *»Der Nebel der Dunkelheit senkte sich über die Bäume, die Seele.«*

Er hielt inne, bekam aber keine Antwort. Also konnte sie es nicht sein. Er kam sich dumm vor und wollte auflegen. Er lauschte nach irgendwelchen Geräuschen. Er hörte nichts. Langsam senkte er die Hand und unterbrach die Verbindung.

Er blieb in der Tür stehen, bevor er hinausging. Es könnte auch jemand anderes gewesen sein. Wenn es jemand anderes war ...

Er wollte sich betrinken.

Alles wiederholte sich auf dem Bildschirm in seinem Kopf. Die Geschehnisse im Rückspiegel, die Motorhaube von Abels Volvo, verkleinert, wie das Auto langsam ins Blickfeld rollte. Abels Gestalt im Spiegel. Die Aktentasche, die er in der Hand hielt. Die Gestalt, die sich langsam dem Wagen näherte, dann aus dem Blickfeld verschwand. Die kleine Erschütterung, die durch das Fahrzeug ging, als Abel die Kofferraumklappe öffnete und das herausnahm, was er abholen sollte. Seine eigene Schlafmützigkeit in den darauf folgenden Sekunden. Das Bild von Abel am Fenster, aber immer noch nur eine Aktentasche und nicht zwei in den Händen. Sechs Stunden später, im Gewahrsam hinter Schloss und Riegel, während Abel umgebracht wurde. Und aus irgendeinem Grund hatte Arne – Arnie – Fratang die Gelegenheit gehabt, den Toten zu fotografieren.

Er trank den letzten Schluck aus seinem Halbliterglas und spürte, dass er den Geschmack von Bier nicht mehr leiden konnte.

Er hatte Lust auf amerikanischen Whisky. Er bemerkte, dass die Dame an der Theke weiter entfernt erschien, als er zunächst angenommen hatte, und musste einsehen, dass er langsam betrunken wurde.

Er tauschte das Glas gegen ein Blatt Papier. Er lächelte sie an, aber sie wich seinem Blick aus. Also war er betrunkener, als er dachte. Er nahm das Bild von Abel in die Hand und schüttete Whisky darüber. Hammersten hob das Bild hoch und schleckte den Whisky ab, schleckte Abels blutigen Kopf ab. Er trank von dem Whisky und grinste. Der Schnaps brannte im Magen. Er grinste noch einmal, hob sein Glas und trank auf Abels Wohl.

Er leerte den Rest des Whiskys in einem Zug. Auch das ein Zeichen. Auch, wie leicht er hinunterging, dass der Geschmack wichtiger geworden war als die Wärme, die er mit sich brachte. Das dritte Zeichen: Er musste sich konzentrieren, um herauszufinden, wie spät es war. Jemand stieß gegen sein Bein. Er starrte auf den Reifen eines Rollstuhls hinab. »Tut mir Leid«, murmelte er und wollte Platz machen. Der Reifen des Rollstuhls bewegte sich nicht. Hammersten blickte auf und sah in das feixende Gesicht von Benny Mortensen.

»Hammers!«

Ein kurz geratener Kerl in dunklen Klamotten lehnte sich auf den Rollstuhl. Der Mann war bepackt mit anabolen Gefängnismuskeln, hatte einen beinahe viereckigen Oberkörper, zurückgekämmtes schwarzes Haar und breite Lippen in einem breiten Gesicht.

»Was machst du denn in diesem Stuhl, Benny?«, fragte Hammersten, nachdem sie sich etwas weiter von der Bar entfernt niedergelassen hatten. Der Mann mit den zurückgekämmten Haaren kicherte und entblößte einen Fingerbreit rosa Zahnfleisch.

»Komm schon«, sagte Benny zu dem Kerl. »Zeig ihm das Büschel.«

Hammersten seufzte und holte tief Luft. »Warum sitzt du im Rollstuhl, Benny?«

Schmierhaar kicherte erneut. Rosa Zahnfleisch und schwarzer Zahnstein auf nikotingrauen Zähnen.

Benny: »Komm schon, Hugo, zeig Hammers das Büschel.«

Benny zu Hammersten: »Hugo sammelt Haare. Er hat ganze Alben mit kleinen Büscheln, dieser Ordner, nicht wahr, Datum und Name, Mette, 4. April 1987, rötlich et cetera. Komm schon, Hugo, zeig uns das Büschel.«

Der Mann mit dem Zahnfleisch wühlte in seiner Hosentasche und zog seine knochige Hand mit einem tätowierten Handrücken heraus. Er rollte eine dunkle Strähne aus krausen Haaren zwischen Daumen und Zeigefinger.

Benny sagte beflissen: »Hugo hatte diese Masche im Knast, er wäre religiös und so. Und so eine Pastorsgattin von irgendwo am Arsch der Welt beißt bei ihm an. Und als Hugo wieder rauskommt, da sagt er zu dem Pastor, dass er mit Jesus gesprochen habe, nicht wahr?«

Zahnfleisch kicherte zustimmend: »B-b-begeg-begegnung.«

»Und Hugo erzählt dem Pastor von seiner Begegnung mit Jesus und dass Jesus befohlen hätte, dass Hugo bei der Pastorenfamilie wohnen solle. Dem Pastor gefällt diese Ansage von Jesus gar nicht, aber letztendlich sagt er okay, und Hugo fährt mit zu ihnen, aufs Land, in eine Gegend, wo sie Ick und Jau sagen und Kühe haben und so Sachen. Und da kommt er dann zur Sache mit der Frau Pastor, auf dem Küchentisch, nicht wahr?«

Der mit den zurückgekämmten Haaren: »Die sch-sch-schlachten noch s-s-selbst, nicht wahr, Sche-weineköpfe und Sche-weineschinken und so was über den ganzen T-t-t-t-tisch verteilt, und da hab ich noch'n Kotelett gratis m-m-mit dazu gekriegt.«

Benny feixte: »Guck ihn dir an, Hammers, so hässlich. Und hat einen ganzen Ordner voller Haare!«

»Und er stottert sogar«, sagte Hammersten.

»W-w-w-war nur Spaß«, sagte Hugo. »Ich stottere nicht.«

Hammersten hob eine Augenbraue.

»N-n-neh ehrlich nicht.«

Hammersten zu Benny: »Und, Benny? Warum sitzt du jetzt in diesem Rollstuhl?«

Benny: »Und Hugo kriegt eine Locke von den Haaren von der Frau Pastor, Hammers, hältst du das für möglich? Eh!«

Benny winkte einem Kellner zu, der sich heranschlich. »Siehst du nicht, dass ich behindert bin? Muss ich mich erst streiten, um in dieser Kaschemme ein Bier zu kriegen? Und du, Hammers?«

»Bourbon«, sagte Hammersten und hickste.

Benny schlug auf die Armlehne seines Stuhls. Zu Hammersten: »Gutes Image, was? Glaubst du, die Leute erinnern sich an mich, wenn ich ihnen aus diesem Stuhl den Stinkefinger zeige? Kannst tun und lassen, was du willst, nicht wahr. Gestern hab ich eine Tussi angemacht. Sie fand das superlässig, ich, behindert, nicht wahr. Was die Frauen betrifft, ist das tausend Mal besser, als ein Neger zu sein, Hammers. Das beste Image, das ich seit vielen Jahren gehabt habe.«

Hammersten leerte den nächsten Whisky in einem Zug.

Hugo grinste und schlug ihm auf die Schulter.

Hammersten konzentrierte sich auf das Grinsen mit dem Zahnfleisch. Hugo zwinkerte vertraulich zurück.

»Irgendwas von Walter gehört, dem Motorradfreak?«, fragte Benny.

»Nein.«

»Mir war gerade so, als hätte ich jemanden gesehen, der ihm verdammt ähnlich war«, sagte Benny.

»Hier drin?«

»Hm-hm.«

»Hätte ihn wiedererkannt«, sagte Hammersten und hatte genug. Das Gerede und die Musik in der Bar waren nur noch Rauschen, die Luft gesättigt von Zigarettenqualm und Gelächter. Er hatte die Übersicht verloren.

»Weshalb hattest du mich angerufen, Hammers?«

»Du solltest einen Typen finden«, sagte Hammersten. »Einen anderen diesmal. Einen Rechtsanwalt.«

Hammersten gab Benny einen Zettel.

»Tausend Mücken«, sagte dieser. »Für tausend Mücken serviere ich dir die komplette Anwaltsvereinigung auf einem Teller.«

»Er heißt Lindeman«, sagte Hammersten, »und er hat so eine Bandage um den Hals, so einen Nackenstützverband. Finde heraus, wo er sich aufhält, Benny.«

»Für dich werde ich den Namen seiner Ururgroßmutter herausfinden, Hammers.«

»Sicher«, sagte Hammersten und hob den Kopf. Hugo mit den Haaren hatte wieder die Handgriffe von Bennys Rollstuhl erfasst.

»Willst du gehen, Benny?«

»Ja«, sagte Benny »Bist du voll, Hammers?«

Hammersten schüttelte langsam den Kopf.

Benny: »Wir gehen auf Rattenjagd, erzähl von den Ratten, Hugo.«

Der Mann mit den zurückgekämmten Haaren: »Die haben so Paletten mit Dünger da stehen, draußen auf dieser Farm, nicht wahr, und in dem Kuhstall da gibt es diese Unmengen von Ratten. Und wenn die Ratten zu viele werden, dann bilden sie neue Kolonien, und neulich kam da so eine ganze Horde von Ratten piepend über den Acker gelaufen ...«

Benny und Hugo wechselten Blicke. Letzterer kicherte rosa. »Ein kleiner Rattenkönig, nicht wahr, der mit Sack und Pack einen Abflug machte, eine ganze Horde von kleinen Fellknäueln direkt hinter ihm her.«

Benny: »Und jetzt kommt's, hör zu.«

Hugo: »Und da kommt der Bauer plötzlich auf mich zu gelaufen ...«

Hammersten holte Luft, konzentriert: »Der Pastor?«

»Pastor und Bauer, und er kommt mit zwei Schrotflinten auf mich zu gelaufen, und ich mach mir fast schon in die Hose, ich meine, diese ganzen Nahkämpfe mit seiner Frau, und so weiter, aber da reicht er mir eine Schrotflinte rüber, und diese Ratten laufen einfach unter einen Palettenstapel mit Getreide, tja. Man muss dann nur nach allen Seiten schön abdichten. Danach, tja: ein bisschen Dieselabgase unter die Paletten ...«

Seine Stimme versagte. Sein Gesicht war eitel Freude und Zahnfleisch.

»Mein lieber Mann, wenn du solche Ratten abknipst, das ist wie auf kleine Ballons zu schießen, also, die knallen und zerplatzen nach allen Seiten. Und die ganzen Krähen, meine Fresse, die Krähen flippen total aus, wenn sie dieses rohe Rattenfleisch zwischen die Schnäbel kriegen, also!«

Hammersten lächelte Benny betrunken an: »Du, Benny ...«

»Ja?«

»Er hat vollkommen Recht, er stottert gar nicht«, sagte Hammersten.

Als die beiden verschwunden waren, stand er auf und wollte den Laden verlassen. Er stieß mit dem Türrahmen zusammen.

Ich bin sternhagelvoll, dachte er und spürte die kühle Abendluft besänftigend über sein Gesicht streifen. Er blieb stehen und atmete mit geschlossenen Augen. Er schwankte, erkämpfte sich sein Gleichgewicht zurück und freute sich auf sein Bett. Er ging nach links, um unten am Bahnhof ein Taxi zu suchen. Es musste schon spät sein, denn es waren nur wenige Menschen unterwegs. Er musste pissen. Verdammte Scheißstadt, meilenweit kein einziger Ort, wo man pissen könnte. Jetzt war er wirklich voll. Verschwendete seine Energie darauf, sich über die verfehlte Stadtplanung aufzuregen. Er ging hinter die Markthallen am Kirkeristen und pisste gegen einen der Bäume. Wie ein Hund, dachte er. Und drehte sich um, knöpfte die Hose wieder zu und überquerte die Rasenfläche hinter der Domkirche.

Der Rasen war zu Ende. Sein Fuß war auf dem Weg zu einem Kantstein, als die Straße angriff. Der Asphalt erhob sich. Der Blitz schlug ein. Sein Hinterkopf wurde getroffen. Er rollte über Pflastersteine und Asphalt. Die Luft wurde aus seinen Lungen gedrückt. Er rollte sich zusammen.

Steh auf.

Nicht genug Kraft. Noch einmal wegrollen.

Beschütze den Kopf, leg die Arme um den Kopf.

Er krümmte sich und erhaschte einen Blick auf den Feind. Ein Baseballschläger. Ein verdammter Baseballschläger!

Den Kopf zwischen die Arme. Noch einmal wegrollen. Im Augenwinkel Stiefel. Die Stiefel des Mannes. Schwarze Motorradstiefel. Ein Tritt wie ein Fußballspieler.

Das Bein, finde das Bein.

Der Tritt traf den Brustkorb. Roll dich weg und konzentrier dich auf das Bein.

Er verlor noch mehr Luft, japste. Noch ein Treffer. Gleichzeitig hörte er die Stimme. Drohungen. Flüche.

Er wurde hochgehoben, schwebte. Der Blitz schlug diesmal richtig ein, und er spürte gar nichts. Konnte nicht mehr atmen, spürte aber, wie grobe Finger in seinen Mund eindrangen. Er wollte sich übergeben, konnte aber nicht atmen. Sein Körper wurde taub. Er wollte schlafen. Die Finger gruben in seiner Mundhöhle herum. Er spürte den Asphalt an seinem Gesicht. Der Geruch von Erbrochenem. Er wusste, dass er sich übergeben hatte. Wieder griff jemand nach ihm. Ein Schatten fiel auf sein Gesicht. Er konnte atmen. Das war das Wichtigste. Er konnte atmen.

»Nochmal vielen Dank für das letzte Mal«, flüsterte eine Stimme.

»Er lebt?«

Eine andere Stimme. Fragend. Die Stimme war direkt neben seinem Ohr.

»Atme«, sagte die Stimme. »Du wärst uns beinahe weggestorben, hattest beinahe deine Zunge verschluckt.«

Er atmete. Sein Gesicht war taub. Der Körper war taub. Er graute sich vor den Schlägen, dem Schmerz danach. Die Müdigkeit kam zurück. Ganz wichtig: nicht einschlafen.

»Hörst du mich? Nick mit dem Kopf, wenn du mich hörst.«

Jemand klatschte ihm auf die Wange. Er konnte nichts sehen.

Hammersten versuchte zu nicken.

Warum konnte er bloß nichts sehen?

»Ich kenne jemanden, der etwas von dir zurückbekommen möchte«, sagte die Stimme.

Er nickte.

Der nächste Schlag tat vor allem im Nacken weh.

Muss die Augen aufbekommen, dachte er. Muss etwas sehen.

»Ich kenne jemanden, der einigermaßen interessiert daran ist, dass du damit herausrückst«, sagte die Stimme. »Das hier ist sozusagen ein kleiner Hinweis, dass wir es ernst meinen.«

Nein, dachte er. Aber er konnte sich nicht bewegen. Er konnte nicht einmal schreien, als der letzte Blitz ihn traf. Er verschwand einfach.

20

Das Licht blendete ihn. Eine sanfte Welle von Übelkeit schwappte jedes Mal durch seinen Körper, wenn er den Kopf zu abrupt bewegte. Fast alles tat ihm weh, außer ihrer Stimme. Er pulte an einem der Heftpflaster, rollte ein Stückchen davon auf und wieder auseinander.

»Du lebst«, sagte sie. »Das ist das Wichtigste.«

Und ein bisschen später: »Wirst du Anzeige erstatten?«

Er: »Weshalb? Wegen der Wunden? Wegen eines blauen Auges?«

Er schaute an sich herunter: »Ich komme mir vor wie Jack Nicholson in *Chinatown,* er hatte einen Verband an der Nase, als er versuchte, sich für Faye Dunaway schön zu machen.«

»Du hast keinen Verband an der Nase.«

»Er war schön«, sagte er. »Der Film.«

»Er endete bestimmt traurig«, sagte sie. »Ich bin sicher, dass das eine oder andere Genie die Wahrheit herausbekommen hat. Oder dass jemand starb.«

Er schloss die Augen. »Grethe?«

»Ja?«

»*Chinatown* ist ein guter Film.«

»Bestimmt«, seufzte sie. »Das Problem ist nur, dass die Wirklichkeit ein bisschen komplizierter ist. Nimm mal meinen Job. Ich fische in einem trüben Gewässer voller Behauptungen von der einen oder der anderen Seite, habe alle

Hände voll damit zu tun, herauszufinden, was davon neutral ist, um es mal so zu sagen. Da werden Wahrheit und Lüge abhängig davon, wo man augenblicklich gerade steht.«

»Nein«, sagte er.

»Doch«, sagte sie. »Sobald eine neue Partei zu Wort kommt, nimmt sich die Ursache einer Handlung schon wieder ganz anders aus. Man bekommt eine andere Version.«

»Du scheinst diese Rede gut vorbereitet zu haben.«

»Vielleicht habe ich das wirklich getan.«

Sie setzte sich neben ihn auf das Sofa. »Was glaubst du, warum sind diese Typen auf dich losgegangen?«

Er lehnte sich zurück. Der Duft ihres Parfüms machte ihn schwindelig. »Ich glaube, es geht darum, dass ich ein paar Negative abliefern soll.«

»Was für Negative?«

Er öffnete wieder die Augen. »Ich weiß nicht, ich glaube, es ist das Negativ zu einem Bild von Abel, auf dem er tot ist.«

»Tot?«

»Tot, Abel wurde umgebracht«, sagte er und betrachtete durch halb geschlossene Augen, wie sie gedankenverloren aus dem Fenster starrte, ohne ein weiteres Wort zu sagen.

Er schluckte.

Sie hielt ihren Blick auf das Fenster gerichtet.

»Abel ist seit beinahe drei Jahren tot«, sagte er. »Ich spinne nicht. Ich habe mit dem Kerl geredet, der die Bilder gemacht hat.«

Die Haut über ihrer Kehle bewegte sich. Jetzt schluckte sie.

»Seltsam übrigens, dass er dir immer noch Postkarten

schreibt«, sagte er. »Wenn er vor beinahe drei Jahren umgebracht worden ist.«

»Vielleicht ist es ja gar nicht er, der schreibt.« Sie lächelte erschöpft. »Ich hatte schon so einen Verdacht. Dass er tot ist, meine ich.«

»Warum weißt du nicht so genau, was auf den Negativen zu sehen ist?«, fragte sie nach einer Weile. »Hast du sie etwa nicht?«

»Ich habe sie versteckt. Ich habe auch nicht ...« Er besann sich. »Ich habe auch noch nicht geschafft, sie entwickeln zu lassen.«

»Aber du hast mit dem Fotografen gesprochen? Was hat er gesagt?«

»Der Fotograf will nichts sagen.«

Sie räusperte sich. »Aber warum hast du diesen Leuten die Negative nicht gegeben? Versteh mich nicht falsch«, fügte sie hinzu, als sie seine Reaktion bemerkte. »Aber du bist verletzt. Ist es unbedingt notwendig, für ein paar Negative so etwas durchzumachen?«

»Ich hatte keine Gelegenheit, sie abzuliefern. Sie haben nicht erst gefragt. Es ist nur meine Vermutung, dass es die Negative sind, die sie haben wollen. Außerdem hatte ich sie nicht bei mir. Ich hatte sie versteckt.«

»Hier?«

»Nein, woanders. An einem geheimen Ort.«

»Und jetzt?«, fragte sie.

»Was jetzt?«

»Willst du ihnen jetzt die Negative geben?«

»Warum sollte ich das tun?«

»Zu deiner eigenen Sicherheit.«

»Nein«, sagte er. »Ich glaube, diese Leute handeln in seinem Auftrag.«

»Wessen Auftrag?«

»Des Fotografen.«

»Kennst du ihn?«

Er schaute zu ihr hinüber. »Ja«, sagte er. »Ich kenne ihn. Ich werde diesen Typen eigenhändig erwürgen, sobald ich wieder gesund genug bin.«

»Das kann dauern.«

»Na und? Ich habe Zeit genug. Das ist eine Angelegenheit zwischen ihm und mir.«

»Kannst du es nicht der Polizei überlassen?«

»Nein. Das ist jetzt eine persönliche Sache. Wenn ich Arnie begegne, werde ich den Kerl wahrscheinlich umbringen.«

»Arnie?«

»Ich habe keine Lust, darüber zu reden. Ich werde nichts aus der Hand geben.«

Sie schlug die Augen nieder. »Nicht einmal für mich?«

»Warum reitest du so darauf herum? Ich will wissen, wofür ich zweieinhalb Jahre in den Knast gegangen bin.«

»Soll das heißen, dass du nichts Ungesetzliches getan hattest, als sie dich geschnappt haben?«

»Ich hatte etwas Ungesetzliches getan, aber nicht das, wofür ich verurteilt worden bin.«

»Es wäre also okay für dich gewesen, im Gefängnis zu sitzen, wenn du wegen etwas anderem verhaftet worden wärst?«

»Du willst streiten.«

»Ganz und gar nicht!«

Sie war aufgestanden. »Aber du versuchst meine Aussagen in ein zweifelhaftes Licht zu zerren«, sagte sie. »Du sitzt da und guckst scheel und denkst Dinge, die du nicht laut aussprichst. Also hör zu: Ich weiß nicht, wer mir Briefe unter Abels Namen schickt. Ich habe nicht die leiseste Ahnung. Aber ich habe schon oft genug auf der Arbeit mit solchen Sachen zu tun gehabt und kann dir sagen, dass, wenn jemand Abel umgebracht hat, es ihm nützlich wäre, wenn ich glaubte, er wäre noch am Leben.«

Er wollte antworten, aber sie ließ ihn nicht zu Wort kommen. »Ist dir schon einmal der Gedanke gekommen, dass jemand bewusst den Eindruck zu erwecken versucht, dass Abel noch am Leben ist?«

»Das schon«, sagte er. »Ich habe ein paar Bankauszüge mit Ein- und Auszahlungen auf Abels Konto gefunden. Dahinter hat auch Arnie gesteckt.«

Sie starrte ihn an. »Dieser Fotograf schickt dir Muskelmänner hinterher, um dir die Beweise für Abels Tod abzupressen. Willst du sagen, dass derselbe Mann den Eindruck zu erwecken versucht hat, dass Abel noch am Leben ist?«

»Genau das.«

»Dieser Mann ist gefährlich.«

»Ich habe schon gemerkt, dass er gefährlich ist.«

»Arnie?«, sagte sie. »Und weiter?«

»Arne Fratang. Der Koch vom *Bliss*.«

Sie dachte nach, schüttelte dann aber den Kopf. »Wie sah er aus?«

»Dick, aber geschmeidig, oft unrasiert und ein bisschen aufbrausend, in der Küche immer mit Kochmütze.«

»Kann mich nicht an ihn erinnern.«

»Arnie ist jetzt Fotograf. Er bringt keine Leute um.«

»Aber er schickt jemand anderes«, sagte sie. »Hat er dir nicht jemanden auf den Hals gehetzt?«

»Aber sie haben mich nicht umgebracht.«

»Viel hat nicht gefehlt.«

»Und ich weiß nicht mit Sicherheit, ob Arnie derjenige ist, der hinter alldem steckt, ich habe ihn nur in Verdacht.«

Sie starrte ihn an. »Jemand schickt mir Briefe unter Abels Namen. Jemand veranlasst Geldbewegungen auf Abels Konto. Jemand besitzt Bilder, die beweisen, dass Abel tot ist. Und alle Spuren führen zurück zu einer Person. Diesem Fotografen.«

Er schnitt eine Grimasse. »Arnie ist eine Nummer zu klein für diese Sache, und wenn er darin verwickelt ist, dann müssen hinter ihm noch ganz andere stehen.«

»Warum sollte noch jemand hinter ihm stehen?«

»Wenn du Arnie begegnet wärst, dann wüsstest du, dass er so etwas nicht alleine auf die Beine stellen kann.«

Sie verschränkte die Arme und starrte ihn kühl an. »So gehst du also mit der Wahrheit um, nach der du so suchst?«

Er sah sie fragend an.

»Du scheinst so edel«, sagte sie spöttisch. »Mit welcher Wahrheit möchtest du dich eigentlich umgeben? Diejenige, die man mühelos in eine Lüge verdrehen kann, je nachdem, ob sich Kokain oder Diamanten in einer Aktentasche befinden?«

Er spürte, wie die Haut in seinem Gesicht zu prickeln begann.

»Ja«, sagte sie, in demselben verärgerten Tonfall. »Ich weiß, dass du nach Holland gereist bist, um eine Partie Diamanten ins Land zu bringen. Ich weiß, dass dir eine verplombte Tasche übergeben worden ist, dort in Amsterdam, stimmt das etwa nicht? Welche Garantie hast du dafür, dass nicht doch Drogen in dieser Tasche waren?«

»Niemand wusste davon.« Seine Stimme versagte. Er musste sich räuspern. »Niemand wusste, dass Diamanten in der Tasche waren, nur Abel und ich.«

»Idiot! Abel hat nie etwas vor mir verheimlicht!«

»Warst du diejenige«, fragte er, »die Abel gebeten hatte, die Diamanten zu schmuggeln?«

Sie schüttelte den Kopf, lächelte über seinen Gesichtsausdruck und gab ihm einen schnellen Kuss auf den Mund. »Nein. Das war nicht ich. Ich hätte Abel nie gebeten, etwas Ungesetzliches zu tun. Aber ich habe einen Verdacht, wer es gewesen sein könnte.«

»Wer?«

»Ich bin Rechtsanwältin, John. Ich kann dir nicht einfach meine unbegründeten Verdächtigungen mitteilen. Das würde gegen mein Berufsethos verstoßen.«

»Es muss angenehm sein, sich in Augenblicken wie diesem hinter einer Ethik verstecken zu können.«

»Ich finde nicht, dass diese Angelegenheit besonders angenehm ist.«

Sie starrten einander schweigend an.

»In meiner Jackentasche stecken ein paar Zigarren«, sagte er, als er es nicht mehr länger aushielt und wegschauen musste.

Sie ging in den Flur hinaus. Sekunden später stand sie im Türrahmen. Es lag etwas Ägyptisches über ihrer Gestalt, das klar geschnittene Antlitz unter dem Pony und das Haar, das über die Schultern fiel. Sie steckte sich eine Zigarre in den Mund, starrte ihm direkt in die Augen und riss langsam ein Zündholz an. Sie paffte die Zigarre in Gang, inhalierte gierig und mit verhangenem Blick, die freie Hand aufreizend an der Hüfte ruhend.

»Bin ich jetzt ein anderer Mensch für dich?«, fragte sie herausfordernd. »Ein anderer als vor fünf Minuten?«

Er schwieg, und sie blieb ruhig im Türrahmen stehen, dieselbe aufreizende Positur, rauchend und beobachtend.

Er wollte dieser Stimmung entkommen und sagte: »Irgendwann bei einem Einbruch war mal ein dressierter Schäferhund hinter mir her. Als er drauf und dran war, mich anzugreifen, machte er sich plötzlich ganz klein und schlich mit eingezogenem Schwanz von dannen. Hast du jemals schon so etwas gehört?«

»Nein«, sagte sie uninteressiert. »Was passierte dann?«

»Er verdrückte sich einfach.«

»Putzig«, sagte sie in einem spöttischen Ton, ging durch das Zimmer und reichte ihm die Zigarre.

»Ich glaube, es war mein Helfer, der ihn gebeten hatte zu verschwinden. Ich habe nämlich einen Helfer, musst du wissen, einen riesigen Wikinger, mit Schwert und allem.«

»Ein Wikinger mit einem Schwert?«

Sie lächelte nachsichtig. »Warum hat dir dieser Wikinger nicht gegen die geholfen, die dich zusammengeschlagen haben?«

»Weiß nicht«, sagte er. »Vielleicht hilft eine Hamingja nur gegen Hunde. Oder ich hatte meinen Helfer verliehen. Das geht angeblich, dass man sie verleihen kann.«

Sie stand beim Telefon, nahm das Buch in die Hand, das daneben lag, und las das Titelblatt.

Der Rauch der Zigarre stach in seinen Augen.

»Schönes Buch«, sagte sie, während sie ihm den Rücken zuwandte.

Das Schweigen blieb in der Luft hängen.

»Es ist sehr atmosphärisch«, sagte er, griff nach ihrer freien Hand und zog sie zu ihm herunter. »Bis heute hast du kein Wort darüber verloren, dass du von mir und dem Plan mit den Diamanten weißt. Jetzt sprichst du über diese Dinge, als handelte es sich um ein Mittagsmenü. Du hast also die ganze Zeit gewusst, dass ich für etwas im Gefängnis saß, das ich nicht getan hatte. Du hast die ganze Zeit gewusst, warum ich nach Abel gesucht habe.«

»Spielen diese Dinge irgendeine Rolle?«

»Ja.«

»Warum?«

»Es lässt dich anders in meinen Augen erscheinen.«

Sie, wieder kühl: »Und was willst du damit sagen?«

»Du verschweigst Dinge, von denen du weißt, dass sie für mich eine große Rolle spielen. Du spielst mir etwas vor und lügst, wenn ich dich frage. Das lässt unsere Beziehung trotz allem in einem anderen Licht erscheinen.«

»Ich lüge nicht.«

»Du verschweigst Dinge, von denen du weißt, dass ich sie wissen will.«

»Na gut, ich gestehe«, flüsterte sie giftig. »Ich gestehe, dass ich mehr über dich weiß als den Eindruck, den du ohne Kleider hinterlässt. Wenn ich mehr wissen will, kann ich in Aktenordner schauen, kann in Gerichtsarchive gehen und dich in kleinen Stückchen dort herausholen. Aber das tue ich nicht, weil ich die Möglichkeit habe, dich von Angesicht zu Angesicht kennen zu lernen.«

»Du wusstest es«, sagte er.

»Ja«, sagte sie und setzte sich. »Ich wusste all diese Dinge! Aber macht mich das weniger interessant? Hat das zur Folge, dass du jetzt keine Zeit mehr mit mir verbringen möchtest?«

»Es bringt mich dazu, mir Gedanken darüber zu machen, was du eigentlich willst – in deinem tiefsten Innern?«

Sie legte ihr Kinn auf das Buch und sah ihm in die Augen. »Was, glaubst du, will ich – im tiefsten Innern?«

Der Tonfall wieder weich. Ihr Atem, wieder warm und feucht.

»Ich will mit dir ins Bett«, sagte sie etwas später. »So unkompliziert bin ich.«

»Und dann?«

»Dann will ich nochmal mit dir ins Bett. Du brauchst nicht weiter zu fragen. Du weißt, was ich meine.«

Er ließ seinen Kopf zurücksinken, und der kitzelnde Atem in seinem Nacken ließ ihn erschaudern. »Was hast du bislang noch nicht gestanden?«, fragte er.

»Ich will, dass du diese Negative besorgst, von denen du gesprochen hast.«

»Warum?«

Ihre Lippen bedeckten die seinen.

»Weil«, flüsterte sie, »weil ich wissen will, wer Abel umgebracht hat. Willst du das nicht?«

Er hielt die qualmende Zigarre in seiner gesunden Hand, lächelte ihre Lippen an und fragte: »Arbeitest du gerade?«

Er lehnte sich zurück und folgte mit seinen Augen der Linie weißen Rauchs, die zur Decke stieg. Ihr die Bilder aushändigen, dachte er. Versuchte es sich vorzustellen.

»Wirst du das tun?«

»Was tun?«

»Die Negative besorgen und sie mir bringen.«

Sie schwieg einige Sekunden, und er suchte in der Stille nach ihren Augen.

»Kannst du dich nicht einfach auf mich verlassen?«, bat sie mit leiser Stimme.

Er lächelte schwach. »Abel ist tot. Der Mann, der die Negative für mich aufbewahrt hatte, ist tot. Ich selbst bin auch nicht gerade in Topform.«

Sie lehnte sich wieder an ihn. Er spürte den Herzschlag durch ihre Bluse. Er versuchte es sich mit geschlossenen Augen vorzustellen. Ein Umschlag mit Papierabzügen von den Negativen. Er warf einen Blick auf die Pappkartons, die sich an der Wand stapelten. Ihm kam eine Idee, er war sich aber nicht sicher, ob sie ihm gefiel.

»Na gut«, sagte er.

Sie ließ ihre Lippen über seine Stirn wandern, streichelte über die blutigen Stellen in seinem Gesicht.

»Werden Narben zurückbleiben?«, fragte sie.

Er sah es vor sich. Ein Gespräch in ihrem Büro. Er und sie und ein Stapel Fotografien. Er ergriff ihre Hand und hielt sie fest.

»Es bleiben immer Narben zurück«, antwortete er.

21

Er wurde vom Telefon geweckt, starrte zwischen den Gardinen hindurch auf den hellgrauen Himmel, war aber nicht in der Lage festzustellen, ob es Morgen oder Abend war. Er setzte sich auf, mühsam, wegen der Schmerzen.

»Ja«, sagte er krächzend.

»Wie ist das Befinden?«, fragte eine sanfte Männerstimme.

»Könnte besser sein.«

Er hatte keine Ahnung, wer der Mann war. Aber irgendetwas sagte ihm, dass der Kerl ihm etwas Wichtiges mitzuteilen hatte. Es hatte damit zu tun, dass der andere keine Nerven zeigte. Die Zeit, über die er verfügte, die Sanftheit.

»Mir ist zu Ohren gekommen, dass Ihnen ein Unglück widerfahren ist.«

»Ja«, sagte Hammersten. »Ich bin vom Fahrrad gefallen.«

Die Stimme lachte leise.

»Das klingt jedenfalls glaubwürdiger als die Geschichte vom Rasieren und dass man sich dabei geschnitten hätte.«

»Es war nur ein kleiner Gruß«, sagte die Stimme. »Dieses kleine Unglück.«

»Na dann. An wen kann ich mein Dankesschreiben schicken?«

»Das ist nicht so wichtig. Wichtig ist, dass die Botschaft angekommen ist.«

»Womit kann ich dienen?«

»Ich möchte meine Bezahlung haben.«

»Mir schwante bereits, dass unser Gespräch eine solche Wendung nehmen würde. Wie viel bin ich schuldig?«

»Ziemlich viel, zunächst einmal. Für den Anfang können wir einfach mal von einigen kleinen Steinen ausgehen, die dieselbe chemische Zusammensetzung wie Kohle haben.«

»Wenn du eine Partie Schmucksteine meinst, die einmal in meinem Auto transportiert worden sind – die sind spurlos verschwunden. Sie verschwanden an demselben Tag, an dem ich eingebuchtet worden bin.«

»Mein lieber Herr Hammersten, es interessiert mich ganz und gar nicht, wo gewisse Gegenstände geblieben sind. Ich möchte sie einfach nur zurückbekommen.«

»Du hörst dich doch ziemlich intelligent an«, sagte Hammersten. »Du musst doch wissen, dass ich diese Gegenstände nicht habe.«

»Ihnen wird schon etwas einfallen«, sagte die Stimme. »Sie hatten schließlich beinahe drei Jahre Zeit. Wir können Ihnen gerne noch zwei weitere Tage Aufschub geben.«

»Wie großzügig.«

»Sie hatten ja bereits ein informatives Zusammentreffen mit einem meiner Repräsentanten. Ich hoffe, wir müssen nicht noch weiter gehen.«

»Lass mich ein Märchen erzählen«, sagte Hammersten. »Dann kannst du mich ja verhaften, wenn meine Fantasie allzu eingeschränkt erscheint.«

»Versuchen wir es.«

»Es war einmal ein Taxibesitzer, der es in der Gastronomiebranche zu etwas bringen wollte.«

»Rührend«, sagte die Stimme.

»Du brauchst zwischendurch keine Beifallsbekundungen zu äußern, unterbrich mich einfach nur, wenn die Geschichte eine vollkommen falsche Wendung nimmt.«

»Fahren Sie fort«, sagte die Stimme.

»Der Taxibesitzer tat sich mit einem ehemaligen Geldeintreiber zusammen und kaufte ein Konkursprojekt, das schon den Bach runter ging, bevor es überhaupt gestartet war. Sie brauchten dringend Geld. Und eines Tages kam der Ex-Geldeintreiber plötzlich zu ihm und erzählte ihm, dass sie sich retten könnten, wenn einer von ihnen nach Holland flog und eine Partie Steine für einen Spekulanten ins Land holte, der darauf bestand, anonym zu bleiben. Der Taxibesitzer glaubte, dass es sich allein um den Profit aus der illegalen Einfuhr von Spekulationsobjekten handelte, aber er begriff, als er lange Zeit danach einen Anruf bekam, dass der Transport nur ein Teil einer größeren Operation war. Die Diamanten sollten offensichtlich gegen etwas anderes, sagen wir einmal Rauschgift, eingetauscht werden, gegen was sie genau getauscht werden sollten, ist hier von geringerer Bedeutung als die Tatsache, dass dieser Deal über mehrere Stationen lief, und der Ex-Geldeintreiber war einer von vielen Zwischenhändlern.«

Er schwieg. Ein Signal für sein Gegenüber, der leise gluckste. »Noch kein Beifall, Hammersten.«

»Der Taxibesitzer machte seine Reise nach Holland«, fuhr Hammersten fort. »Dort bekam er die Steine und führte sie mit dem Auto nach Norwegen ein. Der Ex-Geldeintreiber wartete an der Grenze auf ihn und übernahm die Partie. Dabei ließ er ein paar Pillen im Wagen des Mannes zurück, bevor er die Zollbehörde anrief und ihr einen Hinweis gab. Damit war er einen lästigen Kompagnon losgeworden.«

Hammersten schwieg.

Die Stimme gluckste erneut. »Hübsche Geschichte, aber ein langweiliges Ende.«

»Was hast du daran auszusetzen?«

»Es wirkt unfertig. Ich sehe einen Verlierer, aber keinen Helden, keinen Sieger, keinen Gewinner, der in den Sonnenuntergang reitet. Long John Silver trinkt noch immer seinen Rum, und irgendwo ist ein Kreuz auf einer Schatzkarte eingezeichnet. Alles in allem hätte es eine gute Geschichte werden können. Aber solche Geschichten sollten eine Moral haben. Der Schatz sollte dem zufallen, dem er gehört und der ihn sich verdient hat.«

»Lass uns sagen, dass der Geldeintreiber die Diamanten versteckt hat«, sagte Hammersten. »Irgendwelche bösen Auftraggeber, blind vor Wut, entschieden sich, den Geldeintreiber umzubringen.«

»Lassen Sie sich etwas Besseres einfallen.«

»Alternativ könnte er einem Unglück zum Opfer gefallen sein.«

»Langweilige Schlusspointen«, sagte die Stimme. »Fantasielos.«

»Ich kann sie nicht einfach verwerfen, ohne sie vorher untersucht zu haben.«

»Tun Sie, was Sie wollen, Hammersten. So lange die vereinbarten Fristen eingehalten werden.«

»Der Geldeintreiber hätte einen dritten, heimlichen Kompagnon haben können«, sagte Hammersten.

»Durchaus möglich«, sagte die Stimme. »Aber das befindet sich außerhalb des Interessengebiets meiner Organisation. Der Mann, der seinerzeit seinen Teil der Abmachung erfüllen sollte, war eine Weile verreist, und jetzt ist er wieder zurück. So sieht die Sache aus. Der Mann muss das liefern, was er schon vor langer Zeit hätte liefern sollen.«

»Mir gefallen die Rechnungen nicht, die du schickst«, sagte Hammersten.

»Lassen Sie mich unterstreichen, dass sie Ihnen noch weniger gefallen werden, falls die Rechnungen nicht fristgerecht beglichen werden.«

»Wie finde ich dich?«

»Mich? Ich bin nur eine Stimme, die sich Märchen erzählen lässt. Es gibt jedoch einen Geldboten, der auf einem Motorrad unterwegs ist. Der ist von jetzt an deine Kontaktperson.«

»Zwei Tage?«

»Zwei Tage, Hammersten. Zwei Tage. In den Vereinigten Staaten haben sie eine Gesetztesregelung, die vom Baseball übernommen worden ist. Sie passt zu dir. Dritte Verfehlung, lebenslänglich.«

»Lebenslänglich?«

»Schlag ein paar Synonyme nach«, sagte die Stimme und verschwand in einem tickenden, hektischen Besetztzeichen.

22

Der Ausdruck war neu. Das gelbe Kleid war dasselbe, dass sie getragen hatte, als sie ihm das erste Mal die Tür aufmachte. Jetzt schien sie sich zu freuen, ihn zu sehen.

»Es ist dasselbe Kleid. Findest du das langweilig?«

Er lächelte nervös, betrat die warme Stube und ging bis zum Fenster hinüber, wo er stehen blieb und in das nächtliche Dunkel hinausstarrte, ohne etwas anderes zu sehen als ihr Gesicht und sein eigenes, die sich im Fensterglas abzeichneten, wie ein Wasserzeichen in feinem Papier, dachte er und überlegte, wie es aussehen würde, wenn draußen jemand direkt vor dem Fenster stand und hineinsah.

»Hast du die Negative dabei?«

Er schlug sich leicht auf die Jackentasche.

»Hast du sie dabei?«

Er nickte steif.

»Wie schuldig du aussiehst«, sagte sie mit schläfriger Stimme und reckte sich.

»Das tue ich, damit du mich lieber magst«, sagte er und wandte sich zu ihr um.

»Was hast du für große Augen«, sagte sie gekünstelt und kam näher.

»Damit ich dich besser sehen kann.«

Sie kam ganz nah heran und strich mit einem Finger über seinen Nacken.

»Wie warm du bist.«

Er griff in ihr Haar und zwang den schönen Hals weit zurück. »Was für einen großen Mund du hast«, flüsterte er. »Er wirkt so gierig.«

Es war ihr unmöglich zu antworten. Sie stand mit durchgedrücktem Rücken da, das Gesicht nach oben gezwungen, er zog fester an ihrem Haar. Drückte sie langsam auf die Knie. Er behielt ihr Haar in einem festen und harten Griff, drehte aber ihr Gesicht nach oben, zwang sie, ihm in die Augen zu sehen. Niemand von ihnen sagte ein einziges Wort, als er den Griff löste und sie aufstand.

Vibeke. Er sollte sich diese Spielchen für sie aufheben, mit Grethe als Gegenspieler erzeugte so ein kleines Schauspiel flirrende, unausgesprochene Erwartungen, er mochte solche Spannungen nicht.

Grethe griff nach der Jalousieschnur und löste sie. Die Jalousie fiel mit einem klirrenden Geräusch hinunter.

»Hilf mir«, sagte sie. »Die andere auch.«

»Warum?«

»Dann wird es leichter, dich zu verführen.«

»Mir macht es nichts aus, wenn man hereinsehen kann.«

»Mir aber«, sagte sie und griff nach der Jalousieschnur.

Er packte ihre Hand. »Tut es das wirklich?«

Sie antwortete nicht, befreite sich aber vorsichtig, um auch die andere Jalousie mit einem klirrenden Geräusch herunterlassen zu können. Er hatte Lust, seine provokante Frage zu wiederholen, doch sie bedeckte seinen Mund mit dem ihren. Ihre Lippen liebkosten seine, und ihre Hände rührten vorsichtig an wunde Stellen.

»Musik«, flüsterte sie und eilte zu den Regalen an einer der Wände hinüber. Leichte Bassriffs und Trompetenjazz begannen aus den Lautsprechern zu strömen.

Sie stand auf der Treppe. Ihre Blicke begegneten sich. Sie unterließ es, etwas zu sagen. »Ich komme«, sagte er.

Er hörte sie oben herumräumen. Die Nacht war schwarz. Kein Mond, keine Sterne. Er dachte an Walter, den Geldboten. Er schwitzte. Zögernd öffnete er das Fenster und stellte sich davor, um frische Luft zu schnappen. Niemand stand draußen und schaute herein. Aber zum Garten hin und zur See hinunter konnte man nicht einmal die Hand vor Augen sehen. Es musste die Nähe zum Wasser sein, die die Dunkelheit so vollkommen machte. Er lauschte, versuchte das atonale Brausen der Wellen weiter unten von der Trompete mit dem Sound, der an Chet Baker erinnerte, zu unterscheiden. Er holte eine verpackte Zigarre aus einer seiner Taschen. Als sich seine Augen an das Dunkel zu gewöhnen begannen, zündete er die Zigarre an und schloss das Fenster. Aus dem ersten Stock hörte man das Geräusch laufenden Wassers. Er ging die Treppe zum Keller hinunter. Der Keller war klein und relativ übersichtlich, ein chaotischer Aufbewahrungsort für Gartenmöbel und Skiausrüstung, Dosen in Regalen. Er kam sich wie ein Kind vor, das unter sein Bett guckt, als er alle Räume und Verschläge im Keller untersuchte. Die Dame besaß viele Dinge. Alle Regale waren brechend voll. Der gesamte Fußboden war zugestellt.

Ich traue ihr nicht, dachte er, mein ganzes Verhalten zeigt, dass ich ihr nicht traue. Er blieb auf der Treppe stehen und holte Atem. Sie war anders, der Magnetismus verlor langsam seine Kraft – weil, sagte er zu sich selbst, ohne zu wagen, den Gedanken zu Ende zu führen. Auch er hatte keine ehrlichen Absichten. Es war, als säße man in einem dieser Riesenräder, in einer Gondel ganz oben, und nur die Zeit und die Bewegung des Rades entschieden über einen würdigen Ausstieg.

Das Geräusch laufenden Wassers hatte aufgehört. Er zog an der Zigarre. Sie war erloschen. Er zündete sie erneut an, kontrollierte, ob die Tür geschlossen war, und ging hinauf in die obere Etage.

Sie lag zusammengerollt unter der Daunendecke in einem riesigen Bett, das sie klein wirken ließ.

»Hier«, sagte er, reichte ihr die Zigarre und ging ins Bad, um sein eigenes Gesicht zu betrachten. Eine hässliche Visage, mit Schürfwunden und einem blutigen Kinn. Die Narbe am Hals wirkte als verschönernder Zug.

Als er zurückkam, lag sie auf der Seite und rauchte. Er ging zum weit geöffneten Fenster hinüber und schloss es bis auf einen kleinen Spalt, schaltete das Licht aus, bevor er sich hinlegte und die Zigarre entgegennahm. Keiner von beiden sagte mehr ein Wort. Jedes Mal, wenn er einen Zug von der Zigarre nahm, glühte ein roter Rahmen um ihr goldenes Haar, das sie über seinen Körper ausgebreitet hatte.

Danach saß er in dem Korbsessel in der Ecke des riesigen Schlafzimmers. Das Fenster war graublau vom Morgenlicht. Ein kühler Hauch frischer Luft schlich sich zusammen mit dem Meeresrauschen in das Zimmer hinein. Er betrachtete den verdrehten Körper, der halb in ein verschwitztes und zerknittertes Laken eingerollt war. Weiße Streifen auf der sonnengebräunten Haut, beinahe wie Unterwäsche. »Gibt es irgendetwas Erotisches, was du abstoßend findest?«

»Das wären dann Männer, die beim Sex die Socken anlassen«, sagte sie.

Er gähnte.

»Woran denkst du?«

»Ich denke an einen Kerl, der zusammen mit mir gesessen hat. Er lief das ganze Jahr barfuß herum, weil er keine Schuhe an seinen Füßen ertragen konnte. Es hatte wohl damit angefangen, dass er und sein Bruder einmal gewettet haben, wer von beiden länger barfuß herumlaufen konnte. Nach vierzehn Tagen machte er einfach weiter. Jetzt ist er schon seit vielen Jahren ununterbrochen barfuß herumgelaufen.«

Er gähnte noch einmal.

»Auch im Winter?«

»Na sicher. Zu jeder Jahreszeit. Er sagte, dass das eigentlich Schlimmste wäre, wenn man Schnee auf die Oberseite der Füße bekäme. Die Fußsohlen wären wie Leder, die hielten alles aus. Einmal im Knast wollten sie ihn zwingen, Schuhe zu tragen, da ist er völlig ausgeflippt. Landete in der Glattzelle.«

»Mit Schuhen?«

Er lächelte. »In der Glattzelle trägt niemand Schuhe. In einer Glattzelle ist man nackt.«

»Und warum mussten sie ihn dann da reinstecken, wenn er sich ohne Schuhe an den Füßen doch wieder beruhigt hatte?«

»Die Glattzelle ist eine Strafe«, sagte er und schloss die Augen. Es fühlte sich okay an. Die Gespräche fielen ihm leicht. Allein die Bilder kamen immer wieder angeschlichen, wenn er so mit geschlossenen Augen dasaß. Abel Raag. Ivan Kjemperud, tot, das Blut, das Schwarze im Mund. Kleine Löcher in der Wand, Licht, das verschwand. Er sah das Spiegelbild ihres klaren Profils vor sich, das ihn fragte, ob er die Negative dabeihatte.

Eine lähmende Müdigkeit zwang ihn zum Gähnen, während er die Beine anhob und sie auf den kleinen Tisch vor dem Stuhl legte.

Als er aufwachte, war er allein. Das Tageslicht strömte durch das Fenster ins Zimmer. Sein Rücken war steif, und er starrte das leere Bett vor ihm an. Sie hatte eine karierte Wolldecke über ihn gelegt. Er stand auf, um nach ihr zu suchen.

Sie war nicht im Haus. Er hatte ein widerwärtiges Gefühl im Bauch, als er in den kleinen, kühlen Flur trat, um nach seiner Jacke zu sehen.

Er starrte auf die Tasche, wie sorgfältig sie von der Klappe verschlossen wurde. Er steckte die Hand hinein. Der Umschlag war weg. Die Jackentasche war leer. Sie war nicht da, und sie hatte keine Nachricht hinterlassen. Es war Sonntagmorgen. Er lehnte sich an die Wand und krempelte jede Tasche um, die er hatte.

23

Als er nach Hause gekommen war und am Straßenrand geparkt hatte, war es schon nach elf Uhr vormittags. Er begegnete Leuten, die den Bürgersteig entlanghasteten. Türen schlugen, als die Leute ihre Sonntagszeitungen hereinholten. Paare aus unterschiedlichen Altersgruppen gingen spazieren. Jemand führte einen Hund aus. Viele schoben einen Kinderwagen. Ehepaare mittleren Alters spazierten in identischen Jogginganzügen nebeneinander her. In den benachbarten Wohnungen rann Wasser durch Rohre. Radiogeräusche erklangen. Hammersten legte sich auf sein Bett.

Nach einer Weile klingelte es an der Tür. Der Betreffende klopfte auch an. Das Klopfen hörte gar nicht mehr auf. Er eilte in die Diele hinaus und rief: »Ich komme gleich«, bevor er ins Bad ging, sich das Gesicht mit Wasser abwusch und sich selbst im Spiegel anstarrte. Die Wunden sahen vielleicht etwas besser aus, der Schorf etwas trockener.

Sich vorzustellen, wie sie sich auf dem Bett ausstreckte. Wie sie danach so tut, als würde sie schlafen, sich ankleidet, hinausschleicht und mit dem Inhalt seiner Jackentasche verschwindet. Im Augenblick kam sie ihm so fern vor wie der Bestandteil eines wirren Traums. Er schaute an sich herunter. Ohne Hast zog er sich saubere Unterwäsche an, ein Paar zerschlissene Jeanshosen aus dem Schrank und einen abgewetzten Wollpullover. Er ging in die Diele hinaus, öffnete und starrte direkt in das sanft lächelnde, onkelhafte Gesicht des Polizeioberinspektors Jorfall.

»Na, das ist ja ein Ding«, sagte der Polizist. »Bist du vielleicht mit einer Tür zusammengeprallt?«

Hammersten seufzte. »Ach, du bist das«, sagte er müde. »Warum bist du gekommen?«

»Kannst du dir das nicht denken?«

»Nein.«

»Dies ist eine der wirklich schwierigen Seiten meines Berufs, John. Lass es mich mit einem meiner kleinen Scherze versuchen: Das Spiel ist aus.«

»Du kannst es ruhig sagen, Jorfall.«

»Natürlich, und ich meine es auch so.«

»Was meinen?«

»Dass du mit mir mitkommen musst.«

»In den Knast?«

»Genau. Du bist festgenommen.«

»Und was ist es diesmal?«

»Du kannst es dir wirklich nicht denken?«

»Nicht bei dir, Jorfall. Keine Ratespielchen.«

»Totschlag. Eine gute, altmodische, noch warme Leiche.«

»Noch warm? Dann kann ich es nicht gewesen sein.«

»Du bist immer noch der Alte, John. Derselbe Sinn für Humor wie immer.«

»Genau, Jorfall, was wären wir ohne unseren Sinn für Humor? Du erinnerst mich an eine alte Frau aus meiner Jugend. Jeden Sonntag hat sie im Kino die Karten abgerissen.«

»Na so was, dass dir zu mir gleich Frauen einfallen ...«

»Jedes Mal, wenn irgendwelche Leute ein bisschen anders waren, pflegte sie zu sagen: ›Das ist etwas Psychisches mit dem, weißt du‹, sagte sie. Etwas Psychisches.«

»Du meinst, mit mir ist es etwas Psychisches?«

»Ich dachte das schon am ersten Abend, als ich nach Hause kam und du standest da draußen und sahst zu meinem Fenster hoch. Das muss etwas Psychisches sein, dachte ich, der Mann ist ja besessen von mir Ärmsten.«

»Du Ärmster?«, sagte Jorfall lächelnd und wiederholte: »Du Ärmster.«

»Na klar, und jetzt ist irgendjemand umgebracht worden, und schon stehst du hier bei mir auf der Matte und willst unbedingt, dass ich es getan habe. Die alte Frau im Kino hätte gesagt, dass das etwas Psychisches ist.«

»Hammersten«, murmelte eine dünne Stimme. Sie kam von irgendwo hinter dem Polizisten.

»Ja, Fredriksen?«

Jorfall trat zur Seite. Fredriksen stand mit nackten Füßen da. Sie waren weiß, mit sich deutlich abzeichnenden blauen Äderchen und langen, gelben Nägeln an den Zehen. Ein paar schwarze Hosenträger über einem abgetragenen Netzhemd hielten seine Hosen, in der Hand hatte er einen zerknitterten Bogen Papier.

»Hast du ein Bier?«

»Ja«, sagte Hammersten. »Kannst du bezahlen?«

»Ich glaube.«

Hammersten zu Jorfall: »Was dagegen, wenn ich meinem Nachbarn ein Bier hole?«

»Nicht, wenn ich dich begleiten darf.«

Fredriksen: »Es ist nicht der Alkohol, von dem dir schlecht wird, hätt er nur Alkohol getrunken, wär er am Tag danach munter gewesen wie'n Fisch im Wasser. Es ist dieses Mischzeugs, der ganze Dreck, den sie in ihre Drinks mischen, von dem dir übel wird. Ich bin immer gut beieinander, solange reiner Sechsundneunziger getrunken wird, aber sobald ich mit Longdrinks oder Whisky-Soda und so'nen Schweinereien anfange, dann wird mir so schlecht.«

Hammersten hielt die Tür auf, und alle drei trabten ins Wohnzimmer. In der kleinen Kochnische gab es nur Platz für eine Person. Hammersten bückte sich und kramte im Kühlschrank herum. »Drei«, sagte er und hielt die Pappe eines Sixpacks hoch, in der noch drei Flaschen baumelten.

»Okay«, sagte der alte Mann und räusperte sich. »Okay, das hier ist noch ganz frisch. Ich bin noch ein bisschen verkatert und zittere furchtbar, aber ich habe es hingekritzelt, weil ich ein bisschen Bier zur Wiederherstellung brauche.«

»Lies es einfach vor«, sagte Hammersten.

Fredriksen räusperte sich noch einmal. Mit zitternden Händen hielt er einen Bogen Papier vor sich, graue Bartstoppeln zierten seine Hängebacken, und seine Brille saß ganz vorne auf der Nasenspitze. Langsam und mit erstaunlich voller, singender Stimme las er sein Gedicht vor.

Und so gibst du mir Worte
von Sonnenuntergängen über Hochebenen
von Felsformationen und
Kaisern von China die den Horizont
absuchen nach der gnadenlosen Zeit
und Prinzessinnen in seltsamen Landschaften
Worte, immer nur Worte
Echos der Mutlosigkeit vom Unbehagen am Dasein

Er blieb noch einige Sekunden mit nach hinten gebeugtem Kopf stehen, ohne sich zu bewegen, als würde er dem letzten Wort noch hinterherschauen, bis es verschwand, bevor er den Zettel zusammenknüllte, sich das Bier griff und hinausschlurfte.

Jorfall, der während der ganzen Zeit Hammersten mit reglosem Blick angestarrt hatte, drehte den Kopf und folgte dem Mann mit den Augen, bis er die Tür hinter sich zuschlug.

»Wo waren wir stehen geblieben?«, fragte Hammersten.

»Bei den Formalitäten«, sagte Jorfall. »Zieh dich bitte an.«

Es war ein ganz gewöhnlicher Tag mit Sonnenschein und einem kleinen bisschen kühlem Wind im Gesicht, ein Vorbote des nahenden Winters. Sie setzten sich in ein ziviles Fahrzeug. Zwei vorne und Hammersten auf dem Rücksitz. Er drehte sich um und starrte den Wohnblocks von Ola Narr nach, von denen sie sich entfernten, die grünen Rasenflächen, wo der eine oder andere Fußgänger mit Plastiktüten in den Händen unterwegs war. Ein Kreis, dachte er plötzlich. Geschehnisse besaßen eine Tendenz, dort aufzuhören, wo sie angefangen hatten – zu einem Kreis zu werden.

TEIL 2

Und bevor man sich versieht, steckt man in einem Labyrinth, in dem aber zusätzlich zu dem vorhersehbaren Wirrwarr von Sackgassen und wieder Sackgassen Figuren auftauchen, die sich alle Mühe geben, die wenigen Öffnungen zu verbergen, die hinausführen, oder auch die in die Sackgassen hinein. Und so läuft man orientierungslos im Kreis herum, bis man einsieht, dass diejenigen, die einen unterwegs durcheinander bringen, ein Teil des Labyrinths sind, und dass der Weg hinaus demnach durch sie hindurch führen muss.

I

Pomade und Körperflüssigkeiten sind zwei unterschiedliche Dinge«, sprach eine trocken knirschende Stimme aus. Sie fuhr fort: »Darum ist es nicht unwesentlich, ob dieser Glanz im Haar des Malers auf die Verwendung von Pomade zurückzuführen ist.«

Das Licht aus dem Korridor warf weiche Schatten auf die Wände. In der Nachbarzelle bewegte sich jemand. Ein magerer, runzeliger Mann saß, das eine Bein entspannt über das andere geworfen, auf dem Boden. Die Augen des Mannes leuchteten im Halbdunkel. Sie glichen schwarzen Rosinen, die in Schnaps schwammen. Der Mann lachte keckernd, als sie Augenkontakt bekamen. Sein einer Schneidezahn war bedeutend länger als der andere. Der Schädel war spitz und haarlos, er glich dem oberen Ende eines Frühstückseis.

»Willkommen«, sagte der Mann milde. »Hast du auch nicht vergessen, die Tür hinter dir zu schließen?«

»Funny«, murmelte Hammersten vor sich hin und legte sich auf die Pritsche. Er wiederholte resigniert: »Die Tür schließen ...«

»Salvador Dali war im Fernsehen«, sagte die Stimme aus der anderen Zelle. »Der Maler, also, und er war die ganze Zeit sauer, hat von seinen Bildern geredet – und dem Film – ich weiß nicht mehr, wie er hieß – der, wo sie einen vergammelten Esel hinter sich hergezogen haben – die Surrealisten.«

Die Stimme ging in ein leises Murmeln über.

»Ein andalusischer Hund.«

»Was?«, sagte Hammersten und schaute wieder hinüber. Der Typ war aufgestanden und hielt sich an der Gittertür fest. Ein kurz gewachsener, magerer Mann, mit einer Behinderung in der Hüfte, Kinderlähmung oder zerebraler Parese, auf jeden Fall etwas, das seine Gestalt krumm erscheinen ließ.

»Der Film hieß *Ein andalusischer Hund.*«

»Aha.«

»Was ist los?«, fragte der Mann. »Was ist los?«

»Ich weiß nicht«, sagte Hammersten.

»Doch, Dali fing also an, sich aufzuregen. Er wurde so wütend ...«

Der Mann schwieg und seufzte schwer. Mit geschlossenen Augen und halb geöffnetem Mund presste er einen lang gezogenen Furz heraus, wobei er in den Knien federte. Danach seufzte er noch einmal und griff wieder nach den Gitterstäben. Er kaute nachdenklich mit dem langen Schneidezahn auf seiner Unterlippe herum, bevor er fortfuhr:

»Dali erzählte von einem blinden Mann. Dali hatte dem Typen einen Tritt in den Hintern verpasst, sodass der arme Teufel über die Straße rannte – er nannte das eine perfekte surrealistische Handlung.«

Der Typ hinter den Gitterstäben riss den Mund auf. Der lange Schneidezahn glänzte wie ein einsamer Tropfstein in einer dunklen Höhle.

»Stell dir Dali vor, wie er sich aufregt, wie er seinen Mund verzieht und die erbarmungswürdige Stimme imitiert: ›Seht mich an – ich Ärmster – ich bin blind!‹«

An Hammersten gewandt: »Es war ja nicht der blinde Kerl, der Dali so wütend gemacht hat. Es lag daran, dass der

Typ nichts sehen konnte! So eine Frechheit! Die Blinden konnten doch niemals Dalis Bilder mögen. Sie sehen sie ja nicht! Dass Gott es zulässt, wie blinde Menschen ihr Leben leben, ohne jemals die Möglichkeit zu haben, Dalis Kunst zu sehen – das bedroht den Selbstrespekt des Malers. Die Existenz des blinden Mannes bekräftigt in Wirklichkeit die innerste und heimlichste Angst des Malers: Die Angst vor der Bedeutungslosigkeit!«

Das letzte Wort wurde zischend ausgesprochen, mit so großer Kraft, dass auf den Lippen des Mannes Speichelblasen zurückblieben.

Hammersten schaute an die Decke.

»Was findest du? Ist das zu hart?«

Hammersten schüttelte den Kopf.

»Sie nennen mich den Professor«, sagte der andere.

»Sie nennen mich John.«

»Die Angst vor der Bedeutungslosigkeit!«, wiederholte der Professor und räusperte sich erregt. »Kannst du dir das vorstellen, John? Der alte Maler, der im Fernsehen interviewt wird und das Leben schon hinter sich hat, er ist erschöpft und bereit zu sterben. Und allein schon der Gedanke an einen blinden Mann wirkt wie eine Bedrohung seines Lebenswerks.«

Der Professor fuhr erregt fort: »Für die Blinden hat die Bildkunst keine Bedeutung, folglich ist der persönliche Mythos des Malers nichts als Lüge! Der blinde Mann ist der Botschafter Gottes, eine Erinnerung daran, dass Dalis Leben Gott untergeordnet ist und darum, letztendlich, eigentlich nur ihn selbst etwas angeht und niemand anderen – und alles, was Dali mit dieser demütigenden Zurechtweisung des Schöpfers anfangen kann ...«

Der Professor war unnatürlich rot im Gesicht. Er lachte

ein hysterisches Lachen. Er brüllte: »Alles, was er tun konnte, war, diesen Mann in den Hintern zu treten!« Der Professor entblößte sein schiefes Gebiss in einem breiten Grinsen. »Verdammt gut, verdammt gut! Was?«

»Unbestreitbar«, sagte Hammersten.

Das Gelächter des Professors ging in einen rollenden, asthmatischen Raucherhusten über. Die Augen hinter der Brille traten aus ihren Höhlen heraus, eine schmutzigrosa Zunge trat zwischen den dicken Lippen hervor, und das Gesicht nahm eine feuerrote Färbung an.

»Da hilft nur eins«, murmelte er, grub in seinen Taschen, fand eine Zigarette und zündete sie an.

»Darfst du Streichhölzer haben?«, fragte Hammersten verwundert.

Der Professor nickte grinsend und lehnte sich an das Gitter. »Ich bin nicht gefährlich, nur ein bisschen verrückt. Sie wissen, dass ich nie auf die Idee käme, etwas anzuzünden. Ich onaniere ab und zu. Öffentlich.«

»Was werfen sie dir vor?«, fragte der Professor atemlos und blies das Streichholz mit einem letzten Husten aus.

»Ich bin mir nicht ganz sicher«, sagte Hammersten und fügte hinzu: »Totschlag, glaube ich.«

In der Stille, die folgte, rauchte der Professor seine Zigarette, starrte verwirrt in seine eine offene Handfläche, knipste dann die Asche in die Handfläche und wischte sie anschließend am Hosenbein ab. Gleichzeitig lächelte er einfältig.

»Gefängnis ist ein ziemlicher Mist«, sagte er und inhalierte. »Du wirst ziemlich lange sitzen, was, wenn sie dich für Totschlag einbuchten?«

Hammersten nickte.

Der Professor verzog kurz den Mund und musste einen

Hustenanfall unterdrücken. Eine Weile starrte er auf seine Zigarette hinunter, als ob er sich nicht daran erinnern konnte, was er tun wollte. Plötzlich spuckte er auf die Glut der Zigarette und warf den Stummel auf den Flur. »So, genau«, sagte er. »Keine Spuren. Ich glaube nicht, dass wir hier rauchen dürfen. Du solltest anfangen zu onanieren, nicht mehr Leute umbringen, sondern onanieren.«

II

Was hast du heute Nacht zwischen ein und vier Uhr gemacht?«, fragte die Frau, die hier anscheinend den Ton angab.

»Jedenfalls habe ich nicht geschlafen.«

»Wo warst du?«

»Bei einer Bekannten, und heute Nacht um vier habe ich möglicherweise geschlafen, oder wir hatten Sex, ich habe heute Nacht nicht auf die Uhr geschaut.«

»Wo warst du?«

»Im Bett.«

»Sehr lustig. Wo befandest du dich heute Nacht zwischen ein und vier Uhr?«

»Bei dieser Frau zu Hause.«

»Welche Frau?«

»Mein Ehrgefühl verbietet mir, den Namen zu sagen.«

»Du bist ein Idiot.«

»Ein ehrenhafter Idiot.«

»Nein, du bist ein krimineller Idiot, und du machst es immer nur noch schlimmer für dich. Wann hast du Arne Fratang das letzte Mal gesehen?«

Arnie bei seinem Taufnamen genannt. Schock? Nein, er empfand gar nichts, jedenfalls nicht unmittelbar. »Vor ein paar Tagen.«

»Wann?«

»Vor zwei Tagen, vielleicht vor drei Tagen.«

»Wo hast du ihn gesehen?«

»Bei seiner Arbeit, im Studio.«

»Lüge.«

»Es gibt Zeugen dafür. Er hatte dort gerade eine Frau fotografiert. Leider habe ich keine Ahnung, wie sie heißt.«

»Worüber habt ihr gesprochen?«

»Verschiedenes.«

»Komm schon!«

»Über alte Zeiten, wir haben über alte Zeiten geredet, wir haben uns früher mal ganz gut gekannt.«

»Wann?«

»Bevor ich im Gefängnis war.«

Sie schwieg, wartete.

Er schwieg. Das Schweigen kroch langsam davon.

»Wie gut hast du ihn gekannt?«

»So einigermaßen.«

»Konkreter bitte.«

»Er arbeitete in der Küche eines Restaurants, das mir gehörte, es hieß *Bliss.* Es ging bankrott und brannte dann ab, nachdem ich dann vor einigen Jahren eingesperrt worden war.«

»Ja, du bist ja vorbestraft.«

»Und so weiter, und so weiter.«

»Das Feuer war gelegt worden.«

»Ich war in Haft, als es gelegt wurde.«

»Aber du bist in Konkurs gegangen, du hattest vielleicht Grund, dich an jemandem zu rächen.«

Hammersten grinsend: »Das hört sich so an, als wäre Fratang tot, und es wäre euch ganz lieb, wenn ich den Typen kalt gemacht hätte, weil er möglicherweise einen Schuppen angezündet hat, der Konkursmasse war und zu der Zeit, als er brannte, also jemand anderem gehörte als mir.«

»Das hört sich nicht so an, als wärst du traurig.«

»Meine Liebe, ich weiß immer noch nicht, welcher kriminellen Handlung ich verdächtigt werde. Ich weiß nicht, wer tot ist. Das erinnert mich übrigens an diese Geschichte mit den Rechten und dem Anwalt und solchen Dingen. Falls Sie es vergessen haben sollten.«

»Worüber hast du mit Fratang gesprochen, als ihr euch das letzte Mal gesehen habt?«

»Verschiedenes.«

»Am Tag, nachdem du entlassen worden bist, befandest du dich vor dem Rathaus, als Fratang dort fotografierte. Was hast du dort getan?«

Er zuckte mit den Schultern. »Getan?«

»Du hast Garnelen gegessen.«

»Das ist schon ziemlich lange her. Aber es stimmt. Ich habe Fratang auf dem Ehrenkai gesehen, und ich habe Garnelen gegessen, während ich ihnen zugeschaut habe.«

»Was hast du danach gemacht?«

»Ich bin weggegangen.«

»Das hast du nicht getan. Du hast Arne Fratang verfolgt.«

Der fette Arnie Batman, der in Zeitlupe zurückweicht. Sich vorstellen: Arnie tot, mit Streifen von rotem Saft im Gesicht, genau wie Abel. Er konnte es nicht.

»Falsch. Ich hatte Arnie vorher verfolgt. Zu der Zeit hatte ich die Verfolgung von Arnie schon abgeschlossen.«

»Arnie?«

»Arne Fratang war, wie gesagt, ein alter Freund, er wurde Arnie genannt. Ich war auf dem Ehrenkai und habe Arnie bei der Arbeit zugesehen, wie er Modelle fotografierte, die in Kleidern posierten. Während ich ihnen zusah, aß ich Garnelen. Bedeutet das, was Sie sagen, dass Arnie umgebracht worden ist?«

»Ich stelle hier die Fragen. Stimmt es, dass du in Arne Fratangs Wohnung aufgetaucht bist, bevor er zu den Kais hinunterfuhr?«

»Das stimmt. Wenn Arne Fratang tot ist, möchte ich den Angehörigen, bitte, mein Beileid aussprechen.«

»Beantworte einfach nur die Fragen. Was wolltest du da, bei Fratang zu Hause?«

»Einen alten Bekannten besuchen – Arne Fratang.«

»Ich glaube dir nicht.«

»Er schuldete mir Geld.«

»Wie viel?«

»Ungefähr dreitausend Kronen.«

»Und, hast du das Geld bekommen?«

»Nein.«

»Hast du ihm gedroht?«

»Nein.«

»Falsch. Wir haben einen Zeugen, der sagt, dass du gedroht hast.«

Catwoman, dachte Hammersten und sagte:

»Ich habe es selber nicht so aufgefasst, dass ich ihm gedroht hätte. Er bot mir ein Bier an. Er sah sich eine Sportsendung im Fernsehen an. Er konzentrierte sich nicht besonders auf mein Anliegen. Als Ihre Zeugin – das heißt, die Frau, von der ich annehme, dass sie die Zeugin ist, von der Sie sprechen – als diese Frau eingetroffen war, hatten wir vielleicht noch ein paar Worte mehr gewechselt, aber ich fühlte mich überflüssig. Ich ging.«

»Hast du jemals Drohungen gegenüber Fratang geäußert?«

»Ich glaube nicht.«

»Du sagst, du bist gegangen. Wohin?«

»Zum Auto.«

»Bist du weggefahren?«

»Nein, ich blieb im Auto sitzen und fuhr ihnen nach, als die beiden ein wenig später aus dem Tor fuhren.«

»Warum hast du sie verfolgt?«

»Er wollte mir nicht geben, was er mir schuldete. Wie Sie wissen, habe ich keinen Job und brauche Geld. Ich fuhr ihm nach, um deutlich zu machen, dass ich meine Forderung nicht aufgeben würde. Seien Sie so gut und behaupten Sie nicht, dass ich einen Mann für dreitausend Kronen ums Leben gebracht hätte. Das wäre lächerlich, und Sie würden in diesem Fall mangelndes Urteilsvermögen an den Tag legen, ich kann nämlich beweisen, wo ich letzte Nacht gewesen bin.«

»Wie hieß die Frau, mit der du letzte Nacht zusammen warst?«

»Mein Ehrgefühl verbietet mir, den Namen zu sagen.«

»Erspar mir deine Scherze.«

»Sobald Sie sich an die gesetzlichen Vorschriften halten und mir einen Rechtsbeistand einräumen, werde ich den Anwalt mit den notwendigen Vollmachten ausstatten. Ich werde ihn bitten, die Zustimmung der Frau dafür zu erwirken, meine Version der Geschehnisse der letzten Nacht zu bestätigen, selbstverständlich unter der Voraussetzung, dass die Polizei vollkommene Diskretion garantiert.«

»Du solltest mal einen Intelligenztest machen.«

»Versuchen Sie einfach, mich zu verstehen. Ich möchte nicht, dass ihr die Demütigung widerfährt, Gegenstand einer Untersuchung zu werden, die, wie ich weiß, auf einer Fehlbeurteilung der Polizei beruht.«

»Hast du Arne Fratang gedroht, als du bei ihm eingebrochen bist?«

»Suggestivfrage. Ich verweigere die Aussage.«

»Stimmt es, dass du gewaltsam in Arne Fratangs Haus eingedrungen bist, nachdem sie auf dem Rathauskai fertig waren?«

»Nein.«

»Wir haben einen Zeugen, der sagt, dass du dort eingebrochen bist.«

»Der Zeuge lügt.«

»Ich wiederhole die Frage: Bist du gegen Arne Fratangs Willen in seine Wohnung eingedrungen, nachdem er von den Kais zurückgekommen war?«

»Ich verweigere die Aussage.«

»Als ihr nach der Foto-Session an den Kais miteinander geredet habt, hast du da Aussagen gemacht, die Fratang als Drohungen hätte auffassen können?«

»Ich verweigere die Aussage.«

»Hast du jemals Drohungen gegen Arne Fratang geäußert oder dich ihm gegenüber aggressiv verhalten?«

»Ich verweigere die Aussage.«

»Du behauptest, dass du die Nacht mit einer Frau zusammen verbracht hast. Wie heißt diese Frau?«

»Ich verweigere die Aussage.«

»Willst du der Polizei dabei behilflich sein, mit dieser Frau Kontakt aufzunehmen, sodass die Polizei deine Erklärung verifizieren kann?«

»Ich verweigere die Aussage.«

»Du wurdest vor zwei Tagen nach einem Überfall in die Notaufnahme eingeliefert. Kann dieser Überfall mit Arne Fratang in Zusammenhang gebracht werden?«

»Ich verweigere die Aussage.«

»Wenn ich sage, dass ich es merkwürdig finde, dass du Fratang wegen dieses Überfall nie angezeigt hast, hast du dazu irgendwelche Kommentare?«

»Ich verweigere die Aussage.«

»Du hast die Angreifer nie angezeigt. Kannst du mir erklären, warum?«

»Ich verweigere die Aussage.«

»Wenn ich einen Zusammenhang zwischen dem Überfall auf dich und dem Faktum herstelle, dass Arne Fratang heute Nacht von einem unbekannten Täter umgebracht worden ist, hast du dann irgendwelche Kommentare zu dieser Behauptung?«

»Ich verweigere die Aussage.«

»Bist du dir im Klaren darüber, dass deine Aussageverweigerung die Polizei kostbare Zeit bei den Ermittlungen kostet?«

»Ich verweigere die Aussage.«

»Okay, wir machen später weiter«, sagte die resolute Blondine und stand auf, ohne den Verhafteten eines weiteren Blickes zu würdigen.

Ein neuer Mann in der Haft. Der Kerl sah aus wie ein Indianer. Er war lang und kräftig, trug schwarze Lederhosen und eine hellblaue Jeansjacke, hatte sein schwarzes Haar in zwei Zöpfe geflochten, und sein glattrasiertes Gesicht war von der Sonne gebräunt. Er setzte sich in Lotusstellung auf den Fußboden, während der Polizist die Zellentür verschloss.

»Ugh ugh!«

Es war der Professor aus seinem Kleiderknäuel heraus.

Der Polizist verschwand.

»Und was wird dir vorgeworfen?«, fragte Hammersten den Neuankömmling.

»Es ist wegen den Hunden.«

»Masturbierst du sie vielleicht?«, fragte der Professor.

Der Neuankömmling wandte seinen Kopf dem Kleiderhaufen auf dem Boden der Nachbarzelle zu.

»Was zum Teufel ist das?«, fragte er mit lauter Stimme.

»Er ist Professor«, sagte Hammersten. »Was ist jetzt mit deinen Hunden?«

»Ich züchte Pitbulls. Als ob es irgendeine Lösung wäre, mich wegen der Hunde hier einzusperren.«

Der eiförmige Schädel des Professors tauchte aus seinem Zeug auf. Der lange Schneidezahn glänzte, als er keckernd lachte: »Ich habe mal einen Pitbull kämpfen gesehen, er hatte sich in der Lefze eines anderen Hundes festgebissen, das war ein Rottweiler, und es war unmöglich, sie auseinander zu bringen. Da lieh sich der Halter des Pitbulls so einen Schlagstock von einem Polizisten, der gerade hinzugelaufen kam. Der Halter schlug seinen Hund tot.«

»Tot?«, fragte der Neuankömmling ungläubig.

»Schlug ihn tot. Nach einer Weile eine ziemlich schlimme Sache, den Schlagstock immer und immer wieder auf den Schädel klatschen zu hören, auf den halb toten Hund.«

»Was ist das bloß für ein Kerl, der so etwas mit seinem Hund machen kann?«

»Es war eine Frau. Der Halter war eine Frau.«

»Ach so, na dann«, sagte der Neuankömmling.

Das Schweigen senkte sich über sie. Jemand ging durchs Treppenhaus. Der Wächter kam, blieb widerwillig vor Hammerstens Tür stehen.

»Untersuchungsgericht?«

Der Wächter schüttelte den Kopf, er war Ende vierzig, hatte das grauschwarze Haar sorgfältig nach hinten gekämmt und besaß ein langes, gespaltenes Kinn, das ihm eine gewisse Ähnlichkeit mit Kirk Douglas verlieh. Hände und Unterarme waren von blauen Adern überwuchert.

»Du kannst gehen«, sagte der Wächter kurz und schloss auf.

»Muss ich nicht vors Untersuchungsgericht?«

»Nein.«

»Warum nicht?«

»Du wirst nicht mehr verdächtigt.«

»Donnerwetter.«

»Ein Zeuge, eine Frau bestätigt deine Aussage, und damit bist du von der Liste der Verdächtigen gestrichen.«

»Kann ich mit Jorfall reden?«

»Gone fishing.«

»Was?«

»Er ist unterwegs. Ein Auftrag.«

Die Nase im Gesicht des Mannes war leuchtend rot und schuppig, kleine weiße Fragmente toter Haut hatten sich um die Nasenwurzel herum aus ihrer Verankerung gelöst. Die Nasenlöcher vibrierten.

»Sanderstuen, die Verhörsleiterin?«

»Gone fishing.«

»Mit wem kann ich dann sprechen?«

»Du kannst mit mir sprechen.«

Hammersten betrachtete diesen Berg von einem Mann, das schmale Kinn mit dem Spalt wirkte hart wie ein Eisenbahnpuffer und würde selbst Schlägen mit einem Vorschlaghammer widerstehen können.

»Ich kann also einfach gehen?«, sagte Hammersten.

»Jetzt brauchst du nur noch zu gehen.«

»Prof«, sagte Hammersten. »Hast du das gehört?«

Das Knäuel auf dem Fußboden in der anderen Zelle antwortete nicht.

»Mach's gut«, sagte Hammersten.

»Vergiss nicht, die Tür hinter dir zuzumachen«, sagte der Professor sanft. »Ich möchte mich nicht unbedingt erkälten.«

III

Ich bin's.«

»Vielen Dank nochmal.«

Ihre Wortwahl ließ ihn grinsen, er sagte: »Ich hätte gern deine Reaktion gesehen, als du entdeckt hattest, dass in dem Umschlag, den du aus meiner Tasche genommen hast, die falschen Negative waren.«

»Das kann ich mir vorstellen«, sagte sie.

»Tut mir Leid, dass du dir in der Nacht solche Umstände machen musstest.«

Sie schwieg.

»Eigentlich hättest du einfach nur zu fragen brauchen, ob du sie haben kannst«, sagte er.

Das Schweigen dauerte an. Er sah es um sich herum wachsen.

»Ich dachte, du wärst wegen Totschlags angeklagt worden«, sagte sie schließlich.

»Verdächtigt«, sagte er. »Nicht angeklagt. Ein kleiner Unterschied, aber Juristen bedeutet er sehr viel, so viel ich verstanden habe. Ich habe gehört, du hast bei der Polizei angerufen und mir ein Alibi für die Tatzeit gegeben. Ich hätte mich vielleicht bei dir bedanken sollen.«

»Das brauchst du nicht. Das war nicht ich.«

»Ich glaube dir nicht.«

»Hast du Angst davor, enttäuscht zu werden?«, fragte sie listig.

Er atmete durch. »Ich wäre jedenfalls außerordentlich überrascht.«

»Jetzt steht es dir also frei, zu gehen, wohin du willst?«

»Vielleicht bist du ja die Enttäuschte«, sagte er.

»Ich bitte dich, John.«

»Ich komme zu dir«, sagte er.

»Nein.«

»Doch.«

»Wann?«

Ihre Stimme, von weit weg.

»In einer Viertelstunde«, sagte er und legte auf.

Er brauchte zwanzig Minuten. Er bekam ein Taxi vor dem Hauptbahnhof und zog die Gittertür vor der Fahrstuhltür fünf Minuten später zur Seite, als er versprochen hatte. Aber dieses Mal musste er nicht warten. Hammersten nickte dem Mann an der Rezeption kurz zu, als er in den Korridor trat. Grethe Lindeman stand schweigend da und warf ihr Haar zurück. Die Deckenbeleuchtung traf ihre Pupillen und brachte sie eine Zehntelsekunde lang zum Glänzen.

Er ging langsam weiter und folgte ihr, als sie sich umgedreht hatte. Ein Ritual. Hinein in denselben stickigen Lagerraum. Sie, die ihn schweigend im Spiegel beobachtete, während das Wasser im Becken rauschte.

Die Unnahbarkeit. Die Finger, die sie anfeuchtete, bevor sie mit perlendem Wasser auf die Glasscheibe schrieb.

Er wollte nicht zusehen und wich dem Blick aus dem Spiegel aus. Er verzichtete darauf, die Tür abzuschließen, starrte aber wie besessen auf das kleine leuchtende Loch in der Wand. Endlich drehte sie sich um und ging zur Tür. Sie schloss ab, ohne ein Wort zu sagen. Er spürte ihren Blick auf seiner Wange brennen, starrte jedoch weiterhin das

Loch in der Wand an. Sie stand vor ihm und fiel auf die Knie. Ihre Hände nestelten an seiner Gürtelschnalle und den Kleidern. Er hielt ihre Hände fest. Der gelbe Streifen aus Licht lief quer über ihr Gesicht.

Deutlich konnte man hören, wie im Nachbarraum die Tür geschlossen wurde. Erst da nahm er den Blick von dem Loch in der Wand und konzentrierte sich auf sie. Sie starrte, wie eine Katze auf einen Baum hinaufstarrt. Sie riss ihre Hände los.

Der Lichtstreifen vom Loch in der Wand verschwand.

Er schob sie zur Seite und stürmte hinaus. Zu seiner Linken endete der Korridor vor einer Holztür, zur Rechten lagen ihr Büro und der Empfang. Er ging nach links und zählte Türen. Er verließ den Korridor und befand sich auf der Hintertreppe. Eine neue Tür. Er ging hindurch. Ein anderer Korridor tat sich vor ihm auf, parallel zu dem, aus dem er gekommen war. Er marschierte hinein und zählte die Türen. Blieb stehen. Er riss die Tür auf. Eine Besenkammer. Der Raum war leer. Ein Spülstein, ein Putzwägelchen. Er ging hinein und machte die Tür hinter sich zu. Es roch stark nach Rasierwasser. Jemand war gerade eben hier drin gewesen. Aber er fand nicht sofort das Loch, musste erst in die Knie gehen. Das Loch hatte die Größe einer Münze. Das Blickfeld war klein, aber ausreichend. Er konnte große Teile des Zimmers auf der anderen Seite erfassen. Aber sie war nicht mehr dort. Er sah bloß das Waschbecken, die Tür.

Er verließ die Besenkammer, blieb ruhig stehen und sah sich nach beiden Seiten um. Der Korridor erstreckte sich lang und leer in beide Richtungen. Langsam begann er denselben Weg zurückzuspazieren, den er gekommen war. Er kam an einer offenen Bürotür vorbei. Eine Frau saß hinter einem Schreibtisch auf einem Drehstuhl. Sie lackierte sich die Nägel, schüttelte die Finger und blies sie trocken.

Er blieb an einem Fenster stehen und starrte auf die Laubbäume im Dronningparken hinaus.

Er stand lange dort und starrte. Aber niemand zeigte sich im Korridor. Endlich kam ein älterer Mann aus einer Tür, er trug einen dicken Stapel Papier. Der Mann nickte ihm kurz zu, als er vorüberging.

Hammersten ging ihm nach.

Der Mann bemerkte es und blieb stehen. Das Kinn auf den Papierstapel gepresst, drehte er seinen Oberkörper, um nach hinten sehen zu können.

Hammersten ging dicht an ihn heran und schnüffelte. Kein Aftershave, nur saurer Schweißgeruch.

»Kann ich Ihnen behilflich sein?«

Hammersten drehte sich auf dem Absatz um, ohne ein Wort zu sagen. Er ging denselben Weg zurück, durch den Zwischenflur weiter in den Korridor, der zum Empfang führte. Er öffnete die Tür zu dem stickigen Raum. Leer. Das Tropfen des Wasserhahns. Er schnüffelte. Ihr Parfüm. Der Duft war schwach, aber eindeutig. Er trat wieder heraus, ging weiter zu ihrem Büro und klopfte an die Tür. Stille. Er versuchte die Tür zu öffnen. Sie war abgeschlossen.

Langsam schlenderte er zum Empfang.

»Grethe Lindeman, ist sie gegangen?«

Der Mann schüttelte kurz den Kopf.

»Kannst du sie vielleicht anrufen?«

Der Rezeptionist räusperte sich und starrte verständnislos zu ihm herauf.

»Ruf sie an«, befahl Hammersten.

Widerwillig nahm der Rezeptionist den Hörer ab und

wählte. »Es antwortet niemand«, sagte er kurz. Hammersten starrte ihn an, er hatte Schuppen wie weißen Sand auf beiden Schultern, das eine oder andere Schuppennest befand sich noch in seinen gekämmten Haaren.

»Sie war vor fünf Minuten noch da.«

»Jetzt ist sie jedenfalls nicht da.«

»Ich möchte, dass du ihr Büro für mich aufschließt.«

Der Mann schüttelte langsam den Kopf.

»Sie ist dort drin.«

»Weder ich noch ein anderer kann hier einfach in irgendein Büro eindringen.« Seine Stimme brach, der alte Mann war aufgestanden. Er war kurz gewachsen. Ein Stückchen von dem blauen Uniformhemd war aus seinem Hosenbund gerutscht. »Ich muss Sie bitten, das Gebäude zu verlassen«, bellte er nervös.

Hammersten machte auf dem Absatz kehrt und ging den Korridor hinunter. Der Rezeptionist folgte ihm auf den Fersen. Hammersten hielt vor ihrer Tür an. Der kleine Mann stopfte den losen Hemdzipfel in seine Hose zurück, während er mit zitternden Lippen sprach: »Ich muss Sie bitten ...«

Hammersten schnüffelte an dem Mann. Rasierwasser. Aber die falsche Marke.

Der Mann starrte ängstlich zu ihm hoch.

Hammersten donnerte an die Tür. Er donnerte noch einmal, mit geballter Faust, sodass das Schloss klirrte.

Bald wurden die ersten Köpfe aus den anderen Türen herausgesteckt.

»Seien Sie so freundlich und verlassen Sie das Gebäude«, bat der Rezeptionist mit bebenden Lippen.

Hammersten ignorierte ihn, hob erneut die Faust. In demselben Augenblick ging die Tür auf. »Ich komme jetzt«, sagte sie kurz und lächelte Hammersten an. »Ich bin soweit, sollen wir gehen?«

Sie nahm die Treppe. Er ging hinter ihr her. Auf einem der Absätze schaute sie sich kurz um. Sie wechselten Blicke.

Draußen auf dem Bürgersteig blieben sie stehen und sahen einander an.

Sie legte einen Finger auf seine Lippen. »Sag nichts.«

Sie hakte sich bei ihm ein, als sie die Straße hinunterspazierten. Ein Paar, dass wie dafür geschaffen war, Arm in Arm zu gehen. Derselbe Rhythmus und dieselbe Schrittlänge. »Lass uns etwas zusammen unternehmen«, sagte sie und blickte zu ihm hinauf, ängstlich. »Etwas Normales.«

Sie zog ihn mit sich, ins Saga Kino. Sie standen Schlange, um Eintrittskarten zu kaufen. Er betrachtete sich selbst und sie im Fenster. Ein Paar, dass zueinander passte. Gereifte Liebende, jeder mit Verständnis für die Bedürfnisse des anderen. Sie tauschten Blicke im Fenster.

Sie denkt dasselbe, dachte er.

Sie drehte sich eifrig zu ihm um, als sie in den dunklen Saal gingen. Sie griff nach seiner Hand.

Der Film handelte von der Sehnsucht. Altes Thema – neue Verpackung. Man konnte direkt sehen, dass sich das Paar nicht bekommen würde. Sie liebten sich. Aber sie musste zusammen mit einem anderen leiden. Und der Held musste sich mit anderen Frauen begnügen. Sie verstanden ihn. Sie waren großzügig und überhäuften ihn mit Liebesbezeugungen, sie handelten aus Mitleid heraus und aus Selbstaufopferung. Die beiden Liebenden kreisten wie zwei Planeten auf ihren Bahnen umeinander. Ab und zu erhaschten sie einen Blick auf den anderen, das eine oder andere Mal war auch eine Berührung möglich, bis das Schicksal sie auseinander riss und neue Hindernisse auf ihren Weg zum Glück legte. Sie starb. Er wartete, bis die Beerdigungsgesellschaft das Grab verlassen hatte, bevor er sich dorthin wagte, einen Strauß getrocknete Rosen auf das Grab legte, dunkle, rubinrote Blütenblätter, die dort die Farbe von Blut annahmen, wo die eine oder andere Träne fiel und sie tränkte.

Ein Film, der die Tränendrüsen reizte. In stillen Momenten hörte man das Seufzen im Saal. Sie klammerte sich an seine Hand. Er betrachtete sie im Dunkeln. Das sparsame Licht von der Leinwand fiel auf feuchte Wangen.

Etwas Normales miteinander unternehmen, dachte er und hörte immer noch den Nachklang ihres Tonfalls. Er war hungrig. Als sie sich in der Masse von bedrücktem Schweigen aus dem Kinosaal hinausbewegten und sie erneut ihren Arm unter den seinen hakte, schlug er vor, dass sie zusammen essen könnten.

Die Zeit ist eine Reihe zusammenhängender Unwahrscheinlichkeiten, dachte er – der Saugreflex eines Säuglings, Finger, die Beethoven spielten, zufällige Taxifahrten mit weit reichenden Konsequenzen, neue Variationen über das Thema Schachmatt und zärtliche Augenblicke, und ein Punkt in dieser Reihe von Paradoxen sollte also für Grethe Lindeman und ihre bizarre Leidenschaft reserviert sein – unberechenbar ist die Zeit, verlässlich, aber unmöglich vorherzusagen.

Sie hielt das Glas mit langen, schlanken Fingern an seinem Stiel fest, eine schmale Hand, die sich leicht krümmte, die die Linie des Unterarms in einem sanften Bogen abschloss, wie ein Schwanenhals. Die Lichtreflexe der Deckenbeleuchtung verrieten einen Grad von Feuchtigkeit in ihren Augen, eine unausgesprochene Erwartung, dass auch er das Glas heben und über seinen Rand hinweg gemeinsam mit ihr meditieren möge. Nachdem er an dem Wein genippt hatte, konzentrierte er sich auf einen Leberfleck an ihrem Arm, direkt über dem Ellenbogenknochen. Er dachte, dass Leberflecken wie Sterne seien, sie werden allmählich sichtbar, einer nach dem anderen im Laufe der Nacht, mehr und mehr, bis sie den Himmel mit einem Meer leuchtender Flecken bedecken, die niemand je zählen oder auf eine andere Weise systematisieren kann, als dass man Linien zwischen ihnen zieht, um Figuren zu finden.

»Wenn die Nacht niemals enden würde«, sagte er, »dann würde die Nacht vielleicht heller als der Tag, der ganze Himmel würde wie eine gewaltige Sonne scheinen.«

»Was?«

Sie lächelte mit einer bezaubernden Traurigkeit, die er zuvor noch nie an ihr bemerkt hatte.

Möglicherweise waren Leberflecken wirklich nichts anderes als eine pigmentierte Schicht aus einer braunen Substanz unter der Haut, etwas, das mit zunehmendem Alter und Reife mehr und mehr hervortrat.

Das struppige Haar verlieh ihrem Aussehen einen Hauch von widerspenstiger Jugendlichkeit, ein Kontrast zu dem eleganten Kleid und den lackierten Nägeln, die das Glas hielten. Es war ein Haar, in das man seine Finger hineindrehen konnte, dachte er, es war ein Haar, das einem im Schlaf in der Nase kitzeln konnte, wild über das Kopfkissen verteilt.

»Ich habe also ein Alibi für die Mordnacht bekommen.«

Er war sich nicht sicher, ob sie gehört hatte, was er gesagt hatte.

»Ich habe also ...«

»Ich habe es gehört.«

Das Schweigen war eiskalt. Es hätte ihn außer Gefecht setzen können, genauso wie ihr Tonfall. Er musste ganz tief aus seinem Inneren heraus Kräfte mobilisieren, um seine Stimme zum Tragen zu bringen:

»Du hast Abels Namen geschrieben, das erste Mal, auf den Spiegel.«

Sie sah weg.

Die Veränderung brauchte ihre Zeit. Die Änderung begann ganz tief drinnen. Es war, als ob die Frau auf der anderen Seite des Tisches einen Prozess durchmachte, eine Metamorphose. Das Geheimnisvolle wurde zur Wachsamkeit. Das Mystische erschien wie Misstrauen.

»Warum sagst du das?«, fragte sie kühl. »Ich spreche nicht gerne über solche Dinge.«

»Ich auch nicht.«

»Warum sprechen wir nicht über etwas Angenehmeres?«

Er holte tief Luft und versuchte den Zorn zu verbergen, der sich in ihm aufbaute.

»Weil Abel tot ist. Er starb in derselben Nacht, in der ich verhaftet wurde, vor beinahe drei Jahren. Und jetzt bin ich wieder verhaftet worden, wegen Verdachts auf Totschlag. Jemand wurde umgebracht. Derselbe Trick, dieselbe Denkweise. Das Karussell dreht sich rund und rund, und was immer gleich ist, wohin wir die ganze Zeit wieder zurückdrehen, bist du. Darum.«

Sie warf ihm einen Luftkuss über den Tisch hinweg zu, kniff die Augen kokett zusammen. »Wir sollten uns nicht streiten.«

»Was sollten wir dann tun?«

»Uns unter einer dramatischen Straßenlaterne küssen, oder einen einsamen Platz im Wald finden und unseren Begierden frönen.«

»Du weichst aus.«

»Warte, bis wir alleine sind, dann kannst du so verärgert sein, wie du nur willst.«

»Erklär mir bitte, warum du den Umschlag aus meiner Jacke gestohlen und mich an die Polizei verraten hast.«

»Ich nahm etwas, das in deiner Tasche lag. Meine Einschätzung war, dass diese Handlungsweise nur zu deinem Besten war. Und ich habe dich nicht an die Polizei verraten. Ich hatte sogar gehofft, dass du in meinem Bett liegen würdest, als ich zurückkam.«

»Du lügst.«

»John, warum bist du so misstrauisch? Bist du auf jemanden eifersüchtig? Abel ist doch tot. Du musst nicht eifersüchtig sein, nur weil ich dich im Eifer des Gefechts mit einem Namen provoziert habe.«

Er wollte seinen Ohren nicht trauen. »Provoziert?«

»Aber ihr beide seid euch doch so ähnlich. Du erinnerst mich an ihn.«

Mit dem Zeigefinger malte sie einen Kreis in die Luft, als wollte sie das letzte Wort einrahmen.

»Du bist vulgär. Ich weigere mich zu glauben, dass du so bist.«

»Du hast keine Ahnung, wie vulgär ich sein kann.«

»Du bist vulgär«, wiederholte er, lauter.

»Psssst«, flüsterte sie, »die Leute gucken schon.«

»Wer starrt uns hier an?«

»Sieh dich mal um.«

»Nein, ich frage dich, wer zuguckt, wenn ich dich mit meinem Gürtel schlage. Es sitzt jemand im Zimmer nebenan und schaut durch ein Loch in der Wand zu.«

»Ich weiß gar nicht, wovon du sprichst.«

»Du weißt sehr genau, wovon ich spreche. Du hast es genauso gut gehört wie ich. Du wusstest, dass dieser Mensch heute auch kommen würde. Wenn du weder beim ersten Mal noch heute eine besondere Absprache gehabt hattest, dann muss es irgendjemand sein, der darauf wartet, jemand, der weiß, dass du so etwas andauernd tust, jemand, der sich darauf freut, dass Grethe Lindeman in dem alten Lager eine Abreibung bekommt ...«

Sie schüttete ihm den Wein aus ihrem Glas ins Gesicht.

Er lächelte steif und griff nach der Serviette, die neben seinem Teller auf dem Tisch lag.

Sie saß noch da, den Arm ausgestreckt, das Glas leer und den Schock noch im Blick.

Er sah sich nach den anderen Gästen um, verneigte sich feierlich und wischte sich den Wein von den Wangen und aus den Augen. »Mach ruhig weiter«, sagte er gelassen. »Drück mir auch noch das Essen ins Gesicht, wenn es kommt, du wirst dafür nicht die Rute kriegen. Ich kenne dich jetzt.«

Sie schwieg, ob ihr Blick jetzt Schock oder einfach nur Leere ausdrückte, spielte für ihn keine Rolle. »Hat dir schon mal jemand gesagt, wie lächerlich du bist«, sagte er. »Wenn du den Hintern in die Luft streckst und Schläge haben willst?«

»Du bist widerlich«, flüsterte sie.

»Ja«, sagte er. »Du kommst langsam in die Jahre, das nächste Mal, wenn du einen fremden Mann triffst und gerne Schläge hättest, solltest du vielleicht etwas anziehen, was die Haut ein wenig strafft.«

»Dass dir keine anderen hässlichen Bemerkungen einfallen, als über mein Äußeres herzuziehen.«

»Das sollte jetzt reichen, ich fange langsam an, dich zu kennen.«

»Und du blamierst dich, die Leute starren dich an«, flüsterte sie.

»Uns«, korrigierte er. »Du vergisst, dass du diejenige warst, die mir Wein ins Gesicht geschüttet hat. Du hast damit angefangen. So war es auch mit Abel, du hast vielleicht geglaubt, sie würden immer nur ihn anstarren. Aber ich weiß es besser. Ich habe euch nämlich gesehen. Wir haben euch beide angestarrt. Hauptsächlich sogar dich.«

»Was willst du eigentlich?«

»Lass uns lieber darüber nachdenken, was du willst. Ich habe immer noch die Negative. Willst du sie haben?«

»Ich will sie nicht haben.«

»Nein, entschuldige«, grinste er. »Es wird wohl einer deiner Klienten sein, der sie haben will. Glaubst du, er ist immer noch interessiert?«

»Ich wollte mir die Negative ansehen, um herauszufinden, wer Abel umgebracht hat.«

»Wie wahr kann das sein? Du entlockst mir den Namen eines Fotografen, stiehlst einen Umschlag aus meiner Tasche und haust ab. Bevor die Nacht vorüber ist, ist der Fotograf tot.«

Er ließ seine Worte wirken, bevor er fortfuhr: »Der Preis für die Negative ist der Name des Mannes, der das Vergnügen hatte zuzusehen, wie ich dir erst Schläge verabreicht und dich dann von hinten genommen habe, in deiner Mittagspause.«

»Du bist gemein.«

»Ja«, sagte er. »Ich bin gemein, und ich bin neugierig. Wer ist dieser Zuschauer?«

Eine Träne kullerte aus ihrem linken Auge, als sie die Serviette zur Seite legte, aufstand und ruhig zwischen den Tischen hindurch hinausspazierte. Die schwingenden Hüften und die elegante Handbewegung. Diese Frau konnte von niemandem noch etwas lernen, was das Betreten von Restaurants betraf, geschweige denn das Verlassen.

»He du«, rief er dem Kellner zu. »Die Rechnung.«

Er ging ihr durch die Dunkelheit nach und wusste, dass sie wusste, dass er es war. Aber sie drehte sich nicht um. Sie gingen zum Kontraskjæret hinauf und auf die Rasenfläche vor der Festung Akershus. Er verlangsamte seine Schritte. Bald hatte sie einen Vorsprung von fünfzig Metern. Die Festungsmauer ragte wie eine scharfe Schneide in den Abendhimmel. Neonschilder, Straßenlaternen und Scheinwerfer ließen die Stadt unter ihnen glühen. Er blieb stehen. Sie waren allein auf dem Rasen. Fünfzig Meter trennten sie voneinander, und während sie ihn beobachtete, ahnte er mehr die Umrisse ihrer Gestalt vor der Granitmauer als dass er sie sah. Plötzlich riss sie sich los und ging weiter, umrundete die Ecke und ging an der Seeseite der Mauer entlang, wo die Gefängniszellen waren. Er folgte ihr, auf dem schmalen Pfad fünfzehn Meter über dem Asphalt. Ein Wind ging. Einen Augenblick lang konnte er ihr blondes Haar in der Dunkelheit vor ihm erahnen, bald war sie verschwunden. Wo die Mauer einen Bogen machte, blieb er stehen und schaute nach links. Dort war sie, in einem Loch in der Mauer, einer Art Höhle mit Wänden aus Granitblöcken und nur einem einzigen Ausgang. Er versperrte ihr den Weg. Fünf Meter lagen zwischen ihnen. Die wenigen Laternen unten an den Lagerhäusern auf dem Kai schufen eine schummrige Beleuchtung, die gerade einmal ausreichte, Hammerstens Schatten auf den Boden zu zeichnen.

Ihr Gesicht verschwand im Dunkel. Er sagte, dass sie sich ausziehen sollte. Sie gehorchte. Er sagte, dass sie sich umdrehen sollte. Sie drehte sich mit dem Gesicht zur Wand. Die Pfennigabsätze versanken langsam in dem weichen Boden, pflockten ihren Körper fest, nackte Beine mit gespannten Muskeln, Hüften mit der Andeutung von Schatten, wo die Haut den Kampf gegen die Zeit aufgegeben hatte. Sie bekam Gänsehaut auf den runden Hüften. Der dunkle Pulli reichte ihr bis zur Taille. Er sagte, dass sie sich gegen die Wand lehnen sollte. Sie gehorchte. Er sagte, dass sie ihn bitten sollte, sie zu schlagen. Er ging ganz nah an sie heran und blies ihr vorsichtig ins Ohr. Sie fing sofort an zu zittern. Er wiederholte, dass sie ihn bitten sollte, sie zu schlagen. Ihre Beine bebten.

Sie bat ihn, es zu tun, mit flüsternder Stimme und das Gesicht an die Steinquader gedrückt.

»Was denn?«, fragte er.

Sie biss sich in die Unterlippe, ohne ein Wort herauszubekommen.

»Was denn?«, flüsterte er ihr bösartig ins Ohr.

Ein Zucken durchfuhr den angespannten Körper.

»Sag es«, befahl er.

»Schlag mich«, flüsterte sie.

»Lauter«, sagte er und trat einige Schritte zurück.

»Tu es«, schrie sie.

»Was denn?«, rief er und trat noch weiter zurück.

»Schlag mich«, schrie sie.

»Sag es nochmal.«

»Schlag mich!«

Er drehte sich um und marschierte denselben Weg zurück, den er gekommen war. Seine Hände zitterten unkontrolliert. Er war schwach in den Knien und fühlte sich atemlos und erschöpft. Es war Abend, aber er hatte keine Ahnung, wie spät es war. Unten auf dem Rathausplatz schaute er zurück auf die Festung, konnte sie aber nirgendwo sehen, nicht einmal das Loch in der Mauer konnte er noch erkennen. Er ging weiter zu den Taxis auf der Aker Brygge und setzte sich in den Wagen, der am Anfang der Schlange stand.

Zu Hause angekommen, blieb er stehen und lehnte sich an die Innenseite seiner Wohnungstür, um sich auszuruhen. Er bekam das Bild nicht aus seinem Kopf heraus, die weiße, zarte Haut gegen den groben und unebenen Granit. Er zog sich langsam Stück für Stück aus. Nackt ging er durch das dunkle Wohnzimmer zurück und ins Schlafzimmer. Er legte sich auf das Bett und dachte an Grethe, die ihre weiche Haut an den Stein presste.

Er wollte masturbieren und über ihren reifen Körper fantasieren, wie sie in einem rosa Trikot auf dem Ergometerfahrrad fuhr, wie nackt und verwundbar sie in jenem Augenblick wirkte.

Er schaffte es nicht.

Er setzte sich im Bett auf. Er ging zum Fenster, blieb dort stehen und starrte in sich selbst hinein, bis auf einmal das Telefon klingelte. Er blieb stehen. Als seine Stimme auf dem Anrufbeantworter zum Ende gekommen war, drang eine heisere und bekannte Stimme durch die Dunkelheit:

»Und mich ergreift eine wehmütige nächtliche Freude ...«

Er ging langsam zum Telefon hinüber, öffnete das Buch, nahm den Hörer ab, holte Luft und las: *»... wenn ich im Dunkeln, in der toten Nacht, einem Menschen begegne.«*

Nicht ein Geräusch war zu hören.

»Du bist dran«, sagte er ruhig.

Die Stille hielt an, bis sie mit einem klappernden Geräusch auflegte.

Er fluchte.

Der Telefonhörer schwamm in seiner feuchten Hand. Er legte ihn auf seinen Platz, blieb aber noch stehen und betrachtete das Telefon.

Die Jalousien stießen gegen den Fensterrahmen, und er schaute auf die Uhr. Fast Mitternacht.

Als das Telefon klingelte, riss er den Hörer an sich.

»Hej«, sagte eine andere Stimme. Es war Vibeke.

»Vibeke«, sagte er.

»Du hast dich nicht gemeldet«, sagte sie.

»Warum hätte ich das tun sollen?«

»Zum Beispiel, weil du eine Nummer haben willst«, sagte sie.

»Wie hätte ich dich erreichen sollen? Ich kenne deinen Nachnamen nicht, ich weiß nicht einmal, wo du wohnst.«

»Es reicht, wenn ich weiß, wo du wohnst.«

Hammersten grinste erneut und starrte an sich hinunter, Erektion, rasendes, pochendes Blut. »Ich glaube, du hast andere Absichten.«

»Welche Absichten sollten das denn sein? Tu so, als wüsste ich die Antwort noch nicht«, fügte sie schnell hinzu.

Er lächelte im Dunkeln. »Du wünschst dir wirklich, dass die Welt so beschaffen wäre, nicht wahr? Die Leute laufen mit einem Drehbuch im Kopf herum und lesen einander fertige Repliken vor.«

»Der Schiedsrichter sagt, die Antwort ist richtig, willst du weiterraten?«

»Was machst du, wenn du jemanden triffst, der nicht dasselbe Spiel spielt wie du?«

»Ich gehe zu einer Telefonzelle, die in der Nacht leuchtet, und rufe jemanden an, der mich versteht.«

Hammersten: »Bist du weit weg?«

»Sechshundert Meter.«

»Komm rauf.«

Den ersten Geschlechtsverkehr vollzogen sie sofort, in der Diele. Sie war eine Rodeoreiterin und fing alle Stöße und jedes Aufbäumen instinktiv ab, eine Verlängerung seines eigenen Körpers, ein weicher und plastischer Teil, der jeden Krampf auffing und ableitete, jede einzelne Zuckung, die durch die harte Wildheit ausgelöst wurde, die ihn durchströmte – die ganze Zeit, während sie ihm tief in die Augen sah, beherrscht von einem großen Ernst.

Danach wollte sie etwas sagen, aber er verschloss ihren Mund mit seinem eigenen und trug sie zu seinem Bett, wo sie es ein zweites Mal taten. Er hielt sie fest, war hart und grob, er schwitzte und sie schwitzte, sie übernahm, wo er aufhörte, voller Fantasie und Einfallsreichtum und ohne einen Gedanken an Schönheit zu verschwenden. Danach holte er Bier. Sie grinste ironisch, als er das Plastik von einer frischen Zigarre pellte.

»Du bist ein noch größeres Klischee als das, zu dem ich dich mache.«

Das Streichholz zündete beim vierten Versuch. Es ließ einen Funken fliegen, der ihn auf der Brust traf, ein Stich in einem Lichtblitz, ein Echo der Blendung im Innersten seines Auges.

Er lag auf dem Rücken und rauchte. Es begann zu einer Gewohnheit zu werden, sich anzuschauen, wie die Glut einer Zigarre einen roten Schimmer an die Wände werfen konnte.

Vibeke ruhte auf einem Ellenbogen, ein müdes Lächeln, Haar, das sich über das Kissen ausbreitete, breite Schultern, schmale Taille und eine geschwungene Hüfte. Die Haut glatt und weiß. Er streichelte die weichen Brüste und dachte an Grethe Lindemans unergründliche Augen, den fleischigen Hals, den Mund mit dem süßen Nachgeschmack von Kaugummi und die Lippen voller Hunger. Lange blieb er so liegen, während er an die Decke starrte und ihr Gesicht im Muster der Astlöcher wiederzufinden versuchte.

Als er aufwachte und die Augen öffnete, war es vollkommen dunkel im Zimmer. Vibeke machte Geräusche im Wohnzimmer. Er ging zur Tür.

Sie benutzte eine Taschenlampe. Ihr Oberkörper war ein dunkler Schatten. Die meisten Pappkartons waren geöffnet. Es klirrte leise, als sie eine Schublade öffnete und anfing, darin herumzuwühlen.

»Wie kann ich dich erreichen?«, fragte er.

Sie richtete sich auf, schaltete die Taschenlampe aus. »Du bist wach?«, sagte sie mit dem Rücken zu ihm, bevor sie sich langsam umdrehte und die Arme vor der Brust verschränkte, angezogen und zugeknöpft.

»Wie kann ich dich erreichen?«

»Frag nicht danach.«

»Warum nicht?«

»Es ist am besten, wenn ich mich mit dir in Verbindung setze.«

Er ging ins Badezimmer, gähnte und pisste bei geöffneter Tür. »Wollen wir ficken?«, rief er und zog ab.

Sie stand noch immer am selben Fleck, leise lächelnd.

Er grinste zurück und gähnte ein weiteres Mal. »Du hattest den Auftrag von Arnie, dich an mich heranzumachen. Arnie hat es zugegeben.«

Sie schaute weg.

Das Rauschen vom Spülkasten hörte endlich auf. »Wonach suchst du?«, fragte er.

»Bilder.«
»Welche Bilder?«
»Ich weiß nur, dass sie viel wert sind.«
»Hast du deshalb getan, worum Arnie dich gebeten hatte?«
Sie lehnte sich gegen die Wand. »Ich habe jetzt keine Zeit.«
»Wozu?«
»Zum Ficken.«
Ihre Blicke trafen sich, und sie grinsten beide. »Gib mir deine Adresse.«
»Nein«, sagte sie nach einer kurzen Pause.
»Warum nicht?«
»Torkel. Er würde es nicht dulden.«
»Was glaubt er, wo du jetzt bist?«
Ihre Zähne glitzerten im Dunkeln. »Er verdächtigt mich, bei einem fremden Mann zu sein, bei einem, der mich hart und lange nimmt.«
Er nickte langsam. »Arnies Bilder sind nicht hier.«
Sie kam näher, ihre Finger berührten leicht die Narbe, die der Messerstich auf seinem Hals hinterlassen hatte.
»Willst du dich nicht einmal bei mir bedanken?«
»Wofür?«
»Weil ich der Polizei gesagt habe, dass du in der Nacht, in der Arnie ermordet wurde, bei mir warst.«
»Du warst das? Das wusste ich nicht.«
»Ist das wahr?«
»Selbstverständlich.«
»Aber die Polizei muss mir ja geglaubt haben, wenn sie dich freigelassen hat.«
»Warum hast du das nicht schon früher erzählt?«
»Warum hast du nicht gefragt?«

Er lächelte schwach. »Weißt du, wie er gestorben ist, Arnie?«

»Ich dachte, du wüsstest es, weil du ihn ja umgebracht hast.«

Hammerstens Lächeln verbreiterte sich zu einem stillen Grinsen. »Du glaubst, dass ich Arnie um die Ecke gebracht habe?«

»Mhmh.«

»Und trotzdem hast du der Polizei erzählt, dass ich in der Nacht, in der er umgebracht wurde, bei dir war. Warum hast du das getan?«

»Weil ich dich haben will.«

»Gute Antwort«, sagte er. »Aber ich glaube dir nicht. Da fehlt irgendwie noch etwas.«

Ihre Lippen wanderten über seinen Hals. Danach stand sie an der Wohnungstür »Ich brauche dich«, sagte sie, schlich hinaus und schloss die Tür hinter sich. Sofort stand er mitten im Zimmer und lauschte. Sobald er sie die Haustür schließen hörte, flitzte er in die Diele hinaus und zog sich seine Hose, Pullover und Schuhe an.

Er war im Treppenhaus, als die Haustür unten ins Schloss fiel.

Als er auf der Straße stand, sah er ihren Schatten aus dem Lichtkegel einer Straßenlaterne verschwinden. Die Nacht war kühl. Er hatte sich zu dünn angezogen. Die Kälte kroch seine nackten Arme hinauf und unter den Pullover. Er lief an den Hecken entlang und entdeckte ihre schlanke Gestalt, wie sie sich den Bürgersteig entlang bewegte, zum Munchmuseum und dem Tøyenpark hinunter.

Sie ging an einer Telefonzelle vorüber. Er lief über die Finnmarksgata, vier Fahrspuren und kein Auto zu sehen. Doch nach kurzer Zeit kam ein Taxi gefahren, das Schild auf dem Dach erleuchtet. Sie hielt es nicht an, sondern ging weiter am hohen schmiedeeisernen Zaun des botanischen Gartens entlang. Es rauschte in den Blätterkronen der Bäume im Park, und sie passierte die Schranke, die die Zufahrt zur Tøyengata versperrte. Er hielt sich im Schatten der Wand, stand still und hörte fünfzig Meter weiter die Straße hinunter das Echo ihrer klappernden Absätze auf dem Bürgersteig.

Er blieb stehen, um nicht entdeckt zu werden. Er stand unter einem geöffneten Fenster. Geräusche, die von einem Liebesspiel stammen konnten, stahlen sich in die Nacht hinaus. Das weiche Stöhnen einer Frau.

Weiter entfernt startete ein schwerer Dieselmotor, der alles andere übertönte. Er fing an zu laufen. Der Lärm des Automotors nahm zu. Der Lastwagen überquerte weiter vorne die Straße, das Motorengeräusch wurde schwächer. Schließlich bog sie nach rechts ab. Dann ging sie nach links und anschließend wieder nach rechts. Apartmenthäuser, nur dunkle Fenster, beinahe.

Sie verschwand in einem Eingang. Er sah hinauf. Im dritten Stock war Licht. Jemand wartete dort drinnen auf sie.

IV

Das Fotogeschäft wirkte klein genug, es lag eingeklemmt zwischen einem Schuhgeschäft und einem größeren Geschenkeladen. Auf dem Bürgersteig stand ein Schild, das schnelle Filmentwicklung direkt vor Ort anpries.

Er zögerte, überquerte die Straße und kaufte sich eine Cola bei Burger King, um noch einmal über die Sache nachzudenken. Durch das große Fenster behielt er das Geschäft im Auge. Während der ersten Viertelstunde betrat kein Kunde den Laden. Menschen strömten vorüber. Das erste Zeichen von Interesse ging von einer Gruppe japanischer Touristen aus. Einer von ihnen, ein Mann mit einem Rucksack und einem weißen Sommerhut, hielt an und musterte kurzsichtig das Stativ mit den Postkarten, bevor er sich anders entschied und seiner Gruppe hinterherlief, die weiter oben schon die Straße überquert hatte.

Hammersten ging nach draußen und direkt in das Fotogeschäft. Eine Frau sortierte hinter der Ladentheke Schachteln in einem Regal. Sie nickte kurz, als er seinen Wunsch äußerte.

Er starrte zögernd auf ihre ausgestreckte Hand.

»Ich brauche eine Quittung.«

Die Frau stieß einen resignierten Seufzer aus und sandte ihm über die Theke hinweg ein Aroma von Kaffee, Nikotin und Parfüm zu. Der halb geöffnete Mund enthüllte zwei

Reihen langer und gelblicher Zähne mit deutlich geschwärzten Fugen. »Jeder bekommt hier eine Quittung«, sagte sie zuckersüß und schloss ihre Lippen um das kräftige Gebiss.

Sie war groß und stark, um die fünfzig Jahre alt, mit großem Busen und einem breiten Hintern in knallengen Stretchhosen. Das rote Haar türmte sich in einer klassischen Sechziger-Jahre-Frisur.

»Aber ich brauche eine Garantie«, präzisierte er.

Die Frau legte die Negative fein säuberlich in eine weiße Verpackung. Danach zeigte sie ihm geduldig einen Papierstreifen auf der Rückseite. »Den bekommst du, und wenn du zurückkommst, lieferst du den Abholschein ab und bekommst die fertigen Bilder.«

»Welche Garantie habe ich dafür, dass die Negative nicht wegkommen?«

Die Frau räusperte sich und drehte sich halb zur Seite, um zu husten. Hammersten entdeckte einen verstaubten älteren Mann, der weiter hinten auf einem Stuhl hockte. Der Mann saß mit hängendem Kopf da, ohne zu reagieren.

»Es sind seltene Aufnahmen«, fügte Hammersten hinzu, »ich kann nicht riskieren, dass sie einfach verschwinden.«

Die Frau räusperte sich so kräftig, dass der Alte von seinem Stuhl hochfuhr und zu ihnen herübergeschlurft kam. Er reichte ihr bis zum Busen.

Die Frau wandte sich Hammersten zu und lächelte wie ein Piranha.

»Dieser Herr hätte gerne Papierabzüge von drei Negativen«, sagte sie. »Aber er traut sich nicht, die Negative ganz aus den Händen zu geben, da sie vielleicht verbrennen könnten ...« Sie fletschte wieder die Zähne. »Oder in der Sonne schmelzen könnten, oder weil ihnen kleine Füße wachsen und sie vor uns weglaufen könnten. So, wie ich die Sache sehe, ist die Gefahr dafür äußerst gering, vielleicht kannst du ihm die Sicherheit vermitteln, die er braucht?«

Der Alte nickte gehorsam.

»Wenn nicht, dann sollte er sich vielleicht an jemand anders als uns wenden«, sagte sie spitz.

Der Alte wischte sich die Nase mit dem Handrücken ab. Er hatte zwei riesige feuchte Nasenlöcher, die mit dünnen roten Äderchen verziert waren.

Die Tür ging auf. »Ja ... bitte«, sagte die Frau herzlich zu dem neuen Kunden.

»Ich werde es persönlich erledigen«, schniefte der Alte und zog Hammersten mit sich hinter die Theke.

»Warte hier«, sagte der Mann und zeigte auf den Holzstuhl, den er vor kurzem noch aufgewärmt hatte.

Hammersten hielt ihn zurück. »Was heißt persönlich?«, fragte er.

Der Alte: »Na ja, es dauert eine halbe Stunde.«

Hammersten senkte die Stimme. »Ich möchte ungern als schwierig erscheinen, aber ich kann mit diesen Bildern wirklich kein Risiko eingehen.

Der Alte zog ein riesiges Taschentuch aus der Hosentasche. Er wirkte traurig. Der Anblick veranlasste Hammersten, seine Hand zurückzuziehen.

»Alles klar, eine halbe Stunde«, sagte er. »Wenn ich vielleicht dabei sein könnte – und zusehen?«

Eine Dreiviertelstunde später setzte er sich in sein Auto, zutiefst erschüttert und um viele Überredungen ärmer. Er fuhr nach Kampen und zur dritten Tischrunde. Im selben Augenblick, als er an der Bordsteinkante hielt und aus dem Wagen steigen wollte, entdeckte er das bekannte Gesicht am Gartenzaun. Es war der Mann mit der Hasenscharte, der Abel Raags Wohnung besaß. Heute ein blaues Hawaiihemd, mit gelben Bananen gemustert. Graue Hosen. Der Mann lehnte sich über den Zaun, hatte seine Ellenbogen darauf gelegt und stützte seinen Kopf mit den Händen.

»Du bleibst dran«, sagte der Mann.

»Bis zum Tod«, sagte Hammersten.

»Ernsthaft?«

»Jetzt ist es ernst. Seine Möbel und die anderen Sachen sind mir scheißegal, die kannst du meinetwegen behalten.«

»Das hatte ich mir schon gedacht«, sagte der Mann. »Ich habe es schon beim ersten Mal in deinen Augen gelesen. Nemesis.«

»Als du behauptet hattest, dass oben in der Wohnung alles ratzekahl weg war, hast du mir verdammt viele Knüppel zwischen die Beine geworfen.«

»Aber ich habe doch versucht, es dir zu sagen«, sagte der Mann. »Es ist dieser verdammte Schwager von mir, und was sollte ...«

»Verstehst du denn nicht, dass ich dir geglaubt hatte?«, unterbrach ihn Hammersten erbost. Er griff hart in den Zaun.

Die Hände des Mannes begannen zu zittern, er fischte nach einer Zigarette, steckte sie in den Mund. »Ich komm zu dir rüber«, sagte er und schlich am Zaun entlang. Die Füße schlurften durch das Gras. Es war frisch gemäht. Grüne Halme klebten an seinen Schuhen, graue Mokassins mit geflochtenem Leder über den Fußgelenken. Die blauen Socken waren mit roten und gelben Zickzackmustern verziert.

Sie trafen sich am Tor.

»Setz dich zu mir rein«, sagte der Mann leise und sah über die Schulter zurück.

»Stell dir vor, du wärst ein anderer Typ gewesen, einer von der Polizei. Du wärst hierher gekommen, um nach demselben Typen zu suchen, und du entdeckst plötzlich, dass alle Sachen von diesem Heini, Abel Raag oder wie er nun heißt, dass alle seine Sachen von diesem verdammten Gauner annektiert worden sind, der mein Schwager ist. Du entdeckst, dass dieser Scheißkerl alles, was wertvoll ist, an Lumpenhändler in der Stadt verkauft hat und so tut, als würde der Rest ihm gehören. Was würdest du mit mir tun – dem Hauseigentümer?«

Hammersten seufzte resigniert. »Du hättest mir doch einen Hinweis geben können.«

»Du hast Fleischsuppe bekommen.«

»Aber deine Behauptung, dass Abel dich gebeten hätte, seine Post aufzubewahren? War das auch nur Blödsinn?«

»Nichts als Jux und Dollerei.«

»Stell dir vor, du hättest gleich gesagt, was Sache war.«

»Das habe ich aber nun einmal nicht getan«, sagte der Mann, plötzlich verärgert. Er inhalierte und blies den Rauch durch die Nase aus. »Sieht die Welt jetzt rosiger aus? Dieser Scheißkerl, der mit meiner Schwester verheiratet ist, er benutzt sogar die Unterwäsche von dem Mann. So, jetzt weißt du es, jetzt weißt du alles, wirst du jetzt noch einmal wiederkommen und mich belästigen?«

Hammersten seufzte. »Nein«, sagte er und schlenderte gemächlich zu seinem Auto zurück.

Er setzte sich hinein und ließ den Motor an, fuhr die wenigen Meter zum Gittertor, wo der Mann immer noch stand und ihn mit der Zigarette im Mundwinkel betrachtete. Er drehte das Fenster herunter. »Sag deinem Schwager, dass irgendjemand vorbeikommen und ihn fragen wird, garantiert. Er wird bestimmt für das eingesperrt, was er getan hat.«

»Gott sei Dank«, sagte der Mann. »Das ist genau das, was ich hoffe. Ich hoffe, dass der Kerl, nach dem du suchst, in höchsteigener Person vorbeikommt. Deshalb werde ich kein Sterbenswörtchen sagen. Wenn ich meinem Schwager gegenüber erwähnt hätte, dass du hier warst, oder warum du hier warst, dann hätte er Lunte gerochen und dafür gesorgt, dass ich mit der ganzen Verantwortung allein dagestanden hätte. An dem Tag, an dem Abel Raag kommt und seine Sachen zurückhaben will, an dem Tag hisse ich die Flagge.«

Er zeigte auf die Fahnenstange, die schräg von der Veranda eines weiter zurückliegenden Gebäudes in die Luft ragte. »Ich schwöre es, ich hisse die Flagge, denn dann bin ich meinen Schwager und alle Plagen los.«

Hammersten nickte, drehte das Fenster wieder hoch, entschied sich anders und drehte es wieder herunter.

»Ja?«, sagte der Mann fragend.

»Hast du eine Flagge?«

Sie starrten sich an. »Nein«, sagte der Mann schließlich. »Da hast du mich erwischt.«

»Das habe ich mir gedacht«, sagte Hammersten. »Aber das ist nicht so schlimm«, sagte er. »Abel Raag wird nie wieder auftauchen.«

V

Die Glocke über der Ladentür klingelte, als er sie hinter sich schloss. Der Hund mit dem Wurstkörper, der zusammengerollt in einem alten Lehnstuhl gelegen hatte, setzte sich sofort auf. Er spitzte die Ohren und legte den Kopf schief, als Hammersten zu ihm hinübernickte.

Benny stand hinter der Ladentheke. Er war normal gekleidet und schaute nur kurz von seiner Zeitung auf, als Hammersten sich räusperte. »Wie ich sehe, bist du deinem Kameraden ein weiteres Mal begegnet«, sagte er kurz.

»Es geht schon wieder besser.«

»Aber sie haben dich fertig gemacht? Sieht aus, als hättest du eine ordentliche Tracht Prügel bekommen.«

Hammersten nickte, schaute zu dem Hund hinüber, der sich wieder zusammenrollte.

Benny gähnte: »Stell dir vor, wir Menschen wären genau so smart wie zum Beispiel Yoda in dem Film *Das Imperium schlägt zurück.* Hast du den gesehen? Yoda sagt: ›Abenteuer und Spannung nichts für einen Jedi sind, deine Gedanken müssen sein, wo du bist, in dem, was du machst.‹ Ist das nicht ein toller Spruch, Hammers?«

»Und, diesmal ein paar Ratten abbekommen?«

Benny schüttelte den Kopf und blätterte eine Zeitungsseite um. »Guck dir den an«, sagte er und las laut vor: *»Der 76 Jahre alte Senator John Glenn reist noch einmal ins All. Seine letzte Reise liegt 35 Jahre zurück. Die Begründung* *für die Himmelfahrt ist, dass die NASA untersuchen möchte, wie ältere Menschen auf Weltraumfahrten reagieren. Beim letzten Mal, als Glenn in einer Kapsel saß, wollte die NASA herausfinden, wie es ist, in der Schwerelosigkeit zu schlucken.«*

Benny schmunzelnd über die Zeitung hinweg: »Das wäre was für Mama gewesen, auf den Mond reisen, ins neue Altersheim.«

»Warum gab es keine Ratten?«

»Die Dame des Hauses war schon durchgedreht, als wir ankamen. Die Situation war, dass der Pastor begriffen hatte, dass Hugo etwas mit seiner Frau hatte. Also hatte er sich gewaltig mit Hugo in die Wolle gekriegt, während ich unten in der Scheune war und auf die Ratten wartete. Was ich nicht wusste, war, dass Hugo – du verstehst, er hat ein kleines Problem auf diesem Gebiet –, dass er blockiert, nicht wahr, dass er rot sieht, wie wir sagen, und er ging wirklich hoch wie ein Pulverfass und haute den Pastor um. Davon hatte ich also nichts gewusst. Aber damit der Pastor jetzt nicht irgendeinen Ärger deswegen machte, hatte Hugo den Typen einfach an einen Stuhl gefesselt, in der Stube, und war zu mir herausgekommen, ich hatte da schon begriffen, dass die Dinge nicht zum Besten standen. Ich hatte es ihm angesehen, aber er sagte nichts. Wir haben uns einfach ein bisschen entspannt und auf die Ratten gewartet. Aber es kamen keine Ratten. Schließlich wollten wir reingehen und essen, aber da war die Frau Pastor schon vollkommen durchgedreht. Sie hatte sich splitterfasernackt ausgezogen, nicht wahr, und stand da in der Stube und drückte dem Pastor, der an den Stuhl gefesselt war, brennende Zigarettenkippen in die Fresse, und der schrie, nicht wahr. Da bin ich gegangen. Denn bei Hugo war auf einmal mächtig Leben in der Hose, als er die Dame nackt sah, nicht wahr, und er drückte die Frau nach unten, direkt da auf dem Fußboden, schert sich einen Dreck um mich oder um den Pastor. Und der Hintern pumpt rauf und runter, rauf und runter, nicht wahr ...«

»Das hast du doch geträumt, Benny.«

»Nein, nein, nein. Hugo ist einfach total irre, aber das habe ich ja schon immer gewusst, eigentlich. Das Einzige, was ich bereue, ist, dass ich Willy nicht mitgenommen hatte, den Hund, dann hätten wir nämlich auf Rehjagd gehen können, Willy ist ziemlich ungestüm im Wald, auch wenn er so kurze Beine hat.«

Willy, der auf seinen Namen reagierte, setzte sich erneut in seinem Stuhl auf. Er bellte Benny einmal an, mit rauer Stimme, aber Benny ignorierte den Hund und schaute in seine Zeitung. »Hör dir den an, Hammers:

Malmesbury, Wiltshire, England: Starke Polizeieinheiten, die Presse direkt auf ihren Fersen, machten gestern und in der Nacht Jagd auf zwei Schweine, die aus einem Schlachthof geflohen waren. Die beiden Helden weigerten sich, als Schinken zu enden. Ganz Großbritannien verfolgt mit Spannung den Ausgang der Jagd. Die zwei Vierbeiner sind vom Volksmund auf die Namen Butch Cassidy and the Sundance Pig getauft worden. Begeisterte Tierliebhaber haben bereits einen Fan-Club für die Ausreißer ins Leben gerufen. Es mehren sich die Stimmen, die eine Amnestie und die Begnadigung von der Schlachtbank fordern.«

Hammersten betrachtete Willy, der knirschend gähnte und seinen Körper langsam in den Stuhl zurücksinken ließ, um sich wieder zusammenzurollen. »Hast du etwas über Lindeman herausgefunden?«

Benny: »Fredrik Lindeman ist Rechtsanwalt. Ich glaube

sogar, ich habe mir selbst schon einmal überlegt, den Typen anzuheuern. Er wohnt in Asker, oben, wo auch dieses Irrenhaus ist, Blakstad. Die Adresse habe ich aufgeschrieben, aber er hat ein Büro am Drammensveien, zwischen dem Schlosspark und dem Solli Plass, teilt sich ein Büro mit einigen anderen Anwälten, unter anderem seiner Alten.«

»Seiner Alten?«

»Ja, eine Dame mit demselben Nachnamen, vielleicht ist es auch seine Schwester, sie ist auch Rechtsanwältin.«

Benny legte tausend Kronen auf die Theke und schob Hammersten den Schein hinüber. »Das hier bekommst du zurück.«

»Warum das?«

»Der Job hat mich zehn Sekunden gekostet. Gelbe Seiten.«

Hammersten schloss die Augen und schob den Schein zurück. »Behalt ihn«, sagte er mit Nachdruck.

»Du machst mir ein schlechtes Gewissen«, sagte Benny.

»Ganz und gar nicht, Benny. Endlich verstehe ich ein paar Dinge. Glaube ich.«

Benny fummelte an dem Tausender herum. »Was meinst du, Willy?«, rief er dem Hund auf dem Stuhl zu, der sich dieses Mal nicht an der Nase herumführen ließ, sondern nur mit einem braunen Blick über eines seiner Beine hinweg blinzelte. »Was meinst du? Hammers hat das Licht gesehen, und dann kostet es nur tausend Eier.«

Benny steckte den Schein in seine Tasche zurück. »Es muss funktioniert haben«, sagte er.

»Was?«

»Das Schlucken, wenn es nicht funktioniert hätte, wären die Astronauten gestorben, glaubst du nicht – wenn sie da oben nicht hätten schlucken können?«

VI

Da es bereits dunkel war, fuhr er zweimal durch die Straße, bevor er es riskierte, den Wagen zu parken. Selbst wenn es nicht so aussah, als würde sich jemand in einem der geparkten Autos befinden, blieb er noch ein paar Minuten sitzen, bevor er ausstieg und seine Wohnung aufschloss.

Das rote Lämpchen am Anrufbeantworter leuchtete. Er schaltete ihn sofort ein. Es knisterte, bevor die sanfte Stimme zu sprechen begann. *»Der Betrag ist fällig.«*

»Vielen Dank«, murmelte er, schaltete den Anrufbeantworter ab und ging zum Fenster hinüber. Keine bekannten Gestalten mit mächtigen Oberschenkeln und schwarzen Lederjacken. Er justierte die Jalousie und ging zum Telefon zurück, wo er die eine Telefonnummer wählte, die ihm Benny aufgeschrieben hatte.

»Hammersten«, sagte er, als Lindeman sich meldete. »Ich bin bereit zu verkaufen.«

Zwei Stunden später stoppte er den Wagen vor einem schmiedeeisernen Tor in der spärlich bebauten Straße. Das Haus, in dem Lindeman wohnen musste, lag etwas von der Straße zurückgezogen, gut versteckt hinter der Vegetation, nur der First eines Holzhauses vor einem großen schwarzen Schornsteindach war von der Straße und vom Zaun aus zu erkennen. Ein grüner Briefkasten hing am Maschendrahtzaun. Unter dem Deckel stand Lindemans Name. Es quietschte metallen, als er den Briefkasten wieder schloss. Die Luft war feucht und kein Mensch zu sehen. Er atmete tief durch und öffnete die Pforte. Der Kies knirschte. Er blieb stehen und lauschte, wich auf den Rasen aus und ging neben dem Pfad weiter. Er blieb erneut stehen. Das Haus lag wie eine verdunkelte Festung auf einer kleinen Anhöhe. Nicht ein einziges Fenster war erleuchtet. Die Nacht breitete sich wie ein schwarzer Teppich unter den Bäumen aus. Es war vollkommen still. Er ging weiter an dem kleinen Pfad entlang, der, wie sich herausstellte, in den Garten hineinführte. Weiter hinten leuchtete eine Laterne.

Hammersten duckte sich unter tief hängenden Zweigen hindurch. Vor einem kleinen, mit Granit eingefassten Gartenteich stand eine Gartenlampe im Straßenlaternendesign. Es war kein Mensch zu sehen. Eine undefinierbare Figur mit einem Fischmaul war auf einer Art Säule inmitten des Teichs befestigt. Wasser drang aus dem Fischmaul und machte einen hübschen Bogen, bevor der Strahl die Wasseroberfläche durchbrach, auf der ein paar vereinzelte Seerosenblätter herumschwammen. Zwischen zwei Ziersträuchern stand eine wackelige Bank mit schmiedeeisernen Armlehnen. Sie war leer. Hammersten hielt den Atem an. Nur das rieselnde Geräusch des Wassers war zu hören. Kein Lindeman. Durch die Wand aus Bäumen und Hecken drang das Geräusch eines Automotors. Das Auto hielt an. Eine Autotür wurde zugeschlagen. Etwas später knirschte Kies, bevor leichte Schritte eine steinerne Treppe hinaufeilten. Eine Tür wurde zugeschlagen. Hammersten schaute zum Haus hinauf. Eines nach dem anderen gingen die Lichter hinter einer Reihe riesiger Wohnzimmerfenster an. Eine Frau ging drinnen an den Fenstern vorbei, blieb stehen und starrte in den Garten hinaus. Er erkannte sie sofort. Grethe Lindeman entledigte sich mit langsamen Bewegungen ihrer braunen Jacke und legte sie ab, warf ihr Haar in den Nacken zurück, sammelte es in ihren Händen und befestigte es mit einer Spange, bevor sie von den Fenstern zurücktrat und verschwand.

Sie war direkt in ein leeres Haus hineingegangen. Niemand hatte sie empfangen.

Hammersten atmete langsam aus.

Ein klickendes Geräusch ließ ihn sich blitzartig umdrehen.

Ein Mann saß auf dem Hocker vor der Lampe. Über seinem Gesicht lag ein tiefer Schatten. Das Licht hinter seinem Rücken ließ die Brille und die beim Lächeln entblößten Zähne leuchten. Die weiße Halskrause leuchtete in der Dunkelheit.

Niemand sagte etwas.

Ein Schatten glitt über sie hinweg, Hammersten warf erneut einen Blick zum Haus hinüber und beobachtete Grethe Lindeman. Die Wände waren mit Gemälden geschmückt, und hinter ihr standen Grünpflanzen.

»Ich glaube wirklich, ihre Gefühle für dich sind echt«, sagte Lindeman gelassen.

»Du musst es ja wissen.«

»Ich bin in jeder Beziehung ein Spanner.«

Er sagte es, als ginge es um irgendein anderes Hobby, Angeln oder Briefmarkensammeln.

Der Mund des Mannes war halb geöffnet. Das Licht fiel auf weißes Haar, unter dem schwarze Schatten lagen. Was im Gesicht des Mannes vor sich ging, war unmöglich zu erkennen.

Hammersten versuchte es sich vorzustellen, Lindeman

mit seiner Nackenstütze, der umständlich seine Brille absetzte, weitsichtig blinzelte und langsam auf seine Knie sank, das Auge mit der buschigen Braue gegen die Wand mit dem kleinen Loch drückte. Lindeman, der sich im Dunkeln verbarg und ihn dabei beobachtete, wie er sich durch den Garten vortastete.

»Warum?«, fragte Hammersten.

»Zuzuschauen gibt dem Leben auf vielerlei Weise Sinn. Euch beiden zuzuschauen, zum Beispiel, war sehr schön.«

»Die Erotik?«

»Nein. Die Leidenschaft.«

»Warum die Leidenschaft?«

»Sie ist echt.«

In der Stille, die folgte, starrten beide vor sich hin.

»Ich habe dich nicht gesehen«, sagte Hammersten schließlich. »Wie lange hast du hier gestanden und mich beobachtet?«

»Ich hätte dich töten können, ohne dass du irgendetwas gemerkt hättest.«

Das Gesicht des Mannes war eine schwarze Maske. Das Licht sammelte sich auf dem Ärmel seines Mantels und zeichnete ihn in einem scharfen Relief.

Hammersten schluckte.

»Wir Anwälte werden ständig mit der Kriminalität in ihren verschiedenen Spielarten konfrontiert«, fuhr Lindemans Stimme fort. »Klienten, Staatsanwaltschaft, Kollegen und die Gesetzeswerke in der einen oder anderen Form. Du warst im Gefängnis, also nehme ich an, dass wir uns beide auf den Standpunkt einigen können, nach dem Kriminalität nicht als eine Krankheit betrachtet werden sollte, sondern als ein Symptom.«

»Und?«

»Ich kenne deine Geschichte, Hammersten. Du bist wegen Schmuggelei verurteilt worden.«

»Nicht schuldig«, sagte Hammersten.

»Von deinem Standpunkt aus, vielleicht, aber dabei vernachlässigst du dein eigenes Verhältnis zum Materialismus«, fügte Lindeman hinzu. »Du bist an Diamanten interessiert. Ist es nicht das, was dahinter liegt, was dich in letzter Konsequenz antreibt?«

Hammersten schluckte erneut.

»Da siehst du«, sagte Lindeman. »Wir haben gerade erst angefangen und sind schon bei der Frage gelandet, worin denn die festen Anhaltspunkte im Grenzgebiet zwischen Recht und Unrecht bestehen. Wer ist schuldig woran? Als Anwalt wird man leicht zum Zyniker.«

»Eingesperrt und unschuldig verurteilt wird man auch zum Zyniker.«

»Genau«, sagte der Mann. »Schaust du viel Fernsehen?«

»So wenig wie möglich.«

»Als Zyniker solltest du Fernsehen gucken. Auf dieselbe Weise, wie die Kriminalität den moralischen Zustand der Gesellschaft widerspiegelt, spiegelt das Fernsehangebot den kulturellen Verfall der Zivilisation. Zyniker sollten einen aktiven Standpunkt im Verhältnis zum Verfall einnehmen, sollten seine Entwicklung beobachten, und das kann man am besten mittels des Fernsehens. Ich verdrehe immer Baudelaire, er meinte, dass ein Dandy, der das Sublime anzustreben wünschte, viel Zeit vor einem Spiegel verbringen sollte. Ein Zyniker, der seinen eigenen Standpunkt aufrechterhalten möchte, sollte viel Zeit vor dem Fernseher verbringen.«

»Warum wolltest du, dass ich hierher komme?«

»Was glaubst du, warum?«

»Vielleicht wolltest du, dass mir etwas zustößt.«

Lindeman schwieg und machte etwas mit den Händen. Allein die leuchtende Linie des Mantelärmels verriet die Bewegung. »Du warst derjenige, der mich angerufen hat, um mir die Negative zu verkaufen«, sagte er schließlich.

»Ich fand sie im Mund von Ivan Kjemperud, nachdem er umgebracht worden war.«

Lindemans Stimme, überrascht. »Dort waren sie also? Im Mund?«

»Ivan Kjemperud hatte mich einmal verfolgt«, sagte Hammersten und spürte, wie angenehm es war zu reden, die Stille mit Lauten auszufüllen. »Ich wusste, dass mir jemand bis zu Arne Fratang gefolgt war, als ich mich das erste Mal von euch verabschiedet hatte. Aber ich hatte geglaubt, dass mich die Polizei verfolgte. Ich schätze, dass Ivan Kjemperud bei Arnie eingebrochen war und die Negative gefunden hatte. Arnie glaubte, dass ich den Einbruch begangen und die Negative gestohlen hatte. Da hatte ich noch keine Ahnung, worüber er eigentlich sprach. Später in der Nacht aber rief Ivan mich an und wollte mir etwas verkaufen. Ich stand auf und ging los, um mich mit ihm zu treffen. Doch als ich ankam, war er ermordet. Ivan hatte also mit mehreren Käufern Kontakt aufgenommen. Der andere hatte ihn umgebracht.«

Er schwieg, und Lindeman blieb ebenso stumm.

»Du warst es«, sagte Hammersten beunruhigt. »Du hast Ivan Kjemperud kalt gemacht, weil er, nachdem er Arnie die Negative gestohlen hatte, der Zweite war, der Geld von dir erpressen konnte.«

Lindemans Stimme in der Nacht, nach einem kurzen, gackernden Lachen: »Diese Schlange! Im Mund versteckt – wer hätte das gedacht!«

»Du würdest wohl niemals gestehen, dass du ihn umgebracht hast.«

»Selbstverständlich nicht.«

»Wie ist es passiert?«

Der Mann grub in seinen Manteltaschen und zog etwas hervor, das wie ein Metallrohr aussah. Er begann zwei Teile zusammenzuschrauben. Es wurde ein kleiner Hammer daraus.

»Praktisch«, sagte Hammersten.

»Englisch«, sagte der Mann. »Angelausrüstung. Um dem Lachs damit auf den Kopf zu hauen. Fühl mal.«

Er beugte sich vor und reichte Hammersten den Hammer, der ihn entgegennahm.

»Schwer«, sagte er und wog ihn in seiner Hand. »Scheint ganz effektiv, um Leuten damit auf den Kopf zu schlagen.«

Lindemans Kopf nickte. »Es hängt auch sehr von der Geschicklichkeit ab, eigentlich.«

Lindeman streckte seine Hand nach dem Hammer aus. »Du solltest ihn vielleicht abwischen.«

Hammersten benutzte seinen Mantelsaum, um den Hammer sorgfältig abzuwischen, und reichte ihn zurück. Er schaute zum Haus hinüber, konnte sie aber nicht mehr hinter den Fenstern sehen.

Lindeman: »Hat es der Anblick des Hammers schwierig für dich gemacht, mir den Rücken zuzuwenden?«

Hammersten antwortete nicht.

Wieder Lindeman: »Du verdächtigst sie, Abel getötet zu haben, nicht wahr?«

»Sie hatte ein Verhältnis mit Abel, du warst der gehörnte Ehemann, du hast eine Tatwaffe.«

»Du glaubst doch wohl nicht, dass sie Abel aus Liebe erwählt hatte?«

Hammersten zuckte mit den Schultern.
»Sie machte diesen Schritt aus zwei Gründen.«
»Die da wären?«
»Um sein Vertrauen zu gewinnen und mich zufrieden zu stellen.«
»Dich zufrieden zu stellen? Jetzt hörst du dich wirklich so an wie ein gehörnter Ehemann.«
»Du vergisst, dass ich es mag, zuzuschauen.«
»Und sie mag es, geschlagen zu werden.«
»Du solltest sie deswegen nicht verurteilen.«
»Das tue ich auch nicht. Ich verurteile sie, weil sie mich den Blicken anderer ausgeliefert hat.«
»Ist das so schlimm?«
»Nicht schlimm, nur verletzend.«
»Du bist doch auch ein Spanner, du«, sagte Lindeman. »Du willst wissen, nicht wahr? Du willst sehen, was passiert, was passiert ist. Du willst es sehen, um es glauben zu können.«
Hammersten schwitzte.
Lindeman lachte. Das Lachen ergänzte den Rhythmus des Wasserstrahls der Fontäne, der rieselnd die Wasseroberfläche durchbrach, wurde zu einem Rauschen, das mächtig anschwoll, bevor es wieder nachließ, wie eine Welle, die auf den Strand schlägt, sich auflöst, ohne ganz zu verschwinden, weil das Sich-Zurückziehen nur Teil eines wiederkehrenden Rhythmus ist, bei dem die Erwartung neuer und noch kräftigerer Wogen der nachfolgenden Stille innewohnt.
»Wie starb Abel?«, fragte Hammersten.
Lindeman: »Du hast die Negative also nicht vergrößern lassen?«
»Hätte ich gefragt, wenn ich es wüsste?«

»Zuerst wurde Abel mit dem Hammer totgeschlagen, mit dem du gerade gespielt hast, danach wurde er mit Benzin übergossen und angezündet.«

»Von wem?«

»Von ihr.«

»Wie hat sie das geschafft?«

»Mit einem Streichholz.«

»Ich meinte eher gefühlsmäßig.«

»Ist das wichtig?«

»Ein wichtiges Detail, von dem abhängt, ob ich dir glauben kann.«

»Du bist allzu sehr auf Details fixiert.«

»An den Details zeigt sich, ob du die Wahrheit sagst. Wie hat sie das geschafft?«

»Willst du sie nicht lieber selber fragen?«

»Natürlich. Aber ich ziehe es vor, deine Version zu hören.«

»Vielleicht hat ihr der Fotograf geholfen«, sagte Lindeman.

»Das glaube ich nicht.«

»Warum nicht?«

»Wenn einer von euch von Arnies Fotos gewusst hätte, wäre er schon viel früher gestorben, dann hätte er es nie geschafft, Geld von dir zu erpressen. Was gibt es da zu grinsen?«

Lindeman: »Du freust dich so darüber, wie schlau du bist.«

»Ich finde diese Sache nicht besonders erfreulich.«

»Stimmt, du hast Recht, der Fotograf hat ihr nicht geholfen. Aber ich muss schon sagen, dass mir der Tod des Fotografen ziemlich viele Unannehmlichkeiten bereitet.«

»Du hast den Fotografen also nicht umgebracht?«

»Selbstverständlich nicht.«

»Ich glaube dir nicht. Am wahrscheinlichsten ist doch, dass du Arnie umgebracht hast, weil er gesehen hatte, wie du Abel getötet hattest. Ich habe nämlich Grethe gegenüber den Namen des Fotografen enthüllt.«

Lindemans Stimme war kalt und trocken. »Du beginnst mir auf die Nerven zu gehen, Hammersten. Ich habe keinen Fotografen getötet.«

»Aber du hast Abel getötet. Du bist derjenige, der den Hammer hat.«

Lindeman, weicher: »Diese Dunkelheit ist so unübersichtlich, vielleicht sollten wir besser ins Haus gehen.«

Die breite Verandatür führte in ein geräumiges Wohnzimmer mit viel freier Fläche und transparenten Bildern in riesigen Rahmen an den Wänden. Auf dem Fußboden standen einige wenige stilechte Möbel in Weiß. Alles in allem hinterließ das Zimmer einen sterilen Eindruck.

»Mach die Tür hinter dir zu.«

Hammersten blieb stehen und beobachtete, wie Lindeman mit raschen Bewegungen die Gardinen vor allen Fenstern zuzog.

Anschließend gingen sie in ein weiteres Zimmer, dessen Wände komplett mit Vitrinenschränken zugestellt waren, eine zusammenhängende Ausstellung von Schusswaffen.

Hammersten zögerte.

»Ich bin Sammler«, sagte Lindeman beruhigend. Er blieb ein paar Sekunden stehen und starrte vor sich hin, als müsste er über irgendetwas nachdenken. Schließlich riss er sich wieder davon los.

Hammersten betrachtete die Reihen der Gewehre, alte Vorderlader, Mauser und Krag-Jørgensen mit unterschiedlichen Schlössern, Schrotgewehre und automatische Gewehre.

»Komm hierher«, sagte Lindeman. Er stand in der Tür, die weiter ins Haus hineinführte.

Hammersten zog an der Glastür, die nur angelehnt war. »Der Schrank ist unverschlossen«, sagte er.

»Selbstverständlich.«

Er folgte Lindeman in einen leeren Raum, dessen Fußboden mit grobem, durchsichtigem Plastik ausgelegt war, das mit braunem Paketband an den Wänden befestigt war.

»Willst du renovieren?«

Lindeman starrte auf den Fußboden, schaute wieder hoch und schnitt eine Grimasse. »Wenn ich nicht renovieren möchte, warum, glaubst du, habe ich dann den Boden mit diesem ganzen Plastik ausgelegt?«

Hammersten antwortete nicht.

Lindeman ging zum Fenster hinüber und ließ die Jalousie hinunter. Danach begann er sich auszuziehen, zuerst den Mantel, dann die Jacke. Anschließend löste er die Hemdknöpfe unter seiner weißen Halskrause. Seine Finger waren kräftig, zwei von ihnen mit breiten Ringen geschmückt. Er zog das Hemd aus. Sein Oberkörper war sonnengebräunt, und unter dem grauen Brusthaar konnte man ein großes, schwarzes Muttermal erkennen. »Du solltest nicht so streng mit Grethe sein«, sagte Lindeman mit belegter Stimme. »Versuch ein wenig Toleranz zu zeigen. Wir haben schließlich alle unsere etwas besonderen Neigungen.«

Er nahm die Uhr mit dem Metallarmband ab und steckte sie sich in die Hosentasche.

»Hast du das Gefühl, sie zu kennen?«

»Nein«, sagte Hammersten, gelähmt von dem Anblick des Mannes, der sich ungerührt weiter auszog.

»Nur der Ordnung halber«, sagte Lindeman, ihm den Rücken zuwendend. »Die Negative, kann ich sie sehen?«

»Später.«

Lindeman löste den Gürtel. Seine Hose fiel zu Boden. Ein Schlüsselbund klirrte, als er aus ihr heraustrat. Der Mann hätte eigentlich komisch aussehen müssen, in braunen Spazierschuhen, schwarzen Socken, einer Art Boxershorts und einer weißen Halskrause. Aber er wirkte ganz und gar nicht komisch.

»Grethe ist ein Kind«, sagte Lindeman.

»Frau und Anwältin sind bessere Bezeichnungen.«

»Nein«, sagte Lindeman. »Grethe bewahrt alles auf, alles, was sie besitzt, alles was sie besessen hat und was sie getan hat. Sie schneidet Texte aus Zeitungen aus und klebt sie in Ordner. Es steckt kein System dahinter, sie schneidet das aus, was sie auf die eine oder die andere Weise beeindruckt, kleine Notizen oder Artikel über Mode, über Kosmetika, über Filmstars, über eine neue Art von Damenbinden und über große Unglücksfälle, die Gefühlsregungen auslösen können. In Regalen und in Schränken bewahrt sie alle Spiele auf, alle Puppen, alles, was sie als Kind in den Händen gehabt hatte. Im Keller und auf dem Dachboden hat sie alte Schulbücher, Schreibhefte, Rechenhefte mit alten Mathematikaufgaben voller roter Striche und Rs an den Rändern. Sie hat ihre zerschlissenen Ranzen, ihre Etuis, Bilder von Klassenkameraden und alten Liebschaften und Briefe alter Liebschaften. Sie hat noch die leere Weinflasche, die sie mit auf das Fest genommen hatte, auf dem sie den Jungen traf, mit dem sie das erste Mal geschlafen hat. Sie hat die Haarlocken, die sie als verliebte Fünfzehnjährige einem Jungen abgeschnitten hatte. Sie hat alle Schmucksachen, die sie in ihrem Leben besessen hat, Talmiperlen mit abblätternder

Farbe, Ketten mit Knoten darin und später dazugekommener Goldschmuck und Diamanten. Sie sammelt alle Kleider, alle Schuhpaare, alle Röcke, sogar zerschlissene Unterwäsche. Grethe wagt nicht, etwas wegzuwerfen, gar nichts.«

»Na und? Jeder bewahrt sich alte Erinnerungen auf.«

Lindemans Kleider lagen in einem Haufen auf der Plastikplane, Mantel, Jacke, Hemd, Hose. »Natürlich«, sagte er. »Jeder bewahrt sich alte Erinnerungen auf, du genauso wie ich. Aber nicht alle müssen alles aufbewahren, um sich auch nur im Geringsten ihrer eigenen Existenz zu versichern. Nicht alle schneiden sich Comic-Strips, die Eindruck auf sie machen, aus Zeitungen aus, um nicht einen Teil von sich selbst zu verlieren.«

»Sie hat also ihre Eigenheiten.«

»Nein. Sie hat nur einen einzigen großen Mangel.«

»Welchen?«

»Mich.«

»Du liebst sie also.«

»Du verstehst das nicht«, sagte Lindeman. »Ich bin das, was ihr fehlt, das Andere.«

»Das Andere?«

»Das, was ihr das Gefühl vermittelt, zu leben.«

»Du?«

Hammersten betrachtete den Mann mit dem Schleudertraumapolster, dem steifen Rücken und der viereckigen Brille. Du?, dachte er ungläubig.

Lindeman stand noch an derselben Stelle, mit demselben unergründlichen Lächeln. Er sagte: »Der Schmerz.«

Lindemans Stimme: »Der Kontakt zur Wirklichkeit, Hammersten. Schmerz.«

An der Tür regte sich etwas. Hammersten drehte sich um.

Sie bekamen Gesellschaft. Sie stand im Türrahmen. Sie zielte mit einem riesigen Schrotgewehr auf ihn.

»Ich glaube, die Zeit ist gekommen, die Negative hervorzuholen«, sagte Lindeman. »Ich renoviere nicht, verstehst du.«

Er zeigte auf das Plastik auf dem Fußboden. »Wir haben nur etwas Vorarbeit geleistet.«

Hammersten rührte sich nicht. Die Mündungen des Doppellaufs, der auf ihn gerichtet war, sahen aus wie die Linsen eines Fernglases. Er zwang seinen Blick weiter nach oben, versuchte ihrem Blick zu begegnen, aber sie starrte irgendetwas Unsichtbares zwischen ihnen an.

Lindeman zu Grethe: »Bleib dort stehen, es wird eine richtige Schweinerei hier drinnen.«

Hammersten zu Grethe: »Willst du mir nicht sagen, was ihr beide von Abel gewollt habt?«

Sie tat so, als hätte sie nicht gehört.

Lindeman: »Die Idee damals war eigentlich, dass dir ein Unglück zustoßen würde. Am besten wäre es gewesen, man hätte dich direkt hinter der Grenze umgebracht und dir die Diamanten geraubt, das hätte den Auftraggeber nicht so misstrauisch gemacht. Als Abel losfuhr, um dich zu treffen, glaubten wir, dass er von der Richtigkeit des Plans überzeugt war, dich aus dem Wege zu räumen. Als sich anschließend herausstellte, dass er dich am Leben gelassen hatte, waren wir, wie du dir sicher denken kannst, sehr enttäuscht.«

»Die ganzen Überredungskünste waren also umsonst«, sagte Hammersten. »Abel schob mir das Speed unter und wurde mich los, indem er die Polizei anrief.«

»Danke, das wissen wir«, sagte Lindeman.

Das Gewehr wirkte jetzt nicht mehr so riesig. Er begegnete ihrem Blick.

»Das Problem bestand darin, dass wir eine Leiche benötigten, um den Verlust der Diamanten glaubwürdig erklären zu können.«

»Ihr? Oder nur du?«

»Und weil du quicklebendig warst, nützte uns Abel tot mehr als lebendig. Er übernahm die Rolle des Sündenbocks. Offiziell hatte Abel die gesamte Partie gestohlen und war verschwunden. Darum war es so wichtig, nicht ans Licht kommen zu lassen, dass er in Wirklichkeit umgebracht worden war.«

Hammersten hob den Arm.

»Vorsichtig«, sagte Lindeman, »keine überhasteten Bewegungen.«

Hammersten griff nach dem Umschlag und zog ihn aus der Innentasche.

»Die Bilder von Abels Tod«, sagte Lindeman und deutete mit einem Kopfnicken auf den Umschlag in Hammerstens Hand. »Manche enden eben so – schlimm für sie selbst, für andere eine Freude. Findest du, dass ich zynisch bin?«

Langsam vollzog die Waffe einen Bogen durch die Luft, fort von ihm selbst und zu dem nackten Mann hinüber.

»Na?«, konnte Lindeman noch sagen, bevor sein Kopf aufzuckte. Hammersten spürte, wie im selben Augenblick etwas Feuchtes seine Augenwimpern streifte, als es knallte. Lindemann kippte nach hinten, steif wie ein Roboter. Er fiel mit einem gedämpften Knall gegen die Wand. Die Wand stellte sich als eine Schranktür heraus. Lindemans Oberkörper glitt langsam an der Schranktür hinunter. Die Halskrause öffnete sich und fiel auf die raue Plastikplane, die den Fußboden bedeckte. Die Zungenspitze des Mannes hing aus dem Mundwinkel, genau wie die des Zwerges aus dem Zeichentrickfilm von Schneewittchen. Die Brille saß schief. Der nächste Schuss traf die Reste seines Gesichts und riss zusammen mit einem großen Teil der Schranktür seine Mundpartie, das Kinn und die Zähne mit sich.

»Ja«, sagte sie ruhig. »Du bist zu zynisch.«

»Er ist jetzt tot«, sagte Hammersten und wischte sich mit der Hand das Feuchte von den Augen.

»Nicht tot genug«, sagte Grethe Lindeman und schoss ein drittes Mal. Der Körper des Mannes zuckte leblos. Hammersten wollte nicht zuschauen. Es sauste in seinen Ohren. Die Waffe wuchs in ihren Händen. Es sah aus, als würde die Büchse die Frau festhalten und nicht umgekehrt.

Sie wandte sich ihm zu. Die Pumpe saugte Munition in die Kammer. Zwei Mündungsrohre zeigten wieder auf ihn.

»Hast du Angst?«, fragte sie.

»Ist es warm in einem Gluthaufen?«

Dies könnte Unwirklichkeit sein. Es musste die Wahrheit sein.

Ein toter Mensch lag auf dem Fußboden. Er selbst befand sich in seinem eigenen Kopf, an einem unbekannten Ort – und wollte nicht hinaus.

»Irgendwann einmal, vor langer, langer Zeit«, hörte er sich selbst sagen, »da glaubte ich, dass es Leute wie ihn oder wie dich nicht gäbe.«

»Wann?«

»Später habe ich begriffen, dass dieser Gedanke nur ... nur eingebildet war, und ich begann mir stattdessen zu wünschen, dass es solche Typen nicht gäbe.«

Ihre Stimme, aus einer anderen Welt: »Und wann war das?«

»Jetzt, zum Beispiel.«

»Er hat Abel umgebracht«, sagte sie.

»Ihr habt Abel umgebracht«, korrigierte er sie.

»Nein«, sagte sie und bewegte den Lauf des Gewehres.

»Du hast das Sagen«, sagte er.

»Glaubst du mir nicht?«

Er nickte zum Gewehr hinüber: »Suggestivfrage.«

Sie schnitt eine kurze Grimasse, stieg über den Toten hinweg und ging auf Zehenspitzen, um nicht in das Blut zu treten. Sie ging bis zur Wand hinüber und schob einen Teil der Holzverkleidung zur Seite, hinter dem sich ein eingebauter Safe verborgen hatte. Sie zögerte, drehte sich um und ging denselben Weg hinaus, den sie gekommen war. Hammersten vermied es, den Toten anzuschauen. Er vermochte sich nicht zu rühren. Als sie zurückkam, trug sie eine Aktentasche aus rotem Leder. Sie öffnete sie und entnahm ihr einen umfangreichen Schlüsselbund. Sie reichte Hammersten die Aktentasche, der sie automatisch entgegennahm. Zurück vor dem Safe begann sie, nach dem richtigen Schlüssel zu suchen. Mit dem Gewehr unter dem Arm wurde es ihr zu umständlich, und so stellte sie es in einer Ecke ab.

Hammersten bewegte sich. Es sauste nicht länger in seinen Ohren. Und er wusste, dass auch das andere vorübergehen würde, auf die eine oder die andere Weise. Er befand sich hier, ob er es wollte oder nicht. Das Plastik raschelte, weil seine Knie zitterten. Lindemans Blut sammelte sich in kleinen Pfützen, wo sich das Plastik wellte.

»Die Zeit ist knapp«, sagte er und schluckte.

»Wofür?«

»Du solltest zusehen, dass du hier wegkommst.«

»Wir sollten zusehen, das wir hier wegkommen«, sagte sie.

Er musste ununterbrochen schlucken. Das Zimmer roch nach Schlachthaus und Schießpulver. Grethe Lindeman hatte ihm den Rücken zugewandt und schloss den Safe auf. Hammersten hatte das Gefühl, der Gestank war in der Lage, ihn zu ersticken.

»Die Tasche«, sagte sie.

Er stieg automatisch über den Toten hinweg und reichte ihr die Tasche. Kopf ohne Gesicht, in Rot getränkt. Eine bleiche Hand, die geöffnet und schlaff in dem Roten lag, als streckte sie sich vergeblich nach der Frau, die die geöffnete Tasche auf ihre Schenkel gelegt hatte und Geldstapel und andere Kleinigkeiten aus dem Safe herausnahm und in sie hineinlegte. Es glitzerte in ihren Strümpfen. Er fand sie schön und fragte sich, ob es sich gehörte, ihre zarte Erscheinung in einem Augenblick wie diesem zu bewundern.

Sie ließ den Safe offen stehen und ging auf Zehenspitzen zurück. Sie verschloss die Aktentasche und schaute kurz zum Gewehr hinüber, bevor sie sagte:

»Und die Negative?«

Hammersten reichte ihr den Umschlag, den er krampfhaft festgehalten hatte. Das Gefühl, die Finger ausstrecken zu können, wirkte befreiend.

Sie gingen in das Zimmer mit den Waffenschränken hinüber. Sie legte die Aktentasche auf dem mächtigen Schreibtisch ab und las die Adresse mit *postlagernd* auf dem Umschlag, warf ihm einen kurzen Blick zu und nahm den Streifen mit den Negativen. Sie hielt ihn gegen das Licht. »Danke«, murmelte sie. »Sind das alle?«

Er nickte wortlos.

»Hast du sie entwickelt?«

»Nein.«

»Gut. Hast du ein Streichholz?«

Er schüttelte den Kopf.

»Ich auch nicht.«

Sie starrte nachdenklich in die Luft und durchquerte zügig das Zimmer. Er folgte ihr mit zwei Schritten Abstand. Der Tote lag auf dem Kleiderhaufen. Sie zog am Arm des Mannes und sprang zurück, als der Kadaver durch die Blutlache rollte. »Scheiße!«, fauchte sie verärgert und untersuchte ihre Kleidung auf Flecken, bückte sich und erforschte die Taschen des Mannes. Sie stand mit einer Schachtel Streichhölzer in der Hand wieder auf.

Hammersten räusperte sich. »Du hast Blut auf den Schuhen und unten auf den Strümpfen.«

»Ja«, sagte sie.

Zurück am Schreibtisch steckte sie die Negative in den Umschlag und riss ein Streichholz an. Der Umschlag brannte.

»Als ich Ivan Kjemperud fand, dachte ich, das muss eine Frau gewesen sein«, sagte er.

»Ich hatte schon geahnt, dass du das denken würdest.«

Sie ließ den letzten Rest des Umschlags auf den Schreibtisch fallen. Er verschwand in einem schwarzen Haufen Asche, der nicht sofort aufhörte zu brennen. Der Geruch von Verbranntem vermischte sich mit dem Schlachthausaroma. »Tut mir Leid, dass du ihn so finden musstest«, sagte sie.

»Aber du hast es nicht alleine getan«, sagte er.

»Warum sollte ich es nicht alleine getan haben?«

»Ich glaube nicht, dass du wirklich dazu in der Lage gewesen wärst.«

»Du glaubst so viel.«

»Ich glaube, der da hat dir ziemlich geholfen.«

Er nickte zu der Leiche hinüber.

»Weshalb glaubst du das?«

»Weil ihr beide die ganze Zeit zusammengearbeitet habt. Er hat gewusst, worüber wir beide gesprochen haben, und du hast gewusst, worüber ich mit ihm gesprochen habe. Dass ihr Ivan Kjemperud zusammen umgebracht habt, würde dazu passen.«

»Erzähl«, sagte sie gleichgültig.

»Nachdem du Ivan kalt gemacht hast, ist alles nach deiner Planung gelaufen. Und deine Planung hat besagt, dass du mit dem Kerl schläfst, während Lindeman heimlich zuschaut. So ist es doch gewesen, nicht wahr?«

»Du hast eine schmutzige Fantasie, John.«

Sie sah an sich hinunter. »Verdammt«, murmelte sie und betrachtete die Flecken.

Sie schlüpfte aus ihren Schuhen und zog ihren Rock bis zur Taille hoch. Sie trug eine schwarze, durchsichtige Strumpfhose. Sie rollte sie die Beine hinunter. Sie war hübsch, und sie bemerkte seine Blicke. Barfüßig trippelte sie näher an ihn heran, während sie ihren Rock zurechtstrich. »Jetzt gibt es nur noch uns beide«, murmelte sie.

»Aha?«

»Er ist weg.«

Sie hob ihre Hände und legte sie auf seine Wangen. Ihre Lippen waren weicher, als er sie in Erinnerung hatte. Mit geschlossenen Augen sah er es vor sich, sie, auf dem Rücken liegend und dieselben Hände in genau dem Augenblick auf Ivan Kjemperuds Wangen liegend, als Lindeman über dem Pärchen auftauchte und Kjemperuds Kopf zu Brei schlug.

Er küsste sie, wie er es noch nie zuvor getan hatte. Ihr Gesicht war erotische Materie aus schwarzen Blicken und roten Lippen. Der Atem raste.

»Jetzt?«, fragte sie. »Hier?«

Er schüttelte den Kopf, sagte: »Die Zeit vergeht, du musst zusehen, dass du verschwindest.«

»Du auch«, sagte sie leise.

»Warum musstet ihr den Fotografen umbringen?«

»Wir waren das nicht.«

»Du meinst, er hat es alleine getan?«

»Er hat es nicht getan.«

»Wohin bist du in jener Nacht gefahren?«

»Spielt das eine Rolle?«

»Ja.«

»Ich war hier.«

»Was wolltest du hier?«

»Ich hatte den Umschlag und die Negative dabei, die ich aus deiner Tasche genommen hatte. So war die Vereinbarung.«

»Erzähl mehr von dieser Vereinbarung.«

»Frag nicht so viel.«

Sie riss sich los, griff nach der roten Aktentasche, öffnete sie, steckte die blutbefleckte Strumpfhose hinein und schloss sie wieder.

»Gehen wir?«

»Die Leiche ...«

»Lass ihn liegen«, sagte sie.

»Das Plastik auf dem Fußboden«, sagte er. »Ihr hattet geplant, mich umzubringen. Jeder kann sehen, dass hier jemand einen Mord geplant hat.«

»Niemand wird es sehen. Es war bekannt, dass er hier renovieren und malen wollte. Das Plastik kann liegen bleiben. Wir gehen.«

Sie schaute auf die Uhr. »Wir müssen verschwinden, solange es noch dunkel ist.«

»Ich bin für den Mord an Arnie festgenommen worden«,

sagte Hammersten. »Die Polizei hat mich gefragt, wo ich in der Nacht gewesen bin. Ich habe deinen Namen nicht genannt.«

»Das war rücksichtsvoll«, sagte sie. »Ich bin dir sehr dankbar.«

»Die Polizei glaubte, dass Arnie hinter dem Überfall auf mich steckte.«

»Aber sie haben dich doch laufen lassen.«

»Ja doch, ich durfte gehen. Aber das war nicht wegen dir. Du hast dir nie die Mühe gemacht, der Polizei zu sagen, dass ich unschuldig bin. Obwohl du gewusst hast, dass ich in deinem Bett lag, als er umgebracht wurde.«

»John«, sagte sie. »Komm.«

Er schüttelte den Kopf. »Ich will eine ehrliche Antwort. War der Plan, dass mir die Schuld für den Mord an Arnie in die Schuhe geschoben werden sollte?«

»Nein.«

»Wie war der Plan?«

Sie nickte zu dem Toten hinüber. »Es gab keine Pläne, weder er noch ich haben den Fotografen getötet. Ihm war klar, dass Arne Fratang derjenige war, der Geld von ihm erpresste. Nachdem Fratang umgebracht worden war, wollte er, schätze ich, dass du die Schuld für den Mord bekommen solltest. Er wollte dich auf eine produktive Weise loswerden.«

Sie fügte hinzu: »So denken Anwälte. Sie wissen, dass man der Polizei einen plausiblen Täter präsentieren muss. Das sorgt dafür, dass die Polizei sich beruhigt und daran arbeitet, den mutmaßlichen Täter zu überführen, anstatt anderswo herumzuschnüffeln.«

»Wie hat Arnie es geschafft, Geld aus ihm herauszupressen, ohne dass er sich offenbaren musste?«

»Er benutzte ein Bankkonto auf Abels Namen. Der Fotograf muss in der Lage gewesen sein, darüber zu disponieren.«

»Aber warum ist die Polizei direkt zu mir gekommen, nachdem Arnie umgebracht worden war?«

»Keine Ahnung.«

»Sie müssen einen Grund gehabt haben.«

»Worauf willst du hinaus?«

»Es könnte doch sein, dass du mit der Polizei über mich gesprochen hast, dass du ihnen etwas, das du wusstest, als Tipp gegeben hast, zum Beispiel, dass ich auf Arnies Veranlassung auf offener Straße überfallen worden bin.«

Sie antwortete nicht.

»Hast du das getan?«, fragte er.

Sie schüttelte langsam den Kopf, während sie ihm in die Augen starrte. So standen sie da und sahen einander an.

»Ich bin nämlich nicht auf Arnies Veranlassung überfallen worden«, fuhr er fort.

»Nein wirklich?«

»Es war dieser Auftraggeber, den ihr die ganze Zeit versucht habt, an der Nase herumzuführen. Einer seiner Jungs hat mich verprügelt, um an die Diamanten zu kommen, die ihr euch unter den Nagel gerissen habt. Und trotzdem hatte die Polizei eine Theorie, nach der Arnie den Auftrag gegeben hatte, mich zu überfallen. Diese Theorie muss doch irgendwo herkommen.«

»Hätte sich die Polizei das nicht selbst ausdenken können?«

»Nein«, sagte er.

Sie starrten sich stumm an. Sie, fest und ausdauernd, gab nichts zu.

»Du musst diejenige gewesen sein, die den Bullen einen

Tipp gegeben und den Verdacht auf mich gelenkt hat«, sagte er. »Du hattest diese Theorie, dass Arnie mich angegriffen hat, weil ich dir die Theorie gegeben hatte.«

Sie schwieg. Für ihn war ihr Schweigen Antwort genug.

»Wie viel ist in der Tasche?«, fragte er schließlich.

»Viel, John. Genug für uns beide.«

»Gib mir die Hälfte.«

Ihr Blick verhärtete sich.

»Die Hälfte«, wiederholte er.

»Komm mit mir«, sagte sie.

»Du hast mich in der Nacht, als Arnie starb, an die Polizei verpfiffen.«

»Komm mit mir«, wiederholte sie, als ob sie die Anschuldigung nicht gehört hätte. »Komm.«

Sie ergriff seinen Arm.

»Es kann etwas schief gehen«, sagte er. »Die Leiche wird entdeckt. Du kannst beschuldigt werden. Ich kann beschuldigt werden.«

»Du deckst mich, und ich decke dich«, sagte sie. »Dein Schicksal hängt von jetzt an von meinem ab, und umgekehrt.«

»Wir wurden zusammen in der Stadt beobachtet«, sagte er. »Deine Nachbarn haben mich gesehen. Ich war in deinem Büro. Die Polizisten, die ich kenne, würden über die Erklärung lachen, die du dir ausgedacht hast.«

»Wir nehmen das Gewehr mit«, sagte sie. »Es ist nicht registriert. Fredrik hatte es für den Mord an dir ausgesucht, weil er es vor vielen Jahren von einem drogensüchtigen Klienten gekauft hatte. Wir werfen es ins Meer. Wir lassen die Tür und den Safe offen stehen, sie werden glauben, dass es ein Raubüberfall war. So eine Theorie würde alle anderen Theorien überstrahlen, solange es kein Motiv gibt. Ohne

Motiv und ohne Tatwaffe können sie keine Anklage konstruieren. Das garantiere ich dir.«

»Wir beide zusammen sind ein Motiv.«

»Nein«, sagte sie. »Fredrik und ich leben seit vielen Jahren getrennt. Weder du noch ich haben ein Motiv, um Fredrik umzubringen. Und die Polizei weiß nichts von den Diamanten. Es gibt keine Motive«, sagte sie nachdrücklich. »Nur die Theorie mit dem Raubüberfall kann diesen Mord erklären.«

»Die Frau, die angerufen und mir ein Alibi für den Mord an Arnie gegeben hat – sie könnte von den Diamanten wissen.«

»Nein, John.«

»Aber sie weiß, dass ich in der Nacht, als Arnie getötet wurde, nicht bei ihr war. Sie kann uns für den Mord an Arnie ans Messer liefern.«

»Diese Sache kannst du mir überlassen.«

»Fällt dir das so leicht?«

»Was?«

»Leute umzubringen?«

»Wer hat gesagt, dass ich sie umbringen will?«

»Aber unabhängig davon, ob du sie zum Schweigen bringst oder nicht, muss ich mich absichern. Ich bin vorbestraft und habe vor dem Untersuchungsgericht keinerlei Rechte. Ich will nicht riskieren, zwanzig Jahre für etwas abzusitzen, was ich nicht getan habe. Ich will die Hälfte. Jetzt.«

Sie zögerte immer noch. Er baute sich vor ihr auf.

»Was ist los? Passen meine Forderungen nicht in deinen Plan?«

»Ich habe geglaubt ...«

»Was hast du geglaubt?«

Sie starrten sich in die Augen. Am Ende senkte sie ihren Blick, als hätte sie eine Entscheidung getroffen. Mit schnellen Schritten ging sie zum Schreibtisch und öffnete die Aktentasche.

Sie starrte auf ihren Inhalt und schaute schließlich zu ihm herüber. »Ich gehe davon aus, dass du nicht das Geld haben willst?«

Ihm gefiel dieser Blick nicht, er wich ihm aus und schaute stattdessen auf die Geldbündel hinunter. Es war viel Geld. Unglaublich viel Geld. Er räusperte sich. »Korrekt.«

Sie nahm einen schwarzen Samtbeutel heraus, löste die Schnur, die die Öffnung geschlossen hielt, und schüttete einen Teil des Inhalts auf ihre Handfläche. »Diamanten«, sagte sie und schüttete sie wieder zurück.

Er zählte die Beutel. »Die Hälfte«, sagte er. »Ich nehme drei von den Beuteln.«

»Nimm alle«, sagte sie und starrte ihm ruhig in die Augen.

Vor langer Zeit hatte er einmal auf dem Dach eines Wolkenkratzers gestanden und mit einer anderen Person gesprochen, die nur ein paar Meter von ihm entfernt war. Der andere hatte auf einem anderen Dach gestanden. Zwischen ihnen befand sich ein Abgrund von vielen Metern. Ebenso gelähmt wie damals streckte er den Arm aus, nahm die sechs kleinen Beutel aus schwarzem Samt entgegen und steckte sie in seine Tasche.

»Der Kreis schließt sich«, sagte er. »Du bist von mir abhängig, ich bin von dir abhängig.«

Seine Stimme brach, und er räusperte sich erneut. »Geh jetzt.«

»Ich nehme das Gewehr«, sagte sie.

»Nein.«

»Doch«, sagte sie.

»Nein«, wiederholte er. »Du musst dich schon auf mich verlassen.«

»Mir gefällt das nicht«, sagte sie, mit gesenktem Blick.

»Was gefällt dir nicht?«

»Hier mit dir zu teilen. Das sieht aus, als würden sich unsere Wege hier trennen. Ich will nicht, dass unsere Wege sich trennen.«

»Und mir gefällt nicht, dass du so einfach Dinge fortgibst, für die du getötet hast.«

Schließlich hob sie den Kopf, machte zwei lange Schritte, ohne zu fallen, stattdessen spürte er ihre Lippen auf den seinen. Sie wollte ihn nicht sofort wieder loslassen. Sie küssten sich noch einmal, und er folgte ihr nach draußen.

»Die Tür«, sagte sie. »Denk daran, die Tür offen zu lassen, wenn du gehst, und vergiss das Gewehr nicht.«

Sie gingen zusammen in den Garten hinunter. Sie zeigte ihm den Weg. »Ich habe mein Auto hier unten.«

Er stand unter einem Baum und sah, wie sie sich über den Zaun schwang und anschließend mit schnellen, federnden Schritten auf den niedrigen blauen Zweisitzer zuging. Zum ersten Mal verspürte er Erleichterung dabei, sie fortgehen zu sehen. Als das Auto um die Ecke verschwunden war, blieb er zunächst stehen und atmete die frische Luft ein. Sie war kalt und reinigend, genau wie sie im Herbst sein sollte, vor der Feuchtigkeit, vor der Fäulnis, die Luft war eisig scharf und autoritär, wie der Tod. Es fiel ihm leicht, zum Haus zurückzugehen.

Er schloss die Tür zu dem Raum, in dem der Tote ohne Gesicht auf dem Rücken lag. Danach setzte er sich in einen der tiefen Sessel vor den riesigen Fenstern im Wohnzimmer. Er atmete tief durch und fühlte sich unbehaglich dabei, alleine mit dem Toten im Haus zu sein. Er zog einen Umschlag aus seiner Jackentasche. In dem Umschlag lagen drei Fotografien. Das eine zeigte eine unbekleidete Grethe Lindeman, sie hockte auf allen vieren, während Abel ihr den Hintern mit etwas versohlte, das wie ein Tischtennisschläger aussah. Das nächste zeigte, wie Grethe und Abel sich liebten, während eine dritte Person mit einem weißen Haarkranz und einer Brille sich dem Paar mit einem Hammer in der Hand näherte. Das dritte zeigte Abel Raag, verstümmelt und tot. Er hob das Bild hoch und studierte die Details. Das Abenteuer hatte sich im *Bliss* abgespielt, einem Restaurant, das er früher einmal in seiner Dummheit zusammen mit Abel Raag gekauft hatte. Arnie war ein guter Fotograf gewesen. Die Gestalten waren zwar etwas verschwommen gezeichnet, aber das lag wahrscheinlich an der unzureichenden Beleuchtung. Er versuchte sich vorzustellen, wo Arnie die ganze Zeit gewesen war, von wo aus er diese Bilder ungesehen schießen konnte. Vielleicht im Treppenhaus oder auf dem Absatz in der ersten Etage, liegend, mit Aussicht auf die Treppe. Er versuchte sich vorzustellen, welche Angst Arnie gehabt haben musste, während sich unter ihm dieses bizarre Schauspiel vollzog. Abel musste von Arnie gewusst haben. Ja, so musste es gewesen sein. Abel hatte dafür gesorgt, dass es einen Zeugen gab. So clever war er also gewesen, Abel Raag. Er hatte ihnen nicht getraut.

John Hammersten stand auf. Er steckte die drei Fotografien zurück in die Tasche. Es gab noch eine Sache, die er nicht verstand.

Er ging zur Türöffnung und starrte auf das Gewehr. Er sah ihre Augen vor sich, in der Sekunde, bevor sie ihm die Beutel mit den Diamanten gab. Er spielte den ganzen Ablauf noch einmal in seinem Kopf durch, rekonstruierte alle Begebenheiten und wischte alles, was er berührt hatte, sorgfältig mit seinem Ärmel ab, das Glas, wo er die Verandatür berührt hatte, und den Waffenschrank. Als er ging, ließ er das Gewehr unberührt in der Ecke stehen, gegen die Wand gelehnt. Draußen auf der Treppe schob er die Eingangstür mit dem Ellenbogen zu und spazierte im Dunkeln weiter, durch den Garten zu seinem Auto. Es war diesig, die Sicht war schlecht, und Feuchtigkeit sammelte sich auf der Windschutzscheibe. Er ließ die Scheibenwischer auf Intervall laufen und fuhr über den Drammensveien nach Oslo hinein. Es waren wenige Autos auf der Straße, wenige entgegenkommende Scheinwerfer.

Eine gute halbe Stunde später hielt er den Wagen auf dem Gamle Mossevei an. Das so genannte Klubhaus stand immer noch so da, wie er es hinter dem Steuer eines Taxis unzählige Male passiert hatte. Das Laubwerk der Bäume um den kiesbestreuten runden Platz herum begann sich zu lichten. Vereinzelte Zweige reckten sich nackt dem Nachthimmel entgegen. Vor einem mit Signaturen und Comicfiguren bedeckten Garagentor standen zwei aufgemotzte Chopper mit langen Gabeln und Z-Lenkern. Abperlende Regentropfen ließen die Motorräder glänzen. Hammersten ließ den Motor laufen, drückte auf die Hupe und behielt den Daumen drauf. Selbst wenn das Geräusch nicht besonders imponierend war, sollte es reichen, jemanden zu ärgern, der dort drinnen schnarchte. Er ging von der Hupe und stieg aus dem Wagen. Kein Laut war zu hören. Er trat gegen das Garagentor. Trat noch einmal und noch einmal und noch einmal. Endlich konnte man auf der anderen Seite Geräusche vernehmen. Das Garagentor wurde aufgerissen. Der Kerl, der heraussprang, glich einem unausgeschlafenen Azubi im Gartenzwergmetier. Dicker Körper, langes, schwarzes, lockiges Haar, langer Bart und ein Baseballschläger in der Hand.

»Was zum Teufel treibst du hier?«, rief er streitlustig und und blinzelte mit verschlafenen Augen. Er hatte nur eine Unterhose an, und die war zu groß. Sein Instrument hing heraus und baumelte am Schenkel hinunter.

»Ich wollte eine Rechnung begleichen«, sagte Hammersten und zeigte auf den Schritt des Mannes. »Du schuldest mir zehn Øre.«

»Häh?«

Die Lippen des Kerls standen vor. Mit seinem Mund glich er einer Gans. Er produzierte ein Schnarchgeräusch und gähnte.

»Dein Schwanz.«

»Ach so.«

Der Kerl zog die Unterhose hoch. »Was ist los?«

»Ich wollte eine Rechnung mit deinem Kumpel Walter begleichen.«

»Kannst du das nicht morgen machen?«

»Nein. Das ist unmöglich, wenn ich das richtig verstanden habe.«

Gänseschnabel grinste. »War Walter böse mit dir?«

»Sag mir einfach nur, wo ich ihn finden kann«, sagte Hammersten.

»Er hat eine Braut in der Stadt, in einer Kommune, glaube ich.«

»Adresse?«

»Ruf ihn an«, sagte der andere. »Walter verrät den Leuten nicht gerne, wo er seine Nächte verbringt.«

»Hast du ein Telefon?«

Der Kerl streckte den Baseballschläger aus. »Ist das dein Auto?«

Hammersten nickte.

»Warte dort, dann rufe ich Walter auf dem Handy an.«

»Sag ihm, dass ich jetzt bezahle, heute Nacht, oder nie.«

»Wer bist du?«

»Ich bin der, den Walter hinter dem Kirkeristen umbringen wollte.«

Der Typ nickte mit ernster Miene und zog das Garagentor hinter sich zu.

Fünf Minuten später strömte erneut Licht aus der rechteckigen Toröffnung. Der Typ hatte sich ein paar weite Hosen mit Zebramuster angezogen und eine abgewetzte Lederjacke locker über ein rotes T-Shirt mit Flammenmotiv gehängt. »Walter kommt her«, sagte er kurz.

Hammersten schaute auf die Uhr. Es war bald vier Uhr morgens. Er dachte an Grethe Lindeman, daran, dass sie fortgefahren war, ohne dass sie eine konkrete Absprache getroffen hatten. Er dachte an das Gewehr, an die Wand gelehnt, übersät mit ihren Fingerabdrücken.

Eine halbe Stunde später hörte man das knatternde Geräusch eines schweren amerikanischen Motorrads. Walter hatte ein Mädchen mit hintendrauf. Das Motorrad drehte eine Runde um den Platz und Hammerstens Auto herum, bevor es vor dem offenen Tor hielt. John Hammersten stieg aus dem Wagen, stellte sich ruhig hin und musterte sie. Das Motorrad verstummte. Die beiden sahen ihn an. Walter unrasiert, mit Lederweste und Lederhosen und einem albernen roten Ninjaschal als Stirnband über das klatschnasse Haar gebunden. Das Mädchen trug einen Helm und Lederkluft. Die Augen hinter dem Visier waren voller kleiner Maskaraklümpchen. Ein Kaugummi knallte innerhalb des Helms.

Hammersten hielt die sechs Samtbeutel hoch.

»Hier«, sagte er.

Walter nahm sie wortlos entgegen. In der Garage kam der Typ mit dem krausen Haar zum Vorschein. Er hatte die Lippen zusammengekniffen, glich aber weiterhin einer Gans. Er nickte den beiden auf dem Motorrad zu.

»Hej«, sagte das Mädchen. Ein Kaugummi knallte.

Hammersten drehte sich um und ging zum Auto. Das Motorrad hatte einen Kickstarter. Der Motor brüllte auf, als es auf der Straße beschleunigte und verschwand.

Es hörte auf zu regnen, und der Morgen begann zu dämmern. Der Himmel war grau, mit schmalen Keilen aus roter Morgensonne. Am Verteiler hinter der Fjellinje bog er ab und fuhr nach Grønland hinunter, setzte seinen Weg nach Grünerløkka fort und hielt vor dem Mietshaus, in dem Vibeke wohnte.

In der dritten Etage war Licht. Der Durchgang zum Hinterhof ging um eine Ecke, er war schmal und nur von einer einzelnen Glühbirne beleuchtet. Der Bodenbelag in dem Gang erinnerte an ein Bootsdeck. Alte Planken waren längs verlegt, und jedes Brett war bis zu den Nägeln von Sohlen und Autoreifen abgewetzt. Er konnte Kletterpflanzen und Pflastersteine im Innenhof erkennen, bog aber schon in der Mitte des Durchgangs nach links ab, ins Treppenhaus.

Ihr Name und sein Name an der Tür, mit Kugelschreiber in ein grünes Pappherz geschrieben.

Unter dem Herz: auf ein anderes Schild aufgeklebt, zwei Comicfiguren. Modesty Blaise und Spirit.

Hier wohnen Vibeke und Torkel.

Sie blieben regungslos stehen und starrten einander an, nachdem sie geöffnet hatte. Sie, in einer Art schwarzem

Overall, selbstgenäht und weit, mit Reißverschluss vom Hals bis in den Schritt hinunter. Das Haar war mit Spangen hochgesteckt, nur eine widerspenstige Locke war entkommen und teilte wie ein schwarzer Strich ihr Gesicht von der Stirn bis zum Mund.

Sie zuckte leicht zusammen, als sie erkannte, wer es war.

»Und wenn es mir gerade nicht passt?«, sagte sie.

»Du brauchst mich«, sagte er.

»Und du siehst erschöpft aus«, sagte sie und lächelte schief und mit wiedergewonnener Beherrschung, hielt ihm die Tür auf. »Da ich schon mal alleine und wach bin.«

»Du wirst verdächtigt werden, Arnie umgebracht zu haben«, sagte er und trat ein.

Sie lächelte nicht mehr.

»Jemand hat mein so genanntes Alibi platzen lassen.«

»Wer?«

»Jemand.«

»Du machst Witze.«

»Ganz und gar nicht. Ich war in der Nacht, als Arnie getötet wurde, mit einer anderen zusammen. Zu deinem Unglück besteht sie darauf, dass sie in jener Nacht mit mir zusammen war.«

»Und was ist deine Version?«, fragte sie.

Er lehnte sich an die Wand. Eine grüne Schwertlilie spießte die Luft auf, aus einem riesigen Terrakottatopf heraus, der hinter ihr auf dem Boden stand. Er sagte: »Ich kann mich nicht daran erinnern, dass wir genau zu jener Zeit zusammen waren.«

»Wenn du deine Aussage änderst, steht deine Behauptung gegen meine Behauptung«, sagte sie.

»Darüber können wir uns Gedanken machen, wenn es so weit ist.«

Sie: »Warum machst du dir diesen Ärger? Wenn wir an meiner Aussage festhalten, bleiben wir beide auf freiem Fuß.«

Jetzt war es an ihm zu lächeln. »Du bleibst auf freiem Fuß, ich bin schon nicht mehr unter Verdacht.«

»Warum kommst du mitten in der Nacht hierher und erzählst mir so etwas?«

»Warum liegst du nicht im Bett und schläfst?«

Schweigen senkte sich über sie.

»Seltsam, nicht wahr«, sagte sie schließlich.

»Was ist seltsam?«

»Dieses Gefühl, als ob man Dinge schon früher einmal erlebt hat.«

»Warum hast du der Polizei gesagt, dass du in jener Nacht mit mir zusammen warst?«

»Was glaubst du?«

»Ich möchte, dass du es mir sagst.«

»Das klingt dann so platt.«

»Wenn du der Polizei gesagt hast, dass du mit mir zusammen warst, kannst du schon einmal nicht mit deinem Freund hier in der Wohnung gewesen sein, und da du auch nicht mit mir zusammen warst, musst du irgendwo anders gewesen sein. Ich schätze, du warst bei Arnie, als er umgebracht wurde.«

»Und wenn ich nein sage?«

»Dann würde ich dir nicht glauben. Das einzig Logische ist, dass du mit Arnie zusammen warst. Darum hast du auch angerufen und mir ein Alibi gegeben, damit niemand behaupten konnte, du wärst bei Arnie gewesen, als er starb.«

»Würdest du mir glauben, wenn ich dir sage, dass es ein Unglück gewesen ist?«

»Versuch es mal.«

»Er ist die Treppe hinuntergefallen. Furchtbar schrecklich, der große Mann, wie er die lange Treppe hinuntergepurzelt ist. Ich schätze, er hat sich den Nacken gebrochen und ist sofort gestorben. Jedenfalls hat er nicht mehr geatmet.«

»Die Polizei hält das Ganze für einen Mord«, sagte Hammersten. »Vielleicht hast du ihm einen Schubs gegeben.«

»Vielleicht, vielleicht auch nicht. Das Problem ist, dass ich dort nach etwas gesucht habe. Das könnte im Nachhinein wie ein Einbruch aussehen. Ich hatte Angst, dass einer der Nachbarn etwas gehört oder gesehen haben könnte.«

»Wonach hast du gesucht?«

Sie antwortete nicht. Er näherte sich ihr. Sie hatte kleine Schweißperlen auf der Oberlippe.

»Wonach hast du gesucht?«

»Etwas.«

»Mach es logisch für mich«, flüsterte er. »Vielleicht ...«

Sie drehte sich um. »Vielleicht was?«

»Nichts. Wonach hast du gesucht?«

»Ein paar Bilder.«

»Dieselben, die du auch bei mir gesucht hast?«

»Ja.«

»Was für Bilder?«

»Die Bilder, die ich zurückbekommen sollte, wenn ich den Job mit dir beendet hatte.«

Er grinste. »Den Job mit mir?«

»Sei nicht melodramatisch, das steht dir nicht.«

»Das ist meine Replik«, sagte er. »Möchtest du ein Zeugnis für deinen Job?«

»Sehr witzig.«

»Was hatte Arnie über dich gewusst? Der Typ, mit dem du zusammen wohnst, weiß wahrscheinlich ohnehin schon, was du für ein Luder bist.«

»Wie nett du bist.«

Ihr Lächeln war eine gefrorene Grimasse.

»Das waren deine Worte. Deine Replik.«

»Na gut, okay, aber es hat nichts mit Torkel oder mit dir oder mit irgendeinem anderen Mann zu tun. Arnie hatte ein paar Bilder von mir, die er auf keinen Fall hergeben wollte. Diese Bilder machten mich zu einer Gefangenen. Schlicht und einfach einer Gefangenen.«

»Arnie hat andere als nur dich erpresst«, sagte er.

»Das schwante mir schon«, sagte sie. »Aber darauf kann ich keine Rücksicht nehmen.«

»Jetzt bist du frei«, sagte Hammersten. »Arnie ist tot. All sein Eigentum ist beschlagnahmt, und die Bilder werden zusammen mit allen anderen vernichtet. Niemand hat mehr etwas gegen dich in der Hand. Aber dass du Arnie umgebracht hast, damit musst du schon selber zurechtkommen. Das muss ja im Übrigen ganz ungewohnt für dich sein.«

»Was meinst du?«

»Dass du diejenige bist, die zu Hause sitzt und wartet.«

Er ging zur Tür.

»Nicht ganz ungewohnt«, sagte sie hinter ihm.

»Ach ja?«

Er drehte sich zu ihr um. Ihre Augen glänzten, die Haut war blass, und sie verschränkte ihre Arme nervös vor der Brust.

»Du wolltest doch etwas sagen«, stellte er fest.

Sie schüttelte den Kopf, ohne ihn anzusehen.

»Na, komm schon«, sagte er.

»Ganz gleich, wo er sich jetzt befindet, die Absprache

für danach war, dass ich mit ihm zusammen war, die ganze Nacht.«

Er blieb stehen und nickte für sich selbst mit dem Kopf, während ihm die Bedeutung ihrer Aussage aufging. »Aber, barmherziger Gott«, murmelte er, griff nach der Türklinke und wandte sich ihr zu. »So was tut man doch nicht«, rief er aus und schloss die Tür hinter sich.

Nach dem Einparken: sich umsehen. Leere Autos, Morgendämmerung.

Hammersten ging zuerst zum Kellereingang, entschied sich dann aber anders. Als er die zwei Stufen zur Eingangstür genommen hatte, fiel eine Autotür trocken ins Schloss. Er stand still. Die Schritte hinter ihm hallten von den Wänden wieder. Es waren langsame, ruhige Schritte. Er erkannte sie wieder. Die Schritte hörten auf. Niemand sagte etwas. Er lauschte und wusste, was passieren würde. Eine weitere Autotür wurde zugeschlagen. Und noch eine. Und noch eine.

»Jorfall«, sagte er und drehte sich um.

Dieser nickte. »Wo bist du gewesen?«

»Würdest du mir glauben, wenn ich behaupte, dass ich mit einer Frau zusammen war?«

»Wahrscheinlich nicht.«

»Dann behalte ich es für mich selbst, bis wir die Formalitäten hinter uns gebracht haben.«

»Wie du willst«, sagte Jorfall.

Hammersten: »Lange gewartet?«

»Wieso?«

»Mich würde nur interessieren, ob du vielleicht irgendwelche verdächtigen Personen gesehen hast?«

»Wen, zum Beispiel?«

»Eine Bekannte von mir hat einmal einen Kerl erwähnt, der mir möglicherweise gerne eine Abreibung verpassen möchte.«

Etwas weiter unten in der Straße startete ein Auto.

»Glaubst du, das ist er?«, fragte Jorfall.

»Wir werden sehen.«

Das Auto war derselbe Fiat, den Vibeke vor langer Zeit einmal gefahren hatte. Hammersten erkannte ihren Freund an seiner Brille, als der Wagen vorbeifuhr.

»Das war er«, sagte Hammersten.

Jorfall grinste.

»Was hat dich denn diesmal so spät in der Nacht noch aus dem Bett getrieben?«

»Jemand hat der Polizei einen Tipp gegeben. Totschlag und bewaffneter Raub draußen in Asker.«

»Und meinen Namen?«

Jorfall antwortete nicht.

»Lass mich raten«, sagte Hammersten. »Ihr habt den Tipp von einer Frau bekommen, eine gepflegte und sexy Stimme, nicht wahr, tief?«

Jorfall schwieg.

»Ihr habt doch früher schon Tipps bekommen, die mich betrafen. Hast du die Stimmen mal verglichen?«

Das Schweigen dauerte an.

»Diese Tipps sind einfach nur ein typischer Juristentrick, Jorfall, man jubelt den Bullen einen Sündenbock unter, um die Nachforschungen in eine bestimmte Richtung zu lenken. Ist gesagt worden, was gestohlen wurde?«

Jorfall nickte.

»Diamanten«, sagte Jorfall. »Diese Person hat bestimmt einen ziemlichen Hang zur Spekulation.«

»Was noch?«

»Eine Schusswaffe. Eine Pump Gun, möglicherweise tatsächlich die Mordwaffe.«

Hammersten: »Hast du jemals das Gefühl gehabt, im Kreis zu laufen?«

»Sag mir einfach, was du sagen willst, John.«

»Du suchst also nach einer Pump Gun und ein paar Diamanten?«

»Lass es mich so ausdrücken. Wenn diese Jungs hier«, Jorfall nickte zu drei jungen Männern hinüber, die sich höflich abwartend im Hintergrund hielten. »Wenn diese Jungs auch nur einen klitzekleinen Ohrring bei dir finden, in deinem Auto oder in deiner Bude, dann sieht es, glaube ich, ziemlich schlecht für dich aus.«

»Wer sind die Jungs?«

»Kriminalpolizei. Du weißt, dieser Typ ist außerhalb unseres Reviers umgebracht worden.«

»Aha.«

»Willst du gestehen, Hammersten?«

Dieser schüttelte den Kopf.

»Schade«, sagte Jorfall und nickte den dreien zu. »Gib ihnen deine Schlüssel, Hammersten.«

Er holte den Hausschlüssel und den Autoschlüssel aus der Jackentasche. »Wir können uns so lange ja ein bisschen unterhalten, Jorfall«, sagte er und folgte dem Polizisten zu seinem Auto. »Vor der Leibesvisitation und diesem Kram.«

Sie setzten sich in den Wagen.

Jorfall zündete sich eine Zigarette an. Er inhalierte, blies den Rauch durch die Nase und hielt das brennende Streichholz weiter unter die neu entfachte Glut.

»Ich sehe es dir an«, sagte Jorfall. »Dir brennt etwas auf der Zunge.«

»Ich habe ein paar Fotografien, die du dir anschauen solltest.«

»Na, dann los.«

»Zuerst muss ich ein paar Dinge erklären«, sagte Hammersten und holte die Bilder aus seiner Tasche. »Aber manchmal weiß man nicht so richtig, wo man eigentlich anfangen soll.«

»Meistens funktioniert es ganz gut, wenn man mit dem Anfang beginnt.«

Hammersten dachte nach. Schließlich räusperte er sich und sagte: »Du, Jorfall. Warst du früher mal in diesem Restaurant, das *Bliss* hieß?«

Ausgezeichnet mit dem skandinavischen Krimipreis 2002

Was zunächst aussieht wie ein typisch isländischer Mord, schäbig, sinnlos und schlampig ausgeführt, erweist sich als überaus schwieriger Fall. Wer ist der tote alte Mann in der Souterrainwohnung in Nordermoor, dessen Computer voller Hardcore-Pornos ist? Warum kam der Mörder auf Socken? Warum hinterlässt der Mörder eine Nachricht bei seinem Opfer, die niemand versteht? - Das sind nur einige der Fragen, die sich Erlendur und sein junger Kollege Sigurður von der Kripo in Reykjavik stellen müssen. Im herbstlichen Dunkel ermitteln sie in einem Fall, der bald menschliche Tragödien ans Licht bringt, die ohne die moderne Gentechnologie verborgen geblieben wären. Während schwere Islandtiefs sich über der Insel im Nordatlantik austoben, wird eine weitere Leiche in Nordermoor gefunden, nach der niemand gesucht hat ...

ISBN 3-404-14857-6

BASTEI LÜBBE

Ein Kernforscher wird in seinem Schweizer Labor ermordet aufgefunden. Auf seiner Brust finden sich merkwürdige Symbole eingraviert, Symbole, die nur der Harvardprofessor Robert Langdon zu entziffern vermag. Was er dabei entdeckt, erschreckt ihn zutiefst: Die Symbole gehören zu der legendären Geheimgesellschaft der »Illuminati«. Diese Gemeinschaft scheint wieder zum Leben erweckt zu sein, und sie verfolgt einen finsteren Plan, denn aus dem Labor des ermordeten Kernforschers wurde Antimaterie entwendet ...

ISBN 3-404-14866-5

BASTEI
LÜBBE